겨울 여행

Viatge d'hivern

세계문학전집 454

겨울 여행

Viatge d'hivern

자우메 카브레

권가람 옮김

민음사

일러두기

1 원문의 주석은 '(원주)'로 표기했다. 나머지 주석은 모두 옮긴이 주다.

2 원문에서 다른 서체로 차이를 둔 부분과 카탈루냐어가 아닌 외국어를 쓴 부분은
고딕체로 표기해 구분했다.

차례

마르가리다에게

사후 작품

뢰덜라인 가문 사람들은 분명 괴로웠겠지만,
연주자가 그의 스승이었기에 열두 번째 변주곡까지 참고 들었다.
두 겹의 조끼를 걸친 어떤 사람은
열다섯 번째 변주곡이 나오자 도망갔다.
— E. T. A. 호프만

미세하게 맞지 않는 피아노 의자의 높이를 조절했다. 삼십 분 전에 이미 높이를 딱 맞추어 놓았는데. 아니, 이젠 너무 높잖아. 심지어 삐걱거리기까지 하네, 안 그래? 젠장. 이제 됐다. 아니야. 옳거니. 그는 연미복 주머니에서 손수건을 꺼내 손바닥의 땀을 훔쳤다. 긴장하여 떨던 다른 연주자들의 땀이라도 묻은 듯, 손수건을 꺼내 든 김에 먼지 한 톨 없는 건반을 닦았다. 이번에는 셔츠의 소매를 매만졌다. 나는 걱정 그 자체다. 목은 타고, 혈관 속엔 가시가 떠다니며, 끝없는 걱정에 심장은 터지기 일보 직전이다. 손 떨림도 멈추지 않는다. 오른쪽으로는 관객들의 싸늘한 냉기가 느껴진다. 무대 인사를 하며 무의식중에 앞줄에서 본 것이 헛것이 아닐까 봐, 다시 돌아보고 싶지 않다. 당연히 착각이었을 것이다. 아니면, 당장 짐을 싸서 무대를 떠나야만 해결될 일이다. 어떤 여자의 기침. 어떤 남자의 기침. 아득히 멀고 큰 그 기침 소리가 연주 홀의 크기를 짐작케 한다. 괜찮아, 오른쪽에는 아무 일도, 아무것도 없어. 얼음, 적, 그리고 죽음만이 있을 뿐. 엉덩이를 뒤로 1센티미터만 옮겨야겠군.

무대에서 아득한 저 꼭대기 3층에서는 연주 홀의 그림자에 가려지긴 했지만 호박색 혹은 꿀색의 눈빛 하나가 괴로워하고 있었다. 페레 브로스가 벌써 사 분째 손바닥에 스며든 공포를 닦아 내고 있었고, 연주자의 작은 움직임 하나까지 놓치지 않고 숨죽여 지켜보던 아우디토리[1]의 청중들이 안절부절못하기 시작했기 때문이다.

페레 브로스가 셔츠 소매를 두 번째 매만졌다. 오른쪽에서는 말로 설명할 수 없는, 죽고 싶은 심정을 불러일으키는 무엇이 그를 끌어당겼지만 돌아보지 않았다. 그때, 굵은 땀방울 두 개가 이마를 타고 뚝 떨어져 갑자기 그의 시야를 가렸고, 그러자 3층의 호박색 혹은 꿀색의 눈동자에서 눈물 한 방울이 뚝 떨어졌다. 가엾은 페레, 그가 고통받고 있다는 걸 아무도 모르지, 거의 고문 수준이라는 걸 아무도 몰라. 브로스는 다시 손수건을 꺼내 눈을 닦아야 했다. 그리고 있는 힘을 다해 손으로 얼굴을 가리고, 무대 인사를 하며 보았던 말도 안 되는 장면을 떨치려 애썼지만, 떠오르는 것은 죽음뿐이었다. 그가 두

---

[1] 바르셀로나시 레판트 거리에 위치한 바르셀로나 시립 오케스트라의 전속 공연장.

어 번 숨을 들이쉬고 도이치 번호 960의 신비로운 화성들을 연주하기 시작하자, 관객들의 수군거림이 퍼져 나갔다. 대체 뭐 하는 거야, 왜 마지막 곡부터 시작하는 거지, 프로그램상으로는…… 정신이 나간 게 분명해, 왜 프로그램을 거꾸로 연주하는 거지? 호박색 눈동자는 죽음에 대한 내밀한 성찰에, 사는 동안 가장 큰 전율을 준 소나타 중의 한 곡에, 한 번도 만나 본 적은 없지만 베셀레니의 말을 빌리자면 죽음에 대한 내밀한 성찰이자, 내림나장조로 흐느껴 울었다는 한 남자가 쓴 곡에 빠져들었다.

사십이 분 십삼 초가 지날 무렵부턴 아우디토리에 모인 그 누구도 왜 마지막 곡부터 연주를 시작했는지 묻지 않았으며, 오히려 열린 마음으로 계속 기다리고 또 기다렸다. 마지막 음의 여운이 사라지자, 마치 절대자가 자신의 기적을 보여 주듯 그는 건반 위에 손을 걸친 채 꿈쩍도 하지 않았다. 그리고 연주자 생활 중 처음이자 마지막으로, 십 초 혹은 기나긴 십오 초간의 고요를 맞이하는 데 성공했다. 물론 그는 매우 지쳐 있었지만, 비로소 자세는 여유를 되찾았고, 손을 내리자 청중들은 박수를 치기 시작했다. 페레 브로스는 자리에서 일어나 오른쪽의 냉기를 향해 시선을 슬쩍 흘겼고, 그래, 첫 줄에 앉아 있던 그를 다시 보았으며, 그는 아주 세련된 작은 안경에, 넓은 이마, 곱슬머리, 상황에 어울리지 않는 복장으로, 7번 객석에 앉아서, 죽은 사람처럼 미동도 않고 그를 똑바로 쳐다보며, 절대자의 시선으로 열정적인 환호를 보내는 관객들을 주의 깊게 보고서는, 분명히 그에 미치지 못했다고 비난하고 있었다. 식은땀이 흘렀다. 페레 브로스는 관객들의 열광적인 환호를 받으며 퇴장했다. 무대 중앙으로 다시 나와 환호에 보답하기 위해 고개를 숙이는 중에도 그는, 실제로 본 슈베르트의 얼굴이 20세기 초 출판된, 가스통 라포르그가 쓴 섬세하지만 신빙성 논란에 휩싸인 슈베르트의 전기 『겨울 여행』 표지의 초상과 똑같다고 생각했다. 그는 무대에서 퇴장하면서도, 소위 사후작으로 불리는 세 개의 1828년 소나타가, 베토벤이 죽었다는 소식이 자신의 창창한 앞날을 의미한다며 허영의 광기 속에서 작곡되었다는 라포르그의 주장을 생각했다. 건반 앞에 앉아 연주를 막 앞두기라도 한 듯, 손은 땀에 흠뻑 젖어 있었다. 그가 다시 무대로 나가자 박수 소리는 더욱 커졌다. 더 이상은 연주를 못 하겠어. 슈베르트에게 나가라고 해. 아우디토리에서 쫓아내란 말이야. 그가 지켜보는 데서 연주할 수 없다고, 젠장. 그리고 다시 인사를 했다. 그리고 그는 빈의 그라벤 거리에서 아주 뜨거운 초콜릿 한 잔을 시켜 놓았던 그날을 떠올렸다. 존경하는 졸탄 베셀레니가 그에게 말했다. 이봐, 페테르.[2] 광기는 무슨 광기라는 거야, 슈베르트는 세 개의 소나타에 대한 개요, 초안, 의문, 수정, 그리고 수많은 망설임을 남겨 놓았어. 광기 같은 건 없다고.(베셀레니는 식을 줄 모르는 초콜릿의 모락모락 솟아나는 김에 혀를 댔다. 항상 잡생각이 많고, 슬픔이 가득한, 나의 졸탄.) 슈베르트는 자기가 뭘 하는지 알고 있었어, 페테르, 자신의 죽음에 대해 묵상하는 행위라는

---

2) 카탈루냐 이름 페레를 헝가리식으로 부른 이름이다.

걸 알고 있었다고. 특히 도이치 번호 960에 잘 드러나 있지.

"정말 대단한 연주였어, 자네. 근데 자네는 아주 몹쓸 인간이야." 그를 다시 무대로 나가라고 재촉하며 파르도는 캑 침을 뱉었다.

박수 소리가 계속되는 가운데, 다시 돌아온 페레는 이제 그만 됐다는 듯 무대지기에게 문을 닫으라고 손짓했다.

"더 이상 마티네 콘서트[3]는 하고 싶지 않아."

"남은 건 12월 13일 공연 하나뿐이야. 3층까지 표가 다 팔렸다고. 뭐가 불만이야?"

"이만 대기실로 들어가 보겠네." 마치 이것이 자신의 불만인 듯 말했다.

"손님이 기다리고 있어. 그로스만 부인 말이야."

"아무도 만나고 싶지 않아."

"그로스만 부인이라고."

"아무도 만나고 싶지 않다고."

"그리고 프로그램 순서는 왜 자네 멋대로 바꾼 거야?"

"연주회가 끝나는 즉시 문밖에 택시를 대기시켜 줘."

"말도 안 되는 소리. 연주회가 끝나면 그로스만 부인과의 인터뷰가 자네를 기다리고 있을 거야."

"아니. 택시가 기다리고 있을 거야."

"몹쓸 인간이 확실해."

---

3) 평일 오전에 열리는 공연. 흔히 열리는 저녁 공연보다 저렴하게 표를 공급해서 관객의 저변을 넓히기 위해 기획한다.

도이치 번호 960의 안단테 소스테누토 악장은 다뉴브강의 안개로부터 찾아오는 죽음과 같아서 처음에는 아주 멀리 있다가 조금 지나면 소스라치리만치 가까이에 와 있다. 페레 브로스는 삼 분간 지속되는 이 주제 부분의 극적인 긴장을 이끌어 내는 데 성공했다. 매우 서서히 진행되는 크레센도의 조절은 금으로 만든 손에 다이아몬드 열 개가 각각의 손가락에 박히지 않은 이상 거의 연주가 불가능했다. 하지만 재현부에서 그는 청중을 압도적인 고요로 몰아넣는 데 성공했고, 연주 홀의 벽을 감싸는 나무의 숨소리를 들을 수 있었다. 그 이유만으로, 단지 그 이유만으로도 그는 파르도에게 잠시 미소를 지을 수 있었다. 그리고 붉으락푸르락하며 그를 따라오는 매니저를 뒤로한 채 대기실로 들어갔다. 그가 문을 쾅 닫았다. 내가 말이야 저자의 목소리나 마찬가지란 말이야, 내가 없으면 스케줄도 못 짜고, 일정도 기억을 못 한다고!

　페레 브로스는 여느 독주회와 다를 바 없다는 듯 뵈브 암발 한 잔을 들이켰다. 그러나 흐르는 눈물을 멈출 수는 없었다. 업라이트 피아노[4]에 다가선 그는 애정을 담은 손길로 건반을 쓸어내렸다. 다시 한번 샴페인을 들이켠 그는 피아노 앞에 앉아 매우 낙담한 듯 고개를 떨구었다. 그러자 무대에 나가기 직전 도착한 소포가 눈에 들어왔다. 긴급, 항공 우편, 발신지 빈. 황급히 소포를 뜯었다. 책이 아주 멋드러지게 나왔군.

---

4) 세워진 피아노라는 뜻으로, 그랜드 피아노가 아닌 대부분의 가정집에 보급된 피아노 형태다. 공연장의 연주자 대기실에는 이 피아노가 한 대씩 놓여 있어, 연주자가 무대에 나가기 전 튜닝이나 가벼운 연습을 하게 돕는다.

피셔가 삼십구 년간 오르간을 연주했다는 빈의 프란치스코회 교회가 표지를 장식하고 있었다. 그리고 졸탄의 친필 메모가 있었다. "이십오 년이라는 세월이 흘렀음에도 나의 도이치 번호 960 연주를 이 곡의 전범으로 기억해 주어, 내 인생의 누구보다도 큰 기쁨을 준 페레 브로스에게. 솔로 연주자라는 비정한 진로를 택할 용기가 없었던 어떤 자로부터. 존엄한 슈베르트와 위대한 피셔가 우리를 지켜 주길. 당신의 친구 졸탄 베셀레니."

샴페인을 다시 들이켠 그는 뒤를, 아주 먼 뒤를 돌아보았다.

* * *

졸탄 베셀레니는 고문서실의 낡은 피아노에 앉아 시^b, 라, 레^b, 시, 도를 두드리고 있었다. 그가 슬픔에 빠진 이후 대부분의 시간을 보낸 곳이었다. 그는 피셔의 주제를 반복한 후, 창문에 다가섰다. 창밖에선 빈의 하늘이 어울리지 않는 지중해성 소나기를 갑작스레 퍼붓고 있었다.

"이게 뭐라고?"

"핵심 주제지."

"하지만 피셔는 1828년에 죽었다고 하지 않았어?"

음악학자는 대답 대신 문서 더미를 가리켰다. 세월에 종이는 누렇게 변했지만, 보존 상태는 훌륭했다. 악보는 매우 깨끗했고, 작자의 필치는 아주 세심했다. 대단한 애정으로 쓰인 희귀한 곡이었다. 브로스는 피셔가 어떻게 그 짧지만 독특한 주제로 사장조의 사라방드를 쓸 수 있었는지 매우 놀라웠다. 아니면 혹시……

"조표가 없네. 무슨 조성이야, 대체?"

"잘 모르겠어. 조성 음악도 선법 음악도 아니야."

"말도 안 돼."

"아니. 그렇다니까."

"너무 아름다워."

"굉장해. 모차르트와 베토벤의 시절에 어떻게 이런 음악을 쓸 수 있었는지, 자꾸 나 자신에게 묻게 되는걸."

주제의 발전부는 총 열여섯 마디가 두 섹션으로 구성됐고 각 섹션은 두 마디 단위로 구성된 사라방드 네 악구로 이루어져 있었는데, 모든 것이 상상 불가능한 주제로부터 출발한 것이었다. 흠잡을 데 없는, 아주 훌륭한 솜씨였다.

두 친구는 튜닝이 안 된 비를 한참 동안 말없이 듣고 있었다. 처마에서 떨어지는 빗방울이 땅 위에 버려진 금속성의 물체를 두드리며 도#의 소리를 쉬지 않고 냈다. 꽤나 거슬렸다.

"이거 엄청난데." 삼십여 분간 일곱 개의 변주를 훑어본 브로스가 말했다.

"출판을 서두를 거야. 이 피셔라는 자는 큰 힘 들이지 않고도 브람스와 바그너보다 한 단계 위에 올라섰고, 말러를 능가하는 데다, 쇤베르크와 거의 대적하는 수준에 와 있어. 그는 음악이라는 것이 소진되기 전, 음악을 혁신하고자 했던 거야."

"하지만 죽기 전까지 결과물을 세상에 내놓지 않았던 것이고."

"사람들의 반응이 두려웠겠지."

"그래도 없애 버리지는 않았어." 페레 브로스는 친구의 눈을 바라보았다.

"하지만 만약 위조된 작품이라면? 어쩌면 가짜일 수도 있다는 생각은 해 봤어?"

"당연히 그 생각이 제일 먼저 들어서 모든 걸 면밀히 조사했지. 종이, 잉크가 주로 사용된 시기, 하지만 전혀 의심할 만한 게 없었어."

"내가 한번 쳐 봐도 될까?"

땅거미가 지고 친구에게 작별 인사를 하며, 그는 빈 음악원에서 들었던 졸탄의 도이치 번호 960 연주를 잊을 수 없다고 얼굴이 상기되어 고백했다. 그리고 좀 더 목소리를 낮추어 그의 귀에 대고 말했다. 존경하는 졸탄, 당대 최고의 실력자였던 자네가 왜 연주를 그만둔 거야? 응? 자네는 나의 지향점이었는데, 대체 왜 그런 거야?

그는 그저 포옹 한 번으로 모든 것을 설명하겠다는 듯, 친구를 힘껏 껴안았다. 베셀레니는 친구를 놓아주고선, 미소를 지으며 말했다. 이봐, 인생이란 그런 거야. 그리고 주제를 바꾸어, 그가 어디 있든 피셔에 관한 책이 나오는 즉시 가장 빠른 우편으로 한 부를 보내겠다 약속했다. 다만, 책을 읽은 후에 감상을 말한다는 조건으로.

* * *

페레 브로스는 뵈브 암발로 다시 잔을 채웠다. 누군가가 대기실의 문을 신경질적으로 두드렸다. 그는 개의치 않았다. 다시 시♭, 라, 레♭, 시, 도를 쳤다. 빈 고문서실에서의 만남이 있은 지 벌써 삼 년이 지났지만, 주제와 재현부가 여전히 머릿속을 맴돌고 있었다. 그 순간 문이 아주 힘차게, 확신에 차서, 허락도 없이 확 열렸다. 시뻘게진 얼굴을 억지로 감추며, 폭발하지 않기 위해 안간힘을 쓰고 있는 파르도가 문을 닫으며 들어왔다.

"무슨 내기라도 하자는 거야? 그로스만 부인이 그러는데…… 자네처럼만 연주할 수 있다면 모든 걸 다 바치겠다고 직접 만나서 말하겠대……." 그는 더욱 힘을 주더니 말을 이었다. "매우 감동받은 것 같아. 기회는 다시 오지 않는다고."

"내가 나만큼 연주하기 위해 바친 건 오직 내 인생 전부뿐이라고 전해 줘."

"아니, 아니, 아니, 자네. 아니야." 좋게좋게 말하려다 보니 머리가 지끈거렸다. "프랑스에서 하는 모든 연주의 공연료를 두 배로 올리려고 그로스만 부인에게 내가 얼마나 공을 들이는 중인지 잘 알잖아. 장난 그만 치고 부인을 좀 상냥하게 대하라고."

"그냥 좀 가 버리라고 해. 아, 그리고 2부 공연에는 나가지 않을 거야."

파르도는 병에 샴페인이 얼마나 남았는지 보더니, 그의 술잔을 홱 낚아채며 차분한 목소리로 말했다.

"그 말을 열 번도 더 들었을 거야. 이제 그만하라고. 정도의 차이는 있지만, 무대 공포증은 누구나 겪는 거야."

"하지만 한계에 도달하는 순간이 있어. 난 그게 바로 오늘이고."

"하지만 아주 훌륭한 연주였다고."

"아주 훌륭하게 전사했지." 슬펐다고 말하고 싶었다. 그렇게 소리 지르고 싶었다. 하지만 파르도를 향해서는 아니었다. 빈에 가서 "졸탄, 이제 다 끝났어, 돌아다니는 것도 지쳤고, 인생이 어떻게 달라졌을지 생각하는 것도 지쳤어. 드디어 음악과 자네 사이에서 결정을 내린 것 같아. 결국 자네가 이겼어. 자네는 그저 무심할 뿐이지만, 그 오랜 시간 동안 해 온 음악 공부와 일을 다 던져 버리더라도, 수많은 칭찬, 박수, 그리고 명예라는 달콤함에도 불구하고." 그에게 대충 이렇게 말하고 싶었다. 그리고 그가 이렇게 대답해 준다면 좋겠다. "오, 너무 잘됐어, 페테르."

"왜 마지막 소나타부터 연주한 거야?" 파르도가 캐물었다.

"몰라. 그냥 그런 생각이 들었어. 마치 마지막인 것 같은 느낌. 내가 아주……." 그의 목소리가 살짝 바뀌었다. "슈베르트가 첫 줄에 앉아 있었어. 7번 객석에."

그 말을 들은 파르도는 그에게 술잔을 돌려주었다.

"좀 더 마시는 게 낫겠군. 너무 많이는 말고. 다시 한번 말하는데 그로스만 부인이 자기 친구 한 사람하고 여기 밖에 와 있어. 정말 중요하단 말이야. 두 배의 공연료. 기자 인터뷰는 내일 하자고 하면 돼.”

“지금 집에 간다고 했잖…….”

“우리가 공연이 꽉 찬 봄을 맞이하게 될지 말지는, 귀신을 보지 않는다든가, 독주회 중간에 가 버리지 않는다든가, 그로스만 부인에게 웃음을 지으며 공손하게 칭찬은 칭찬대로 받아들이는, 그런 괴상하지만 사소한 부분에 달려 있다고.”

“내가 꺼지라고 했다고 가서 좀 전해 줄래.”

“2부 공연에 안 나가면, 내가 심장 마비를 일으킬 거라고 약속하지.”

둘은 서로의 눈빛을 이십 초간 견뎌 냈다. 가난에 시달리던, 끝도 없는 이동에 이동의 연속이던, 말다툼에, 공연 수입에, 행복과 슬픔이 교차하던 하루하루가 그의 운명에 얽히고설켜 들어갔던 시절이 주마등처럼 스치기에 충분한 시간이었다. 파르도는 문을 가리키며 확신에 찬 목소리로 말했다. 들어오라고 한다, 알았지?

페레 브로스는 자신이 알 바 아니라는 듯 등을 돌렸고, 분노로 창백해진 파르도는 대기실에서 나가, 문을 닫고, 안달이 난 두 부인을 향해 활짝 웃으며, 가여운 브로스에게 닥친 급작스러운 복통에 대해 단테식으로 설명했고, 그러는 동안 대기실 안에서는 샴페인 잔이 다시 채워지고 있었다. 그의 손이 떨렸다. 트루욜스 선생에게 악기를 배우기 시작한 아홉 살 때부터, 뵈브 암발로 채워진 잔을 들어 올리고 있는 마흔일곱 살까지, 총 삼십팔 년간 손떨림증은 가시지 않았다. 자신의 건강을 위하여, 그리고 항상 완벽하고, 몸을 사리지 않고, 따뜻하고, 인간적이고, 훌륭하고, 안정감 있고, 자신만만하고, 강렬하고, 미묘하고, 부드럽고, 무결하기 위해 연습한 시간을 위하여 그는 술잔을 들이켰다. 항상, 항상, 항상, 항상. 셀 수 없는 시간 동안 뼈를 깎는 노력을 하고 나서, 헛된 시간이여, 그는 지금에 와서 당장 그만두겠다고, 수백 개의 전구가 달린 거울 하나만 덩그러니 놓인 골방에서, 그것도 연주회 중간에 그렇게 말하는 것이었다. 그렇게 오래 연습을 해 놓고도 슈베르트가 무섭다니. 그를 내보내라고, 기세등등한 샴페인 잔에 낮게 소리쳤다. 그를 쫓아내 버려. 그는 여기 있을 권리가 없다고!

휴식 시간이 거의 끝나 갈 무렵, 파르도는 소리 없이 대기실에 들어와 심각한 반응을 예상하며 자리에 앉았다. 그러나 브로스는 그를 거들떠보지도 않았다. 조용히 술잔만 계속 들이켰다. 그제야 파르도는 선제공격을 결심했다.

"갑자기 무대 공포증이 견딜 수 없을 정도라니 말이 안 되잖아."

"자네가 그걸 겪을 일은 없겠지. 나는 아니라고." 목소리를 높여 말했다. "슈베르트 봤나?"

"공연장에 슈베르트라는 자는 없다고! 가서 직접 확인했단 말이야, 장담해."

"시가를 태우러 로비 밖에 나갔겠지. 그자가 내 연주를 듣는 이상 난 무대에 못 나가."

"음악을 관둔다는 건 말도 안 돼!"

"음악을 관둔다는 말이 아니야. 공연을 더 안 하겠다는 거지."

"이봐, 음악을 관두든 말든 내일 얘기하기로 하고, 자네가 원하는 대로 하게 될 거야……. 하지만 오늘은……. 연주는 어떻게든 끝내야 해. 그리고 그로스만 부인을 만나고."

"안 돼."

"그럼 이렇게 끝낸다고, 공연 중간에?"

"그래. 이젠 연습도 즐겁지 않아. 공연에 대한 두려움이 먼저 떠오른단 말이지. 그런 극도의 긴장을 못 견디겠어. 그런 긴장을 제대로 다스려 본 적이 한 번도 없는 것 같아."

"항상 잘해 왔잖아. 항상!" 파르도가 읍소하듯 말했다. "그 정도면 충분히 입증된 거 아냐?"

"나는 행복하기 위해 음악을 하는 거라고. 청중 앞에 얼굴을 내비치는 게 더 이상 행복하지 않은 지 꽤 됐어. 그리고 드디어 오늘……."

"누가 음악은 행복을 위해 하는 거라고 했나?" 파르도가 얼굴을 붉히며 그의 말을 끊었다. "나도 행복하지 않지만 그냥 견디는 거라고."

브로스는 그의 눈을 바라보았다. 파르도는 비꼬는 것이 아니었다. 샴페인을 혐오하는 매니저가 자신의 술잔을 채우는 것을 본 그는 파르도의 행동을 이해했다.

"걱정하지 말라고, 취하는 건 싫으니까. 아주 멀쩡한 정신으로 이 결정을 내리는 거야."

여느 위기 때와 다르다는 것을 이해한 파르도는 생각해 두었던 욕설과 비난을 잠시 접었다. 샴페인을 한 모금 들이켜는 척한 그는 잔을 내려놓았다. 페레가 조용히 그를 응시하자, 그는 손가락을 꼽기 시작했다. 첫째, 자네는 연주회 말고는 할 줄 아는 게 없어.

"좀 쉴 때가 됐지. 레슨도 하고."

"둘째, 레슨에는 눈곱만큼의 자질도 없지. 자네는 음악 수업으로 돈을 벌어 본 적이 없어. 누구를 가르칠 만큼의 인내심이 없다고."

파르도가 세 번째를 말하려는 순간, 브로스는 생각했다. 그건 틀렸어, 몇 달 동안 아주 유쾌하고 또 아주…… 음, 아주 아무튼 이웃집 여자에게 수업을 해 준 적이 있는데.

"내가 연습하는 게 정말 방해가 되지 않는다는 말이죠?"

"아니요! 오히려 기분이 너무 좋은걸요. 네가…… 아니 당신이…… 그러니 나하고 어머니는…… 심지어 숨까지 죽인답니다, 더 잘 들으려고요. 우리가 얼마나 수다쟁이인지 잘 알잖아요." 그리고 목소리를 낮추어 말했다. "당신이 여행을 떠나면 슬퍼져요."

"그렇지만 조용해지잖아요. 곧 이 주 정도 자리를 비울 예정이에요."

"가지 말아요."

"네?"

"아니, 그러니까……."

소녀는 생기 넘치는 호박색의 아름다운 눈으로 그를 바라보며, 왜 이런…… 이런…… 남자가 자신의 존재를 알아차리지 못하는지 스스로에게 되물었다.

"너무 걱정하지 말아요. 내가 돌아오면 보충 수업을 더 하면 되니까."

"아니, 그런 게 아니라. 만약……."

"재능이 충분해요. 하지만 좀 더 체계적인 선생을 찾아야 해요. 단계를 밟아 가며 지도해 줄 수 있는 사람 말이죠. 나는 정말……."

"저는 언제나…… 선생님과 수업을 하고 싶어요. 선생님하고만. 항상."

그가 가르친 단 한 사람의 학생이었다. 몸에 힘이 없고 부쩍 외로웠던 어느 날, 그는 공연을 할 때마다 얼마나 고통스러운지 그녀에게 얘기했고, 그녀는 그 호박색 눈을 하고서는 말없이 그를 이해했지만 차마 그의 손을 잡을 용기는 내지 못했다. 이상하게도 대략 삼 년간 지속된 그 수업은 불규칙적이었지만 매우 강렬했다. 그가 이사를 하면서 레슨은 끝났고, 그녀도 수업에 대한 생각도 차차 희미해졌다. 바로 오늘 전까지. 그 소녀의 이름이 뭐였더라?

그때 2부 공연을 알리는 종소리가 울렸고, 극도로 신경이 곤두선 파르도는 페레의 다섯 번째 특징을 꼽으며 자리에서 일어나 이봐, 이건 프로로서의 책임감, 그리고 우리의 우정에 관한 문제야, 이런 식으로 하면 모든 것이 위험해져. 차라리 결혼이라도 했더라면 정신적으로 좀 더 안정됐을 텐데. 더 이상의 설교가 소용없을 것이란 생각에 그는 차분히 말했다.

"첫 번째 종이 울렸어. 자네는……."

브로스는 이해할 수 없는 손짓을 했다. 파르도는 그가 아마도 알았어, 그렇게 하겠다고, 좋아라고 말한 것이라 결론지었다. 브로스에게 더 이상 부담을 주지 않기 위해, 그를 혼자 두고 대기실에서 나왔다.

페레 브로스는 수첩을 수만 번이나 열어 본지라 음악학 연구소 전화번호를 외우고 있었고, 잠시 동안 곰곰이 생각했다. 내가 그 문제에 끼어들 권리가 있는 걸까, 그런데 이제 그도 안나를 잃은 처지가 됐으니, 내가……, 그러고서도 비서가 전화를 받아 독일어로 브로스 씨 무엇을 도와드릴까요 하고 말하기 전까지 수십 번 전화번호를 눌렀다 끊기를 반복했다.

"베셀레니 씨와 통화하고 싶습니다. 급한 일이에요."

그는 부재중이었고 비서는 미안하다고 했다. 하지만 급한 일인지라 그의 휴대 전화 번호를 알려 주었고, 페레는 빈 어디에선가 좀 넋이 나간 듯한 목소리로 답하는 그를 찾아냈다. 이봐, 페테르, 무슨 일이야, 그러자 그가 말했다. 아니, 별것 아니야, 그냥 피셔에 관한 책을 보내 줘서 고맙다고. 아직 대충 훑기만 했는데도 대작인 걸 알겠더라. 그리고 상대가 관심을 표할 수 있도록 그는 잠시 말을 멈추었다. 하지만 베셀레니는 형식적인 질문 하나만을 던진 뒤 말이 없었다.

"더 이상 연주를 못 하겠어." 마침내 페레 브로스가 속내를 털어놓았다. "정말 더는 못 하겠다고." 불편한 침묵이 얼마간 계속됐다. "자네 생각을 자주 해. 슬프다고, 졸탄."

고통스러웠지만 베셀레니가 거리를 두려 하는 게 느껴졌다. 졸탄, 왜 항상 이렇게 차갑기만 한 거냐고 생각하며 어떠한 반응이라도 끌어내기 위해 그는 말했다.

"불안한 마음에 잠을 제대로 못 잔 게 벌써 육 개월이야. 좀 쉬고 싶어. 자네가 나한테 말한 적 있지……."

졸탄의 대답은 그의 기력을 완전히 빼앗았다. 베셀레니는 이야기를 다음으로 미루자고 했고, 페레는 지금이 아니면 다음은 없다는 것을 왜 자신의 친구가 모르는지 다급해졌다. 그가 간절하게 말했다.

"나의 행복을 갉아먹는다면 음악을 관두라 했잖아, 자네가 말이야."

"이봐, 나중에 천천히 얘기하자고, 어때?"

페레는 대화를 어떻게든 이어 나가려 다급하게 이야깃거리를 찾았다. 그리고 찾아냈다.

"슈베르트가 나타났어."

"슈베르트?"

페레는 그가 상당히 머뭇거리고 있음을 눈치챘다. 그 정도가 너무 심해 페레는 부끄러웠고 뭐라도 한마디 해야겠다고 생각했다.

"알았어, 알았다고." 말을 끊는 듯, 아니면 포기하는 듯한 어조로 말했다.

"나중에 전화해 줘, 알았지?"

"자네를 사랑해, 졸탄. 진심으로. 기억해 줘."

친구의 차가운 반응에 낙심할까 봐 얼른 전화를 끊고 그는 생각했다. 인생이란 왜 이토록 잔인한가, 내가 사랑하는 사람은 항상 내 호텔로부터, 내 갈망으로부터 수백 킬로미터 떨어진 곳에 머물고 있고, 내가 그를 그리워한다는 사실조차 모르는구나.

두 번째 종소리가 울릴 때 파르도는 그로스만 부인에게 작별 인사를 하고 있었다. 그녀가 떠난 후 대기실로 돌아온 그는 페레를 무대로 끌어낼 준비를 모두 마쳤다. 하지만 브로스가 도망을 선택한 듯 대기실은 비어 있었다. 화들짝 놀란 그는 일종의 심장 마비 전조 증상과 같은 통증을 느끼기 시작했고, 점차 커지는 공포감에 밖으로 나와서는 피아니스트를 쫓아가 죽여 버려야 할지, 아니면 그 누구에게든 그의 잘못에 대해 무릎 꿇고 빌어야 할지 알 수 없었다. 세 번째 종소리와 함께 터져 나오는 무대의 박수 소리가 들렸다. 아주 이상한 일이었다. 그는 무대지기의 만류에도 불구하고, 무대로 통하는 문 쪽으로 다가가 문을 살짝 열어 그 틈새로 눈앞의 상황을 훔쳐보았다. 여전히 많은 사람들이 뭐가 그리 급한지 궁금해하며 서둘러 들어오고 있었다. 페레 브로스는 관객 앞으로 한 발짝 나아가, 눈을 감은 채 인사를 했다. 안심한 파르도는 그에게 휴식이 좀 필요할지도 모르겠다고 생각했다. 그렇게 홍역을 치르고 또 한 번의 위기를 넘기자, 그는 저렇게 제멋대로인 브로스의 바티칸 독주회 날짜를 정하기 위해 휴대폰을 들고 홀의 구석으로 갔다.

이런, 대체 무슨 일이 벌어지고 있는 거야? 호박색 눈은 생각했다. 시♭, 라, 레♭, 시, 도. 이건 슈베르트가 아니잖아. 이 초 뒤 사라방드가 시작될 무렵, 사람들의 웅성거림이 퍼지기 시작했고 어떤 사람이 말했다. 저 봐, 내가 완전 미쳤다고 했지. 모욕을 느낀 다른 관객의 말도 들렸다. 현대 음악이 연주 프로그램인 줄 알았다면 공연 보러 안 왔을 거야. 우릴 철저히 속였어. 이렇게 말하는 관객도 있었다. 저 멜로디, 들어 본 적 있어? 여기 프로그램상으로는……. 저기요, 난 슈베르트의 1828년 세 개의 소나타를 들으러 왔는데요! 3층의 호박색 눈은, 브로스가 단단히 미쳤다고 말하는 어떤 성난 남자의 말이 맞을지도 모른다는 생각에 두려움을 느꼈다. 심한 압박감으로 정신이 나갔다는 것, 그녀만이 알고 있는 달콤한 비밀, 내가 그를 도와줄 수만 있다면. 2층 발코니의 측면 좌석에서는 야유가 시작되었으나, 좀 더 신중한 다른 관객들이 그들의 항의를 진정시켰다. 브로스는 베셀레니의 책을 악보처럼 펼쳐 둔 채, 벌써 두 번째 변주곡을 연주하고 있었다. 음흉하고 신원이 알려지지 않은 바티칸의 발처 주교라는 자와 공연 날짜를 조정하기 위해 통화를 하던 파르도는, 그제야 조금 전부터 울려 퍼지던 음악이 귀에 들어오기 시작했고, 세상에서 제일 재수 없는 브로스가 연주하는 곡이 슈베르트도, 염병할 슈베르트 조상의 곡도 아니라는 사실에 심장 박동이 빨라지기 시작했다. 수위 높은 욕설은 그저 산타클라라 홀에서 비공개 독주회를 할 피아니스트를 구할 수 있는지 확인하려 했던 바티칸 전화 수신자의 화를 돋우었다. 그럼요, 그날 연주 가능하다마다요, 주교님.

첫 번째 변주. 한 번도 들어 본 적 없는 멜로디야, 한 번도. 주제의 화음 진행이 아니야. 한참 후에 나오는 조성으로 수렴하기 위해 주제를 변주한 것도 아니라고, 아니야. 이건……. 이런 맙소사(독일어), 이런 음악이 가능하리라고는 생각해 본 적도 없어. 주선율의 조성적 경향과 조성의 선율적 경향이 서로에게 얽혀 들어가다니. 정말 희한해. 으뜸화음도 없고, 장조인지 단조인지 알 수 없는데다 그저 공기 중에 뜬 채로 부유하는 음악이 있을 뿐인걸, 이런 맙소사(독일어). 이렇게 못생기고 희귀한 완벽함이라니. 하지만…… 내 소나타는 어디로 간 거야? 왜 1828년의 첫 번째 소나타를 연주하지 않는 거야?

두 번째 변주. 클래식에 조예가 깊은 관객들 사이에서 좌불안석의 눈빛은 더욱 늘어만 갔고, 1층 13열에서는 아주 또렷하고 묵직한 목소리가 말했다. 대체 저자는 무슨 곡을 연주하는 거야, 말도 안 되는 음악이야.

세 번째 변주. 세 사람이 동시에 자리에서 일어났다. 1층 4열, 그리고 8열이었다. 슈베르트에 대한 무례에 항의하는 뜻으로 그들은 몇 초간 서 있었다. 이처럼 용기 있는 행동은 공연장 전체에 흩어져 있는 일고여덟 명의 사람들을 더 자리에서 일어나게 했다. 몇 초간 그들은 전자 투표 대신 직접 거수로 의사 표현을 하는 위풍당당한 국회 의원들 같았다. 하지만 페레브로스는 대단히 까다로운 네 번째 변주, 4성을 흉내 내어 거의 춤곡처럼 느껴지는 장에 골똘히 집중하느라 표를 셀 생각을 하지 못했다. 동시에 수많은 다른 의원들은 조용히 할 것을 요구하며, 본 회의장의 동료 의원들에게 더 이상의 수군거림을 멈추고 자리에 앉아 계속 들어 보라고 종용했다. 음악이 아름다워요. 분명 슈베르트는 아닙니다, 여러분이 맞아요, 하지만 매우 아름답지 않습니까.

다섯 번째 변주곡이 시작되자, 로비의 2A방에서는 브로스의 매니저가 참석한 가운데 이런 일이 발생할 경우 어떻게 대응해야 할지 아우디토리의 이사회가 벌써 소집되어 있었고, 그렇게 시간이 흘러 연주된 일곱 번째 변주곡은 좀 더 짧았고, 피아노적이었으며, 주제를 축약하고 있었고, 거장의 느낌이 묻어났다. 음 맞아요, 정말 귀를 기울이게 만드는 연주입니다.

"혹시 무슨 곡인지 아시는 분 있나요?"

"모르겠어요. 하지만 정말 좋습니다."

"언젠가 한번 유사한 베리오의 곡을 들은 적이 있습니다."

"아니에요, 베리오라니. 리게티죠. 리게티예요, 정확하지는 않지만."

"당신 생각은 어떻습니까, 파르도 씨? 뭐 어찌해 볼 방법이 없을까요?"

"뭘 말입니까? 무대에 올라가서 귀를 잡고 끌어 내리기라도 할까요?"

"리게티라고 했지, 맞아?"

"응, 아니면 그 비슷한 사람."

"그를 고발하겠습니다. 계약 위반으로요."

"아니 컨디션이 안 좋습니까, 파르도 씨? 아니, 갑자기 무슨 일이지, 빨리……. 어서 의사를 불러요."

"맙소사, 오늘은 대체 무슨 날이람."

리게티 혹은 그 비슷한 사람 혹은 그 누구인지가 마지막 변주곡을 끝내고, 마치 가볍고 섬세한 농담을 하듯 주제를 반복해서 휘몰아치자, 비로소 이야기는 수미상관을 이루며 마무리되었다. 그리고 주제를 이루는 다섯 개의 꾸밈없는, 고통에 찬 음을 차례로 연주하자 고요가 찾아왔다.

　열정과 대담함을 쏟아부은 페레 브로스는 창백해진 얼굴로 자리에서 일어났다. 하지만 어떤 연주든 슈베르트 앞에서 슈베르트를 연주하는 것보다는 훨씬 쉬웠다. 그제야 그는 슈베르트를 좀 더 똑바로 쳐다볼 수 있었다. 그는 곧 7번 객석의 슈베르트가 자리에서 일어나 열렬히 박수를 보내고 있다는 사실을 알아차렸다. 프란츠 슈베르트는 웃음 지으며 박수를 멈추지 않았고, 브로스는 앞니 하나가 없는 그의 미소를 유심히 살폈다. 공연장에는 여전히 침묵이 내려앉아 있었다. 그러나 갑자기, 3층 저 멀리에서, 호박색의 힘차고 부드러운 박수가, 누구인지는 알 수 없지만, 조용한 투명 슈베르트와, 피셔의 대담함과, 아니면 미친 피아니스트와의 연대를 표하고 싶다는 듯 쏟아졌다. 마치 집중호우 전의 굵은 빗방울들이 후두둑 모여들듯, 조금씩 조금씩 퍼져 나가던 박수 소리는 전 관객의 기립 박수로 마무리되었다. 페레 브로스는 피셔의 이름이 대문짝만 하게 쓰인 책을 관객에게 흔들며, 슈베르트가 계속 박수를 치는지 한 번 더 확인한 후, 뒤도 돌아보지 않고 영원히 무대를 떠났다.

유언장

석판 위를 두드리는 망치 소리는 너무나 잔인했다. 누구도 예상하지 못한 죽음에 비석조차 마련하지 못했다. 그녀처럼 건강하던 사람이 죽다니. 진짜 아파서 최근 몇 달간 병원을 들락거린 사람은 바로 그 자신이었다! 인생이란 여정의 적절한 행선지가 죽음이라고 생각하던 자도 그였지 에우랄리아가 아니었다! 이곳저곳 돌아다니며 각종 검사를 받는 십자가의 길을 일주일째 걸으며, 암이 아닐까 하는 걱정으로 속이 문드러진 것도 그였다! 운명의 어처구니없는 실수가 아니고서야 왜 에우랄리아가 죽었단 말인가?

무덤 파는 사람들이 일을 마치자 자식들과 친구들 옆에 서 있던 아구스티는 외로움에 절망을 느꼈다. 나의 인생을, 나의 시간을, 나의 욕망을, 항상 그 따뜻했던 미소로, 항상 날 이해

32

하려 했던, 항상 나의 옆에 있었던, 내 사랑, 주기만 하고 많이 받진 못했던, 내 사랑, 에우랄리아가 이제는 없다니. 아마데우가 잠시 무리를 떠나, 늘 그랬듯 신중하게, 5000페세타[1]짜리 지폐를 접어 장례지기들의 대장 손에 쥐여 주며 고맙다는 인사를 중얼거린 터에, 그는 잠시 정신이 산만해졌다.

아구스티는 작별 인사라도 몇 마디 하고 싶었다. 장례식에 참석한 사람들 앞에서 에우랄리아는 자신의 인생에 깃든 빛이었고, 그 말들이 그의 절망적인 사랑에 대한 조촐한 증거가 되기를 바란다고 말하고 싶었다. 하지만 말문을 여는 순간마다, 그의 영혼에는 눈물이 고여 버렸다. 아마데우는 조심스레 그의 어깨에 손을 올렸다. 아마도 그의 고통에 함께한다는 뜻을 전하고 싶었던 것 같다. 아구스티는 그제야 아들딸 셋이 옆에 서 있는 것을 깨달았다. 그들은 어떻게 저 거친 석판이 쉰 살에 갑작스러운 죽음을 맞은 엄마의 기억을 영원히 숨기게 되었는지 혼란스러워하는 눈빛을 하고 있었다. 모두가 함께였다. 아구스티는 이십팔 년간의 무탈한 결혼 생활, 예상치 않은 순간에 찾아온 아들, 바로 아마데우…… 그리고 한참 후에 태어난 카를라를 생각했다. 그가 에우랄리아와 아주 다른 스타일의 젊은 여자에게 푹 빠져, 처음으로 아주 심각하게 다툰 직후였다. 하지만 모든 것이 제자리를 찾았고, 거의 그 덕택으로 카를라가 다섯 살이 되던 해에, 그가 가장 아끼는 세르지

---

[1] 스페인의 옛 통화. 2002년 스페인이 유로화를 채택하며 사라졌다. 당시 약 167페세타를 1유로로 교환해 주었다.

가 태어났다. 그를 물끄러미 바라보았다. 열다섯 살의 그 아이가 엄마의 죽음에 가장 준비가 안 되어 있을 터였다. 그는 누나의 품에 안겨 있었다. 아버지의 눈에 카를라는 항상 수수께끼 같은 존재였다. 열여덟 살이 되던 해에 딸은 집을 나갔다. 이 년간 피렌체, 그리고 뮌헨에 살면서 소식을 전할 겸 핏줄임을 잊지 말라는 듯 총 여섯 장의 엽서를 보내왔고, 마치 엄마의 장례에 늦지 않겠다고 결심이라도 한 듯 몇 달 전 집에 돌아왔다. 아우토노마 대학교에서 미술을 공부한다는 이유를 대기는 했지만, 그는 분명히 어떤 남자와의 문제가 가장 큰 이유일 것이라고 확신했다. 귀환이 아니라 도피였다. 최근 이 년간 미모는 더욱 출중해졌다. 카를라는 언제나 미모가 뛰어났다. 자신의 딸이라는 게 믿어지지 않을 정도로. 카를라는 너무 수수께끼 같아서, 아구스티는 딸의 인생에 벌써 몇 명의 남자가 있었을지 생각해 보지도 않았다. 그리고 아마데우는 장례식의 마지막 절차보다 자기 아내의 배에 더욱 신경을 쓰고 있었다. 항상 그가 남몰래 부러워해 온 효율성에 입각해, 아마데우는 모든 것을 철저히 준비하여 아버지가 혼자서 상을 치르지 않도록 했고, 아구스티는 그것도 모르고 에우랄리아를 보호해 주지 못한 채, 혼자 망각 속에 두고 간다는 이상한 죄책감을 안고서 터벅터벅 자갈을 밟으며 차로 걸어가고 있었다. 하지만 가장 어려운 것은 이제 시작일 뿐이었다. 그녀 없이 혼자 사는 것. 세르지에게 엄마가 없어도 둘이서 함께 잘 헤쳐 나갈 수 있으리라는 믿음을 주는 것이었다.

"저녁 드시러 오세요." 며느리가 제안했다.

"괜찮아." 그리고 이유를 덧붙였다. "차차 익숙해져야지. 안 그래, 세르지?"

"잘 가세요, 아버지." 카를라가 말하더니 도피의 키스를 했다.

그는 떠나는 딸을 속임수를 써서라도 잡아 두고 싶었다. 난 병에 걸렸단다, 그리고 오늘 오후에 그동안 받은 검사 중 절반 의 결과가 나오는데, 너무나 공포스러우며, 에우랄리아에게로 도망칠 수 없으니 너라도 옆에 있었으면 좋겠다고 말하고 싶 었다…….

"혹시 뭐라도 필요한 게 있으면, 딸아…….'

"저요? 없어요…….'' 딸은 보일 수 있는 한 가장 성의 있는 태도로 말했다.

"전화할게요, 알았죠?" 동생의 머리를 힘껏 헝클며, 좀 더 활기찬 어조로 말했다.

"잘 있어, 세르지.''

어쨌든 꾀를 내어 딸을 속이지는 않았다. 하지만 오후에 진 료를 보러 가야 하는 건 사실이었다. 카를라가 있든 없든, 이 사실은 변함이 없었다.

최종 선고를 앞두고 있다는 사실에 불안감이 커진 그는 집 을 너무 일찍 나섰다. 병원 앞에 도착했을 때는 진료 시간 한 시간 전이었다. 자신의 유통 기한을 알고 싶은 집착을 생각하 니 스스로가 너무 바보처럼 느껴졌다. 사형 선고를 받기에 앞 서 한 시간 정도 시간이 있었다. 그는 에우랄리아를 생각하며 빈 카페로 걸어갔다. 아내가 함께 와 주었다면, 그리고 건강과 무관한 다른 대화로 그의 정신을 분산시켜 주었다면 얼마나 좋을까……. 정말 이기적이군. 차가운 세상에서 살게 된 아내에 대해서는 연민도 없이 그녀가 필요하다고만 생각하다니, 정말 이기적이야. 현대 미술관 앞을 지나며, 지금 열리고 있는 전시회 현수막을 찬찬히 읽어 보았다. 카페 생각도, 그리고 잠시나마 슬픈 생각도 들지 않았다.

방 전체는 짙은 황토색 느낌이 물씬 났다. 그의 눈은 자연스럽게 오른쪽 창문으로 옮겨 갔다. 창문은 무엇이 빠져나가는 지점이 아닌, 방과 그림 속 인물을 비추기 위해 아주 강렬하고 거침없는 햇살이 들어오는 통로였다. 제목을 따르자면 그림 속 그 인물은 철학자로서, 렘브란트가 그를 그린 사 세기 전부터, 식탁보가 늘어진 원형 탁자 앞에 앉아 창문을 통해 들어오는 환한 빛을 잘 이용해, 지혜가 가득 담긴 책을 읽는 중이었다. 가슴팍 중간까지 내려온 철학자의 수염과 그의 전체 모습은 고요함, 평안함, 난 아픈 데가 없어요, 난 죽음의 소식을 전해 줄 의사와의 만남도 예정된 바 없어요, 내 주변의 그 누구도 죽지 않았어요 같은 기운을 뿜어내고 있었다. 같은 방 창문의 반대편에는 상아탑에서부터 조급함, 질병, 불쌍한 나의 사랑 에우랄리아의 예기치 못한 죽음으로 채워진 현세로 내려오는 계단이 희미하게 보였다. 그리고 보이지는 않지만 짐작건대, 그림 앞쪽에는 탁자 위에 놓인 책만큼 두꺼운 책들로 가득한 책장이 있을 터였다. 어째서 내가 저 철학자가 아니란 말인가?

유럽의 여러 도시를 다니며 갤러리를 홍보하고 노르웨이 관광을 독려하기 위해 기획된 오슬로 국립 미술관 순회 전시회에 선보인 스물여섯 점의 작품을 찬찬히 둘러보았다. 짧게나마 행복한 이 순간에는 최종 선고에 대한 두려움, 에우랄리아와의 닿을 수 없는 거리, 카를라의 차가움, 세르지의 반항 섞인 눈물, 그리고 아마데우의 침묵…… 을 잊을 수 있었다. 이 수많은 아름다움에 둘러싸여 있다는 것이 정말 축복으로 여겨졌다. 그리고 무언가에 홀린 듯, 마치 좀 더 집중적으로 그림을 관찰하여 지혜의 진정한 샘을 파 보겠다는 듯, 철학자의 그림 앞으로 대여섯 번 되돌아왔다. 그가 그림에 푹 빠진 동안 시간이라는 관념은 증발해 버렸고, 마침내 시계를 보았을 때 그는 이미 병원 약속에 한참 늦은 후였다. 소름 돋는 경험을 안고 현대 미술관에서 나온 그는, 아주 신나게 여러 자동차의 주차 위반 딱지를 끊고 있는 단속원을 헉헉거리며 지나, 십칠 분이나 늦었으니 불확실성으로 가득한 이십사 시간을 더 처벌하지는 않을지 걱정하며 병원에 도착했다. 그는 여전히 헉헉거리며, 의사를 만날 수 있는지 창구에 물었다. 의사 누구 말인가요. 내 사망 날짜와 시간을 알려 줄 의사 말입니다. 3층으로 가세요.

대기 시간은 십 분 정도밖에 되지 않았다. 그의 옆에는 알 수 없는 이십여 명의 죄수가, 그처럼 겁에 질린 듯 앉아 있었다. 현대 미술관에서 가졌던 사색의 시간은 그의 영혼에 기운을 불어넣어 주었고, 결과가 어떻든 오늘 밤에는 세르지와

TV를 조금 보고, 며칠 후에는 영화관에 아이를 데려가리라 다짐했다. 아들에 대한 사랑, 그리고 에우랄리아에 대한 사랑을 위해서. 외로움이라는 맹수의 발톱이 얼마나 잔인한지 조금씩 알아 가게 된 지금, 혼자서 울 시간은 앞으로 충분할 것이다.

"이쪽으로 앉아 주세요."

그는 자리에 앉았다. 의사 선생님은 늦은 것에 대해 전혀 훈계하지 않았다. 그는 넋이 나간 모습을 하고, 그녀의 눈부신 흰색 가운 주머니에 꽂힌 연필에 모든 대답이라도 들어 있는 듯 그것을 뚫어지게 바라보았다. 털이 꽤나 덥수룩하고 뭐든 뚫을 듯이 강렬한 눈빛을 가진 간호사는 책상 위에 봉투 몇 개를 가져다 놓았다. 아구스티는 그곳에 자신의 운명이 들어 있을 것이라 짐작했다. 책상 위에 떨어지는 봉투 소리는 흡사 에우랄리아의 비석인 석판 치는 소리를 연상케 했다. 모든 상황을 더 괴롭게 만들려고 작정했는지, 간호사 청년은 의사 선생의 귀에다 대고 무슨 말인가를 소곤거렸고, 그녀는 고개를 끄덕였다. 아구스티도 모르는 사이 간호사가 문밖으로 나가기를 기다렸다가 하나, 둘, 셋, 넷, 그녀는 안경을 벗고, 동정이 가득 담긴 푸른 눈빛으로 그를 바라보았다. 아구스티는 모든 상황이 길어 봐야 육 개월 정도의 시간이 남았음을 의미한다고 생각했다. 마음이 저려 왔다.

"전체적으로 봤을 때 좀 이상합니다, 성함이……."

"아르데볼입니다." 그는 그녀가 봉투를 다시 살펴보고, 아제가 잘못 보았군요 하고 대답한 뒤, 그에게 작별 인사를 하고 싶은 사람처럼 황급히 대답했다.

"아구스티 아르데볼입니다." 그가 다시 말했다. 하지만 아니었다. 의사 선생은 아구스티 아르데볼이라고 정확하게 쓰인 봉투를 집어 들더니, 서류 뭉치를 꺼내어 읽고 또다시 읽었다. 그가 보기에는 문서를 서른 번도 더 읽는 것 같았다. 아빠도 엄마도 아무런 버팀목도 없이 남겨질 세르지를 생각했다⋯⋯. 그리고 그가 죽더라도 그렇게 슬퍼하지는 않을 거라는 생각에 마음이 아팠지만 카를라도 생각했다⋯⋯. 그리고 모든 걸 소리 없이 효율적으로 처리해 내리라 믿어 의심치 않는 아마데우까지⋯⋯. 얼마나 사랑하는 아이들인데! 이 말을 그들에게 자주 해 주지 않았던 것 같다. 어쩌면 쑥스러움 때문이었던 것 같지만, 아구스티는 진심으로 그들을 사랑했다. 의사의 망설임을 지켜보던 그는, 폭발할 것만 같아 더 이상 참지 못하고 물었다.

"그냥 말해 주세요, 선생님! 몇 년 남았습니까?" 그녀의 침묵에 그는 잔인하지만 용감하게 숫자를 조정했다. "몇 달 남았습니까?"

"네?"

"아니, 그러니까⋯⋯." 이번에는 아구스티가 약간 당황했다. "제가 어디가 아픈가요?"

"아, 아⋯⋯ 특별한 게 발견되지는 않았어요, 음, 아르데볼 씨?" 안경을 벗으며 말했다. "특별한 것 없이 당신은 건강한 상태입니다."

아구스티는 깜짝 놀라 의자의 등받이 쪽으로 물러앉았다.

그녀가 농담을 하는 걸까, 아니면 남은 시간이 몇 년, 아니 몇 달, 아니 며칠, 아니 몇 시간밖에 없어서 그가 죽을 때까지 진실을 말해 주지 않으려는 걸까……. 사랑하는 에우랄리아, 저세상에 무언가가 있다면, 없는 것 같지만, 우린 곧 만날 거야. 사랑의 기억은 극심한 공포에 빠지지 않도록 나에게 힘을 주는 것이 분명했다. 내 아들아, 그리고 딸아, 너희들의 아버지는 명예롭게 죽기 위해 노력할 것이다. 그리고 네 어머니의 훌륭한 남편으로 기억되기 위해 노력할 것이다. 너희들을 사랑한다, 아이들아.

그리고 그는 각종 검진 결과를 아주 쉽게 설명해 주는 의사의 목소리에 귀를 기울였다. 여기도 이상이 없고요, 저기도 괜찮습니다. 그리고 그에게 트랜스아미나제, 나쁜 콜레스테롤의 위험, 그리고 좀 덜 먹고 덜 마시는 생활의 필요성, 특히 술과 담배를 줄이고, 채소를 많이 먹어야 한다는 종류의 훈계를 꽤나 심각하게 했다. 그는 터질 것 같은 목소리로 의사의 말을 끊었다.

"그러니까 제가 죽을병에 걸린 게 아니라고요?"

의사는 마치 테니스를 치듯, 대답 대신 질문으로 그의 말을 받아쳤다.

"결혼하셨고 자식도 있다고 하셨죠, 맞습니까?"

"그러니까……." 처음으로 아내의 죽음을 말해야 할 순간이 왔고, 그는 깊은숨을 들이쉬었다. "그게 아내가 죽었습니다. 뇌졸중이었어요." 그리고 덧붙였다. "오늘 장례를 치렀습니다."

"저런……." 그녀는 안경을 벗었다. "위로드립니다."

"감사합니다."

"자식은 셋을 두셨다고 하셨죠, 맞습니까?"

대체 이 사람은 안경을 몇 번이나 벗었다 썼다 하는 거지? 네, 셋 맞습니다 하고 대답하는 동안, 그녀가 안경을 언제 썼는지 기억이 가물가물했다. 마치 중요한 말을 할 때마다 벗기 위해 안경을 30~40개는 가지고 다니는 것 같았다. 바로 지금 이 순간처럼. 의사는 다시 안경을 벗고, 푸른 눈으로, 아구스티의 의심 가득한 눈을 뚫어지게 쳐다보았다.

"이런 경우는 정말…… 놀랍습니다. 결과를 보면……" 서류를 흔들며 말했다. "……뭔가 잘못된 정황은 절대 없고요."

"이보세요, 의사 선생님……." 그는 자신감을 회복하려고 노력하며 농담을 던졌다. "사실대로 말씀드리자면, 이제 죽지 않는다는 것을 알았으니…… 전 무슨 말씀을 하셔도 놀라지 않을 겁니다. 머리 아픈 일도 없을 거고요."

그녀는 정말 그의 환자가 정말 진정을 찾은 것인지 유심히 살폈다. 숨을 들이쉰 그녀는, 아구스티의 정수리 뒤에 걸린 시계를 보더니, 더 이상 일을 미룰 수 없다는 듯 말문을 열었다.

"그러니까 이미 말씀드렸다시피," 그녀는 그가 잘 볼 수 있도록 책상 위의 서류를 넓게 펼치고서 안경을 벗었고, 맞다, 또 벗었고, 그리고 그를 보며 말했다. "제가 확언컨대, 아르데볼 씨를 고열에 시달리게 한 그 병…… 이하선염을 앓은 이후…… 그러니까 그 고생을 한 이후……." 그녀는 다시 서류를 들었고, 아구스티는 마침내 안경을 쓰는 의사의 모습을 볼 수 있었으며, 그녀가 읽었다. "그러니까…… 열다섯 살 이후로 당신은 생식 능력을 잃었습니다."

　자리가 불편해진 의사는 안경을 벗어 책상 위에 올려놓았다. 입이 딱 벌어진 아구스티는 생각했다. 아니 아무것도 생각할 수 없었다. 왜냐하면 살아남은 자들 앞에 펼쳐진 미래 또한 매우 끔찍할 수 있다는 사실을 서서히 받아들여야 했으니까.

손안의 희망

태양이 바다에서 목욕한다는 게 거짓이라고 말하지 말아 줘.
— 펠리우 포르모자

"사우 계곡[1]의 해 지는 모습을 다시 보고 싶거든."

"목숨을 걸기에는 좀 어리석은 이유 같은데."

"젊은 시절 작센에서 돌아온 것도 그게 그리워서였지."

"자네는 항상 좀 멍청한 면이 있어."

"그래. 사우는 언제나 그리울 거야."

두 남자는 목 뒷덜미에 직선으로 내리쬐는 따가운 햇살을 맞으며 서 있었다. 양동이 속의 악취 나는 구정물을 버리며 찌꺼기가 안 떨어진다는 듯. 시간을 최대한 끌면서, 낮은 목소리로 이야기를 나누는 중이었다. 저렇게 따가운 햇살 아래 서서 이야기를 나누다니 누군들 상상이나 했겠는가. 물론 올레

---

1) 카탈루냐 오소나 지방 북동부를 흐르는 테르강의 지류.

게르가 사우와 그곳의 원시림 같은 풍경을 그리워하는 건 사실이었다. 하지만 정녕 그를 힘 빠지게 하는 것, 그리하여 이 모든 번거로움을 감내하고 싶게 만든 것은 왜 셀리아가 그에게 편지를 쓰지 않는지 그 이유를 알 수 없다는 것이었다. 그는 십이 년간 쥐와 바퀴벌레 사이에서, 매일, 매분, 인생의 매 초를 도착하지 않는 편지를 기다리며 보냈다.

"그건 자네가 사우의 석양을 본 적이 없어서 그래." 토네트에게 셀리아 이야기를 빼고 대답했다.

"굳이 봐야 할 이유도 없지. 난 여길 나가고 싶지 않거든. 탈출하다 잡히는 순간, 묻지도 않고 사람을 죽인단 말이야. 더 이상 알고 싶지 않아. 자네 얘기는 못 들은 걸로 하지." 그도 냄새가 그리 좋지 않은 자신의 양동이를 잽싸게 비웠다. 실망한 올레게르가 고개를 들자, 험상궂게 생겨 그를 뚫어지게 바라보던 군인의 눈빛과 마주쳤다. 그의 입가에는 싱싱한 로즈마리 가지 하나가 붙어 있었고, 눈빛은 위대한 왕 페란[2]의 감옥에 갇혀 비참해진 악마의 후손 전체를 향한 혐오로 번뜩이고 있었다.

처음으로 탈출 계획을 세웠던 육 년 전, 올레게르 괄테르는 탈옥의 동반자로 선택한 마시프에게 아무것도 숨기지 않고 자신의 비밀을 털어놓았다. 그는 항상 그랬듯 마른 풀 조각을 씹으며 대답했다. 아주 좋은 생각이야, 하지만 자네는 그 저주받

---

2) 스페인 국왕 페르난도 6세(Fernando VI, 1713~1759)를 카탈루냐식으로 부르는 이름이다. 통치 능력이 없었고, 아버지 펠리페 5세와 비슷한 정신 착란 증세를 가졌던 왕으로 알려져 있다.

을 딸을 그만 잊는 것이 좋겠어.

"저주받았다고 하지 마. 왜 편지를 안 쓰는지 모르겠지만."

"자네에게 눈곱만큼도 관심이 없으니까 안 쓰지."

"그게 아니야. 너무 일이 많아서일 거야. 결혼을 했거나, 그렇다면 애들을 돌보느라 바쁠 수도 있고……."

"자네 정말 바보로군." 마시프가 대답했다. "하지만 나도 보고 싶은 딸이라도 있었으면 좋겠네. 딸, 무엇보다도 편지도 쓸 줄 아는 그런 딸. 하지만 여길 나가는 건 말이지, 없던 일로 해. 생각만 해도 무섭다고."

올레게르 괄테르는 그 당시 어쩔 수 없이 마음을 접어야 했다. 혼자서 계획을 실행한다는 건 절대 불가능했고, 성공을 위해서는 무슨 일이 닥치면 간이라도 내어 줄 수 있는 유일한 동료 마시프가 꼭 필요했다. 다른 감방 동료들은 이 계획을 알게 되는 순간, 교도관장을 통해 하찮은 득이라도 볼까 하여 탈옥 의도를 고자질할 게 뻔했다. 그만큼 암벽 속에서의 오랜 생활은 인간의 염치마저 앗아 버렸다.

하지만 인생에 영원이란 없는 법. 일곱 달쯤 지났을까, 마시프는 그에게 아주 급한 일이 생겼으니, 감옥에서 빠져나갈 계획에 대해 설명해 달라고 애원했다. 당시 둘은 아침마다 앞마당에서 얘기를 나누곤 했다. 그 무렵의 교도관장은 보초병들과 험악한 교도관들의 고요하지만 성난 불평에도 불구하고, 쉬는 시간을 좀 길게 주는 편이었다.

"캄캄해지면 올라가는 거지. 이 계획에는 변함이 없어."

"상관없어. 아주 좋은 생각이야."

그들은 사흘 밤에 걸쳐, 같은 수용 동의 다른 동료들 몰래, 자정 무렵 감시의 교대가 이루어질 때 감옥의 모든 이들이 잠든다는 사실을 확인했다. 그들은 서로 도와 가며, 짚과 희망과 세상의 모든 인내심을 끌어 엮은 밧줄의 보조를 받아, 지붕까지 기어 올라가야 하고, 그곳에서 겁만 먹지 않으면 건장한 남성 둘쯤 되는 높이에서 뛰어내릴 수 있을 테고, 설령 다리 한쪽이 부러진다 하더라도 개들만 따라오지 않는다면, 고통을 참고 건너편 숲까지 걸어가 살았다고 안도의 숨을 내쉴 수 있으리라 생각했다. 칠 개월 전만 해도 너무 운에 좌우되는 계획이라며 비관적이던 마시프는 결국 이 방법이 최선임을 인정했다. 사흘 전, 그는 교도관장의 사무실로 불려 가 자기 이름 앞으로 도착한 명령서를 받았다. 그 후, 그는 갑자기 설사를 하기 시작했고, 전속력으로 올레게르에게 달려와 물었다. 이봐, 친구, 그때 말한 계획, 다시 얘기해 보면 어떨까.

　　"캄캄해지면 올라가는 거지. 이 계획에는 변함이 없어."

　　"상관없어. 아주 좋은 생각이야." 마시프가 말했다. "자네와 함께 탈출하겠어. 금방 끝날 거라고." 그는 덧붙였다. 그리고 올레게르는 자정 무렵의 달이 밤하늘을 옅은 황색으로 물들이지 않는 첫 번째 날, 계획을 실행하기로 결정했다. 닷새 후라네, 마시프. 하지만 알 수 없는 이유로 마시프의 사형 집행일이 앞당겨지는 바람에 모든 것이 중단되었고, 올레게르의 계획과 마시프의 목숨은 동시에 물거품이 되고 말았다. 불운한 마시프는 올레게르의 비밀을 위대하신 미친 왕이자, 이름은 페란이며, 부르봉 왕가의 여섯 번째 페란이라 할 수 있는 그가 소유한 죄수의 공동묘지까지 가져갔다.

그리하여 올레게르는 불쌍한 마시프를 떠올리며, 토네트에게는 사우의 석양 이야기만 했던 것이다. 요강을 손에 든 토네트는 그를 의심스럽게 보더니 자리를 떴다. 올레게르는 이 모든 것을 생각하며 기대었던 앞마당 벽에서 일어나, 해가 드는 쪽으로 자리를 옮겼다. 그곳에는 더 이상 그를 미친놈 취급하는 감옥수들이 없었다. 그는 누구도 믿지 않았지만, 마음 깊은 곳에서는 토네트를 선택했다. 반드시 토네트여야 했던 건 그가 마시프처럼 작고 가벼웠기 때문이다. 남는 시간에 그는 셸리아를, 죽은 자들을, 니콜라우 선생을, 오스트리아와 작센의 풍경을 골똘히 생각했다. 그곳의 언어는 모국어와 너무나 달라, 육칠 년 정도가 지나서야 어느 정도 말을 할 줄 알게 되었다. 추억 삼키기에 지칠 때면 마시프에게 이미 설명한 탈옥법을 연마하는 데 힘을 쏟았다. 그는 밤 12시가 지나 교도관들이 교대를 할 때면, 대부분의 감시병들이 잠시 눈을 붙이는데, 그 이유는 감옥에서는 어떤 특별한 일도 일어난 적이 없었을 뿐만 아니라, 사방이 너무 어두워 땅에 움푹 파인 구멍이나 감옥 앞마당의 헐거운 하수구 뚜껑에 걸려 넘어지지 않고서는 순찰을 돌 수 없기 때문이라는 사실을 잘 알고 있었다. 하지만 교도관들이 몰랐던 사실은 십이 년간의 수감 생활을 거치며 올레게르의 눈빛이 어둠보다는 절망으로 인해 흐려졌을 뿐만 아니라, 마치 고양이처럼 밤눈이 밝아졌다는 사실이다. 그리고 뻔하게 예상되는 앞마당의 길이 아니라, 한밤중에는 목이 부러지지 않고서야 절대 지나갈 수 없는 지붕으로의 탈출을 생각하고 있다는 사실이었다. 그런데 대체 왜 단 한 번도 내게 편지를 쓰지 않을까? 단 한 번도! ……처음 수감되고 칠 개월 동안, 그는 딸에게 일곱 통의 편지를 보냈다. 당신 딸이 더 이상 답장을 보내기 싫어하는 것 같다는 예전 교도관장의 한마디에 편지 쓰기를 잠시 중단한 적도 있었다. 비웃음 거리가 될까 봐서였을까? 아니었다. 귀찮은 존재가 되고 싶지 않아서였다. 하지만 몇 달 지나지 않아, 그는 애원으로 가득한 짧은 편지를 다시 쓰기 시작했다. 내 딸 셸리아, 살아는 있는지, 잘 지내는지, 결혼이라도 했는지, 자식이라도 생겼는지, 그리고 나를 기억하는지…… 종이 한 장에 아빠, 안녕, 이 말만이라도, 아빠 안녕, 이 한마디면 세상에 더 바랄 것이 없겠구나, 셸리아.

그리고 교도관장이 바뀌어 재수 없는 로데네스가 왔다. 그는 남작도 아니면서 스스로 남작이라 칭했고, 그가 감독하는 손님들의 몸이, 그들을 감옥살이로 이끈 죄로 인해 점차 말라가는 모습을 즐겼다. 앞마당 산책은커녕, 수도원식의 운영 방식으로 회귀해 절대 침묵을 지켜야 했다. 뭐가 그렇게 말이 많아. 글을 쓰는 것도 금지됐는데, 아니면 네 헛소리로 굳이 왕립 우편국의 업무를 마비시켜야 하겠어? 애초에 나쁜 짓을 말았어야지. 그렇게 육칠 년의 나날이 셸리아의 편지를 기다리는 중에 흘러갔다. 그래서 위대한 전하의 감옥에서 빠져나가기로 결심한 것이지, 사우의 석양, 거의 기억도 나지 않는 그 석양 때문에 그런 결심을 한 게 아니었다.

일곱 살이 되었을 때, 사우에서 바르셀로나로 이사 온 그의 아버지는 니콜라우 살토르라는 오르간 장인이 운영하는 공방에 그를 문하생으로 입학시켰다. 살토르 선생과 인연을 맺는다는 것이 아들에게 영원한 굴레를 씌울 것이며, 아들이 마흔 살 때 종신형을 선고받아, 전국에서 제일 악명 높은 감옥에서 안팎으로 썩어 들어가게 되리라는 것을 알았다면, 그때 아버지는 그를 다시 고향으로 데려갔을 것이다. 하지만 운명이란 그런 것이다. 서사의 전체가 아닌 일부분만을 제멋대로 보여 준 채, 아닌 척 모호한 웃음을 지으며 우리를 속이려 든다.

아닌 게 아니라 올레게르는 그런 운명을 접어 두고라도 장인 살토르의 공방에서 금방 두각을 나타냈다. 문하생으로 머문 시기는 얼마 되지 않았다. 열다섯 살이 되자, 그는 파이프를 튜닝하는 아주 긴 과정에서 장인의 귀가 되었다. 악기의 금속, 목재, 펠트 천을 직접 다루었을 뿐만 아니라, 기적과 같은 소리를 내게 해 주는 오르간의 복잡한 메커니즘의 비밀을 꿰뚫게 되었으며, 아주 수월하게 오르간 파이프의 음정을 맞추는 여러 방법을 알게 되었다. 그는 오르간이 내는 수많은 소리를 통해 인생을 바라보기 시작했고, 자기도 모르는 사이, 꽤나 행복감을 느끼게 되었다.

다음 날 올레게르는 구정물 통을 비우고 돌아오다가 토네트의 말을 듣고 깜짝 놀랐다. 이봐, 좋아, 나도 관심 있어. 요강에 똥을 싸는 것도 지친다고. 하지만 우선 자세하게 설명해 봐.

그들은 앞마당 산책 시간을 기다려야 했다. 아무도 방해하지 않도록 볕이 쨍쨍 드는 구석에 앉아, 올레게르는 뚝뚝 떨어지는 땀방울도 훔치지 않은 채 설명을 시작했다. 감옥에 들어온 바로 다음 날부터 십이 년간 그는 수용동의 열쇠를 가지고 있었다. 우연히 손에 넣은 것이었다. 그도 잘 모르는 한 교도관이 복도에 열쇠를 떨어뜨렸고, 그 열쇠가 통통 튀어 감옥 안 그의 발 앞에 떨어졌다. 아무도 눈치채지 못했다. 혹시라도 쓸모가 있을까 싶어 그는 짚 속에 열쇠를 숨겼다. 교도관들은 수 차례의 헛된 수색 끝에 자물쇠를 바꾸는 대신, 똑같은 열쇠 하나를 더 복사했다. 교도관들의 움직임을 몇 달간 인내하며 반복 관찰한 결과, 그 열쇠로 복도 끝 문을 열 수 있음을 확인했다. 그 문은 옥상으로, 굴뚝을 타고 가면 도달하는 지붕으로 통했다. 십이 년간 열쇠에 대한 생각은 그의 기억력을 감퇴시켰지만, 탈옥을 위한 이상적인 순간이 다가오기까지 그 비밀을 지킬 수 있었다. 지붕으로 나가는 거야, 그래. 교도관들이 짐작도 못 할 곳이니까.

"내 몸집에 굴뚝을 통과하는 건 힘들 거야."

"며칠만 굶는다고 생각해. 난 빠져나갈 수 있을 것 같아."

"지붕에 올라가는 데 성공한다고 치자고…… 근데 아마 우리 목이 부러질 거야."

"그래. 하지만 지붕은 감시에서 벗어난 곳이야."

저 멀리서 회색 수염에 로즈마리 가지를 단 군인이 그들을 바라보고 있었다. 그의 일그러진 표정은 마치 그들의 말을 엿듣는 것처럼 보였다. 모든 계획을 알게 된 토네트는 크게 숨을 한번 들이쉬더니, 올레게르의 어깨에 손을 얹고 속삭이듯 말했다.

"불가능해." 한참을 침묵한 후 그들을 보고 있는 군인을 쳐다보더니 그가 말을 이었다. "그렇지만 자네와 함께 가겠어. 단 조건이 하나 있어."

"뭔데."

"파네르도 우리와 함께 가야 해."

짐작했어야 했다. 토네트와 파네르는 언제나 붙어 다녔다. 그 둘은 마음이 통하는 친구였고, 탈옥 계획을 설명할 때 이 점을 고려하지 못했다. 이번에는 토네트와 파네르가 있다고 생각하며, 탈옥의 전 과정을 시뮬레이션해 보았다. 불행 중 다행인지 파네르의 몸집은 더 작았다.

"그래, 토네트." 잠시 후 그는 숨을 들이쉬었다. "파네르가 다리 한쪽이 부러져도 감당할 준비가 되어 있다면 와도 좋아." 그는 미소를 띠고 피곤하다는 듯 손짓을 하며 덧붙였다. "하지만 그가 입이라도 뻥긋 한다면 죽여 버릴 거야."

그렇게 십사 일 후 보름달이 뜨는 날, 그들은 감옥을 탈출하기로 했다. 올레게르는 감방의 벽에 기대어 앉아, 목 뒤로 깍지를 낀 채, 바르셀로나보다 오히려 더 잘 아는 빈을 생각하며 감옥에서의 마지막이 될 날들을 보냈다. 카를레스 왕[3]은 왕위에 오르기를 거부한 후, 바르셀로나에 있던 왕실 사람들 일부와 오스트리아 왕가를 지지하는 장성 그리고 군관 여럿을 빈에 소집했다. 장인 니콜라우 살토르를 빈으로 데려간 것은

---

3) 1711년 신성 로마 제국의 황제로 제위한 카를 6세(Karl VI, 1685∼1740)를 의미한다. 그는 신성 로마 제국을 다스리는 대신, 스페인의 왕위를 포기하며 자신이 거주하던 카탈루냐를 떠나 빈으로 갔다. 카탈루냐어권에서는 그를 카를레스 대공 혹은 아라곤왕 카를레스 3세로 주로 부른다.

여왕의 확고한 뜻이었다. 갓 열아홉 살이 된 올레게르는 부모를 잃은 데다가 세상을 보고 싶은 지대한 호기심에 재고의 여지도 없이 만족하며 장인 니콜라우의 보조로, 빈을 향한 정치적 망명에 합류했다. 그는 그곳에서 황제가 될, 그리고 카를레스에서 카를로 이름을 바꾼, 그리고 3세에서 6세가 될 왕을 모시게 된다.

그리고 탈옥을 열흘 앞둔 바로 그때, 올레게르가 감방 벽에 기대 앉아, 목 뒤로 깍지를 낀 채, 빈을 생각하고, 사우를 생각하며, 마리아의 죽음을 생각하고, 심장이 알려 준 페레에 대한 아주 나쁜 소식을 생각하고 있던 바로 그때, 재수 없는 로데네스가 교체되었다. 심장의 아픔이 지속되던 그 며칠 동안 감옥의 규칙이 바뀌지 않기를, 제발 모든 것이 변하지 않기를, 그리하여 감옥을 탈출할 수 있기를 기도하며 하루하루를 보냈다. 그리고 두 다리를 멀쩡히 달고 숲에 도착해 어떤 수레꾼이라도 만난다면 비크[4]에 데려다 달라고 부탁하고, 도착하자마자 제일 먼저 집으로 달려가 셀리아가 아직 거기 살고 있는지 확인하리라 생각했다. 그렇지 않고 새로운 세입자가 살고 있다면, 어쩌면 그들이 셀리아가 어디로 이사를 갔는지 알려 줄 수도 있을 것이다. 그리고 딸의 눈을 보며, 걱정 말거라, 곧 떠날 거야, 내 사랑하는 딸이라고 말할 것이다. 너를 귀찮게 하고 싶지 않단다……. 그런데 왜 십이 년간 나에게 한 번도, 단 한 번도 편지를 보내지 않았던 거니? 네 편지가 내 인

---

4) 카탈루냐 북동부의 소도시.

생의 희망이 되어 주었을 텐데. 손안에 그 편지를 갖고 있기만 했어도 내 인생이 그렇게 고통스럽지는 않았을 거야. 아우구스티노 교회에 있던 오르간의 몸체가 무너져 내려 두 수사가 밑에 깔린 사고로 형 집행서를 든 군인들이 나를 찾아온 날, 나는 진주 같은 너의 눈이, 내 어여쁜 딸아, 나의 아픔을 먼저 생각하느라 눈물을 속으로 삼키는 모습을 보았고, 나에게 주어진 시간은, 베르트라나 씨 댁에 가 있거라, 너를 매우 반겨 줄 거야, 며칠이면 될 거야라고 겨우 너에게 말해 줄 수 있는 정도였지. 그러나 죽은 수사 중 한 사람이 교단의 수뇌이자 미친 왕을 보좌하는 장관의 사촌쯤 되는 사람으로 밝혀져, 특별 협약의 적용을 받아 그 며칠이 몇 년이 되었고. 그래서 나는 너에게 편지를 쓰게 되었지, 딸아, 베르트라나 씨 댁에서 지내는 건 편하니, 어떻게 지내니, 곧 돌아갈 거야. 근데 너는, 아무 대답이 없구나. 그래도 심장이 이상 없이 뛰었으니, 난 너에게 계속 편지를 썼단다.

언젠가 마시프가 이런 말 하기 참 안됐지만 어쩌면 딸이 죽었기 때문에 답장이 없을 수도 있다고 말한 적이 있었다. 이해한다는 듯 쓴웃음을 지으며 말했지. 그게 무슨 말도 안 되는 소리인가. 그랬다면 벌써 느낌이 왔을 거야. 내 사랑하는 마리아가 죽었을 때 그랬던 것처럼. 마리아가 죽었을 때, 그는 만레자 교회에서 자신이 만든 오르간의 습기를 제거하느라 두 달째 집을 떠나 출장 중이었다. 그리고 여전히 불만족스러운 소리이긴 했지만, 기도석 쪽에 놓인 저음역의 발 건반을 밟는 순간, 심장 박동이 멈추는 느낌이 났고, 바로 그때 마리아의 심장도 아무런 경고 없이 작동을 멈춰 버렸다는 사실을 나중에 알게 되었다. 그리고 페레가 프라츠 아 모이아에서 풍금 세 대를 고치는 조건 좋은 계약을 맺고 걸어 돌아오는 길에 마차의 바퀴에 치였을 때도 그 멈춤을 느낄 수 있었다. 그가 갑자기 뒤를 돌아볼 정도로 그 느낌은 아주 강했고, 그는 계약을 파기해야 했을 뿐 아니라, 걱정했던 대로 후계자를 잃고 말았다. 지금은 그 심장이 멈추는 느낌이 없어, 마시프. 내 딸 셀리아는 아주 건강하게 살아 있어, 왜 편지를 안 보내는지는 모르겠지만.

로데네스를 내보내고 새로 온 교도관장은 깡마르고 무표정하며 말수가 적은 사람이었다. 그는 자정이 지난 후에도 촛불을 켜고 생활했는데, 처음 며칠간 교도관들은, 새로운 관장의 한계를 어디까지 시험해 볼 수 있을지, 그가 그들에게 얼마만큼의 골칫거리가 될지 가늠하느라 서로 눈빛을 수시로 교환했다.

어둠이 내리고 간이침대에 누운 올레게르는 셀리아가 떠오르자 그녀를 잊기 위해 다시 빈을 생각했다. 공사도 마무리되지 않은 쇤브룬 집에 살던 이 년, 왕궁 예배당의 웅장한 오르간을 만들며 지냈던 시절을 추억했다. 그 오르간은 장인 살토르가 고열에 굴복하여 죽기 전 두 번째로 만든 것으로, 그의 서명이 남아 있다. 황제는 장인 살토르의 작업을 매우 흡족하게 여겨, 그가 제국 및 독일 전체의 오르간을 찾아다닐 수 있도록 허락했다. 총 일 년, 여행하며 듣고, 치고, 기록하며, 비교하고, 절대적으로 완벽하고 불가능한 악기를 제작하기 위한 마지막 비밀을 배우기 위해 노력한 시간이었다. 카를 황제 17년, 올레게르가 스물두 살이 되던 해, 니콜라우 살토르 선생은 마르클레베르크에서 들어온 일감을 수락했고, 플라이세의 초록 강둑에 임시 공방을 차렸다. 그는 평소와는 다르게 아주 빠른 속도로 그렇게 크지는 않지만 마을의 한 루터교 교회당에 놓일 꽤 괜찮은 오르간 한 대를 만들어 냈다. 악기는 천상의 소리를 냈다. 올레게르는 자신의 스승이 만든 오르간 중 최고임을 직감했다. 그의 스승은 아무도 모르는 작센의 작고 아름다운 마을에, 자신이 가진 재능의 흔적을 남긴다는 사실에 아주 기뻐했다. 그는 금속 명판에 살토리우스 바르키노넨시스 메 페킷, 1718년[5]이라 새겼다. 그리고 만족스러운 죽음을 맞이했다.

일주일 후, 올레게르는 탈옥 계획이 여전히 유효하다는 결론을 내렸다. 그들은 돗자리에서 뽑아낸 짚으로 약해 빠진 밧줄을 서툴게 만들고 있던 다른 두 명의 공모자들에게도 이 사실을 몰래 전했다. 그리고 17일 금요일 보름달이 다시 차오르는 그날 밤, 천둥 번개가 치더라도 탈출하기로 결정했다. 하지만 그들이 생각하지 못했던 변수는 바로 새로 부임한 교도관장의 능력이었다.

운명의 날이었다. 그리고 밤이 되었다. 그들의 심장은 터질 것 같았다. 수용동의 동료들이 깊은 잠에 빠지고, 교도관실의 약한 불이 희미해지기를 기다렸다. 그제야 그들은 좀 더 크게

5) 라틴어로 '바르셀로나 출신 살토르 제작, 1718년'이라는 뜻이다.

숨을 쉬며, 몰래 열쇠를 꺼낼 수 있었다. 다른 감옥수들이 하나둘씩 평화롭게 코를 골기 시작했다. 하지만 수많은 밤에 그래 왔던 것처럼 벌써 희미해졌어야 할 교도관실의 불은, 그날따라 점점 밝아졌다. 그리고 그들은 겁에 질려, 누군가가 그들의 문을 여는 모습을 지켜봤다. 충치 가득한 검은 입의 재수 없는 교도관이 그를 가리키며 말했다. 이봐 너. 잔인함이 담긴 미소 사이로 그의 썩은 이가 환히 드러났다. 다른 둘은 겁에 질려 숨이 거의 멈출 지경이었다. 올레게르는 믿을 수가 없었다. 탈옥 계획을 어떻게 알았는지 짐작조차 할 수 없었다. 그는 모험에 공모한 두 동료를 비난하듯 쳐다보았지만, 그들은 극심한 공포에 질린 나머지 그 눈총조차 알아채지 못했다. 그는 자포자기의 심정으로 교도관을 따라갔고, 셀리아의 진주 같은 눈을 다시는 볼 수 없으리라 생각했다. 나에게 편지 한 통만 보내 주었더라면……. 그의 머릿속으로 살토르 선생의 장례식, 선생이 수락한 마르클레베르크의 일감을 그가 맡기로 한 결정, 부모도 선생도 이 세상에 없는 가운데 삶의 보호막을 완전히 잃어버린 느낌, 오른쪽으로 가야 할지 왼쪽으로 가야 할지, 아니면 벽에 금이 갈 때까지 머리로 들이받아야 할지, 아니면 교도관장의 방으로 이어지는 긴 복도를 그냥 따라가야 할지 갈팡질팡하며 절대적으로 혼자가 된 느낌이 번갯불처럼 스쳐 지나갔다.

새로 온 교도관장은 자신의 집무실에서 올레게르를 맞이했다. 그는 자리에서 일어나 지저분한 창문 너머로 거의 보이지 않는 어둠을 응시하고 있었다. 탈옥 경로가 어떻게 되는지 상상하고 있는 게 틀림없었다. 감방에서 보이던 기름등이 활활 타며 방 전체를 비추었다. 책상 위에는 수많은 서류가 나뒹굴었다. 신임 교도관장은 자리에 앉아 올레게르에게 마주 보고 서라는 듯 고개를 까딱했다. 그 앞에 선 올레게르는 미친 왕 페란 전하의 감옥에서 도주하려 한 죄로 고문 혹은 사형 선고를 기다렸다.

"여기 있은 지 십이 년째더군."

"그렇습니다, 관장님."

"가장 베테랑이구먼."

"그렇습니다, 관장님."

교도관장은 서류 뭉치를 집어 들고, 마치 혼자인 듯 한 장씩 검토해 나갔다. 올레게르는 공포심을 떨쳐 내기 위해 마르클레베르크의 작은 공방, 살토르 선생의 비호 아래 그렇게 크지는 않았지만 그가 처음 만들었던 오르간을 생각했다. 그 악기는 마르클레베르크에서 얼마 떨어지지 않은, 인구가 꽤 많은 라이프치히에 자리한 성 토마스 학교의 내부에 놓기 위한 것이었다. 그러자 그리움이 다시 샘솟았다. 하지만 그 그리움은 그가 자란 바르셀로나가 아닌, 더 멀고 기억이 흐릿한 사우의 풍경, 그가 태어난 곳에 대한 그리움이었다. 그는 좋은 값에 공방이 팔릴 때까지, 빈에 다시 가지 않기 위해 빙빙 돌아 사우 계곡의 조용하고 고독한 산을 찾아 돌아올 때까지, 언제나 나무 뒤에 숨어 얼굴을 드러내지 않는 운명이 그를 위해 아껴 둔 마리아를 알게 되고, 그녀에 대한 생각을 멈출 수 없게 될 때까지 쉬지 않고 일했다. 그가 비크의 오르간공으로 자리를 잡았을 때, 마리아는 벌써 그의 아들이자 후계자를 임신한 상태였다. 셀리아는 그로부터 삼 년 후, 세르베라 대학교와 만레자 교회의 수려한 오르간을 완성한 해에 태어났다. 하지만 탈옥 의도와 탈옥의 실행은 교수형에 처해지기에, 이제는 작별을 고해야 할 시간이구나, 나의 사랑 셀리아, 살아 있는 나의 유일한 핏줄아.

교도관장도 끝없는 문서들을 읽어 내려가며 고심하는 모습이었다. 마치 처벌해야 할 죄수가 눈앞에 있다는 사실조차 잊은 듯했다. 그는 갑자기 들고 있던 종이들을 접더니, 그것도 아주 조심스레 접더니, 고개를 들고 처음으로 올레게르의 눈을 바라보았다.

"편지를 받은 적이 한 번도 없는가?"

"없습니다."

"셀리아 괄테르는 누구인가?"

"제 딸입니다."

그는 책상 위 서류 뭉치를 밀어 탈옥수 쪽으로 미끄러지듯 보냈다.

"이게 전부 자네 딸이 보낸 편지일세. 글솜씨가 대단해."

그의 다리가 점점 떨려 왔다. 드디어, 마침내, 사랑하는 셀리아야, 무슨 편지를 하루 만에 이렇게나 많이 보냈니, 믿기지가 않는구나. 교도관장은 자네 딸이 정기적으로, 한 달에 한 번 편지를 보내왔고, 어떻게 지내고 있는지, 자네 손주들의 탄생까지 포함해, 자세히 설명해 놓았다고 말해 주었다.

"손주들이라니요?"

"아무것도 몰랐단 말인가?"

그는 편지 더미를 다 가져가도 좋다고 손짓했다. 그는 그 자리에서 기절해야 할지, 아니면 감방에 돌아갈 때까지 기다리는 편이 좋을지 혼란스러웠다. 관장은 사과에 가까운 어조로 말했다.

"왜 편지를 안 췄는지는 모르겠지만, 자네에게 편지를 보내온 지는 꽤 됐구먼." 덧붙이지 않고는 못 참겠다는 듯 말했다. "자네보다 자네의 딸을 내가 더 잘 아는 것 같아."

그리고 그는 쥐와 바퀴벌레가 가득한 썩은 감방으로 돌아가도 좋다고 고갯짓을 했다. 편지를 가져가시게. 자기 방으로 돌아온 그는 무력해 보였지만, 기쁨의 원천만은 두 손안에 꼭 붙들고 있었다. 그는 기절하지 않았다. 깡마르고 무표정한 관장은 교도관에게 올레게르가 동이 트기 전까지 편지를 읽을 수 있도록 감방 문 옆에 불을 봐 주라고 명령한 듯했다. 감방으로 돌아온 그는 숨을 크게 들이쉰 후, 두꺼운 편지 뭉치를 두 손으로 꼭 쥐고, 자신의 짚 돗자리 위에 앉았다.

"자네에게 무슨 짓을 한 거야?" 파네르가 속삭였다. 하지만 그는 대답할 기운이 없었다. 너무 놀란 탓이었다.

그제야 그 둘의 존재가 눈에 들어왔다. 쉴 새 없이 조잘대는 두 사람 때문에 머리가 얼마나 지끈거리는지. 그들이 내가 딸과 혼자 있도록 내버려 두지 않는구나, 셀리아, 내 딸아, 나는 늘 마시프에게 왜 네가 나에게 편지를 쓰지 않는지 말하곤 했지. 불쌍한 마시프, 그가 죽은 지도 벌써 몇 년이 지났구나.

이가 빠진 교도관이 아무렇게나 걸어 놓은 간이 등의 희미한 불빛에 겨우 기대어, 그는 첫 번째 편지를 읽어 내려갔고, 아버지, 어찌 지내세요? 뭐라도 필요한 게 있으면 말씀하세요, 베르트라나 씨의 처제가 어떤 사람을 아는데, 그 사람 형제가 무슨 사업을 해서 우리를 어떻게든 도와주려고 해요. 보고 싶어요, 아버지라고 적혀 있었다. 하지만 그는 눈물이 앞을 가리고, 딸의 다정한 말들이 영혼을 녹여 버려, 더 이상 편지를 읽어 나갈 수 없었다. 파네르와 토네트가 그에게 다가와 잔뜩 긴장한 채 속삭였다. 이봐, 대체 무슨 일이냐? 사형이야? 그는 고개를 저으며, 울면서, 내 딸이 이렇게나 편지를 많이 보냈다네라고 믿지 못하겠다는 듯 말했다. 손주, 손주도 있어. 그러고는 다시 울었다. 토네트와 파네르는 무슨 소리인지 모르겠다는 듯 서로를 바라보았다. 얼마 후, 관장의 똘마니가 불을 가져갔고, 어둠과 침묵만이 그곳에 남았다.

"곧 12시야." 한참 후 토네트가 말했다.

그는 대답하지 않았다. 산더미처럼 쌓인 편지를 꼭 쥐고, 딸의 진주 같은 눈을 생각하느라 너무 바빴다.

"12시다." 얼마 지나지 않아 토네트가 말했다. 그리고 더욱 힘차게 말했다. "가자고."

"안 갈 거야."

"뭐라고?"

십이 년 동안 간직해 온 열쇠를 어둠 속에서 건넸다.

"나는 안 간다고."

"하지만 자네가……." 믿을 수가 없었다. "안 간다니까……." 이해할 수 없었다. "자네가 몇 년을 들여……." 절망했다. "왜,

올레게르? 대체 왜?"

"딸이 보낸 편지를 읽어야 돼. 난 다음에 나가겠네."

"하지만…… 같이 나가면, 딸을 직접 볼 수……."

"이 순간을 몇 년이나 기다렸건만……." 그는 스스로에게 중얼거렸지만, 두 사람은 그 말을 듣지 못했다. 잠시 후 그가 좀 더 큰 목소리로 말했다. "편지는 읽히기 위해 존재하지. 나는 두고 자네들끼리 가."

"하지만 이 계획은 자네 거야. 우리가 써 버리면 더 이상 쓸모가 없게 되는걸."

"지금은 지금대로 해야 할 일이 있어. 다음을 기약하지." 더 이상 못 참겠다는 듯 그가 말했다. "잘 가게, 행운을 빌어."

나머지 둘은 비통한 심정으로 서로를 바라보았다. 토네트는 어깨를 축 늘어뜨린 채 파네르에게, 이제 가자고 말했다. 그리고 약간 화가 난 듯, 종이 더미를 옆에 끼고 돗자리 위에 올라앉은 큰 몸뚱어리를 가리키며 말했다. 습기로 자네 머리가 녹슨 게 분명해.

"놀고 있을 시간이 없다고." 혼자 있고 싶어 안달이 난 그가 말했다.

두 공모자는 열쇠 덕에 감방을 빠져나가, 지붕으로 향하는 문이 있는 복도 끝으로 조용히 사라졌다. 탈옥하는 동료들의 서걱이는 발자국 소리가 더 이상 들리지 않자, 그는 돗자리 위에 좀 더 편히 자리를 잡고 딸의 편지를 베개 자리에 놓았다. 십이 년간의 옥살이 중, 처음으로 편안히 잠자리에 든 밤이었다.

이 분

그녀는 담배 연기를 내뿜으며 만족스러운 듯 숨을 내쉬었다. 거 봐? 아무것도 아니잖아. 신의를 저버리는 건 아주 간단한 일이었다. 이 분간, 뚝딱, 드디어 바람을 피웠어요. 나팔을 불며 벌을 주러 하늘에서 내려오는 천사는 당연히 없었다. 이 이름 모를 남자는 요구르트를 얼마나 먹은 건지, 몸매가 거의 모델급이었다.

"어떻게 배가 하나도 안 나왔죠?" 서로 좀 편해진 듯, 그녀는 친근하게 말했다.

"운동이 비결이죠. 당신도 담배를 끊는 게 좋을 거예요."

운동을 한다. 몸을 관리한다. 나와 리카르트와는 완전 다른 사람이군. 어느 정도 지나면 대부분의 사람들이 외모 관리는 포기하게 된다. 그게 그렇게 즐거운 일도 아니고, 상대도 나에 대한 기대를 접기 때문이다.

"이만 가 볼게요."

"이 분 씨 잠깐만. 내가 맘에 들어요?"

"당연하죠." 요구르트남은 거짓말을 했다.

처음 피운 바람에서 세기에 남을 오르가슴을 경험했다. 일
전에 네우스는 그것을 한번 경험하면 환희보다 두려움이 앞
설 것이라고 경고한 적이 있다. 리카르트에게 들킬 두려움, 죄
를 저지른 것에 대한 두려움, 그리고 또 뭔지 알 수 없는 것들
에 대한 두려움, 거리로 나갔을 때 사람들이 알아챌지도 모른
다는 두려움. 그렇다. 하지만 오르가슴에 관한 건, 무슨 말이
필요하겠는가. 그래, 세탁기를 고치러 온 그 기술자, 무척이나
다정하면서 힘은 센 운동선수와 같았던 그 남자. 짐승이었다.
그녀가 왜 두려움을 느껴야 한단 말인가? 리카르트에게 빚진
것도 없고, 그들은 서로 사랑하지 않으며, 절대…… 그런데 하
필 지금, 이 시점에 그가 집으로 돌아온다? 말도 안 돼. 십이
년간 한 번도 그런 적이 없었다.

"저기요? 이제 그만 가는 게 좋을 것 같아요."

남자는 재빨리 자리에서 일어났다. 바짝 마른 나뭇가지보
다 더 활활 타고 있는 그 여자가 자신의 몸을 아래위로 한 번
더 훑을 수 있도록 해 주었다. 안됐군, 그는 생각했다. 하지만
이봐, 모닝 섹스는 언제나 옳은 거죠. 그는 여자가 자신의 몸
을 좀 더 감상할 수 있도록 시간이라도 벌어 주어야겠다는
생각에, 그녀의 볼을 살짝 꼬집었다. 그리고 옷을 주섬주섬
입었다.

"자, 받아요." 그녀가 말했다.

청구서의 비용과 소름 돋도록 넉넉한 팁을 더해 그에게 건 넸다. 그는 생각했다. 아, 이마에 키스 마크라도 남겨야 하나? 하지만 그는 모른 척하며 돈을 주머니에 넣었다. 카티에게 저녁을 사 줘야지.

"이름이 뭐예요?" 그녀는 여전히 침대에서, 걱정이라도 털어 내듯 방금 타기 시작한 담배를 재떨이에 탈탈 털며 거친 숨을 내쉬었다. 매일 와서 세탁기를 봐 달라고 말하고 싶은 욕구를 참는 중이었다. 그는 대답 대신 미국 잡지 표지의 신디 크로퍼 드처럼 자신의 검지에 키스를 하며 미소를 보냈다. 그리고 강한 척, 뒤도 돌아보지 않은 채, 그곳을 떠났다. 연장통을 챙긴 그는 누구와 마주쳐 불편한 상황이 생기지 않기를 마음속으로 간절히 기원하며 문을 열었다. 소리 없이 잽싸게 문을 닫은 후 이상한 침대 위에 남겨 둔 이름 모를 여자에 대해 잠깐 동안 생각했다. 여자가 불쌍하다는 생각이 들진 않았다. 그리고 그 자신도. 지골로 행세만으로도 살 수 있겠다는 상상을 했지만, 쑥스러운 웃음을 지으며 이내 그 생각을 접었다. 거리로 나오자마자 그는 한참이나 참았던 담배를 입에 물었다. 트럭을 어디다 세워 둔 거야, 젠장. 그리고 허비한 시간을 따라잡으려면 어느 길로 가는 게 가장 좋을지 주소 목록을 훑어보았다. 인도에서 내려왔을 때, 리무진 한 대가 조용히 그가 있는 쪽으로 왔다. 차가 굉장한데. 그는 생각했다. 너무 길어 끝을 알 수 없는 리무진 안에는 어깨에 힘이 잔뜩 들어간 운전사가, 회색 유니폼에, 친구가 거의 없을 것 같은 얼굴을 하고 앉아 있었다. 몇 미터쯤 멀찍이 떨어져 있었지만 같은 차 안의 뒷좌석에는 정말 죽여주는, 구릿빛의, 그것도 아주 진한 구릿빛의, 그러니까 나오미 캠벨 같은 여자가 타고 있었다. 지골로 지망생은 저 여자의 집에 가서 뭐든 세탁기 수리에 필요한 서비스를 다 해 주고 오고 싶다고 생각했다.

험상궂은 얼굴의 운전사는 속도를 줄여야 했다. 담배를 입에 물고 연장통을 손에 든 남자가 길 한가운데에 서서 자기입이 벌어진 것도 모른 채, 자신의 승객을 바라보고 있었다.

"이봐, 뭐 하는 거야? 주변 좀 살피는 게 어때?" 그는 신경질을 내며 중얼거렸다. 그리고 아차 싶어 자신의 불평을 혹시 듣지 않았는지 백미러로 사바의 여왕을 살폈다. 다행이군, 일에 집중하고 있는 모습이야. 그게 아니군. 그녀는 고개를 들더니 운전석과의 거리에도 불구하고, 그녀의 부, 그녀의 아름다움에서 자연스럽게 뿜어져 나오는 아주 강력한 카리스마로 큰소리를 내지 않고, 보석 가게 앞에 차를 대라고 말했다. 가게 전방 200미터에서 기다려요.

"주차가 불가능합니다." 운전사가 말했다. 담배를 문 남자는 백미러 속에서 점점 작아졌지만, 아직도 입을 벌린 채 둥근 연기를 뿜어내며 그들을 바라보고 있었다. 아니, 리무진이나, 블랑카 여사를 쳐다보는 거겠지. 누구도 그에게 눈길을 준 적은 없었다.

"어떻게든 해결하도록 해요. 이 분이면 볼일이 끝나요."

이 분 안에 사바의 여왕은 보석 가게에 들어가, 미소를 띤채 세 명의 직원에게 퇴짜를 놓고, 라포르테 씨가 자신의 사무실에서 맨발로 뛰어나오게 한 후, 102.3캐럿의 부지를 얼마 전 손에 넣었으니, 보석의 사진을 보여 주며(라포트르 씨, 부지 와 에제키엘에 대한 얘기는 이미 들어서 아시리라 믿어요.) 자연의 경이로움이자, 그녀를 위해 일하는 보석 세공장의 손 기술과 감각에 대한 숭고한 찬양을 담아 내기에 충분한 금 목걸이를 생각해 두라고 말해야 했고, 시간 날 때 다시 들르겠다는 의 사도 전달해야 했다. 그래도 이십 초가 남으리라 예상했다.

딱히 다른 대안을 떠올리지 못한 운전사는 여사가 낭비할 이 분에 대한 자기 생각을 꾹 눌러 입 밖에 내지 않았다. 보석 가게 앞에 도착한 그는 천천히 차를 멈추었다.

"이 분이면 됩니다." 블랑카 여사가 차에서 내리며 말했다. 비엔나소시지처럼 줄줄 꿰어 주차된 자동차 사이의 공간은 너무 비좁아 위험했다. 그는 어쩔 수 없이 이중 주차를 하기로 했다. 차에서 내려 기쁜 마음으로 제복 주머니를 뒤졌다. 담배 를 꽤 많이 피우는 편이었다. 그는 열정을 담아 담배에 불을 붙였다. 그리고 빠진 이 사이로 아주 크고 끝을 알 수 없는 연 기를 한 모금 뱉어 냈다. 기분이 훨씬 나아졌다. 그리고 늘 그 랬듯, 그녀가 볼일을 보는 이 분이 언제 끝날지 손목시계를 들 여다보았다.

"차 빼세요. 통행에 방해되잖아요."

운전사가 몸을 반쯤 돌리자, 시민들에게 주차를 어떻게 해 야 할지 대신 결정해 주는 주차 단속원이 서 있었다.

"딱 이 분이면 돼요." 두 번째 담배 연기를 내뱉으며 구슬리 듯 말했다.

주인을 자신의 가족처럼 섬기는 백만장자들의 노예란 참으로 거슬리는 존재들이다. 게다가 오늘은 무슨 날인지, 그녀처럼 권총을 찬 사설 경비 요원들이, 그녀처럼 시청에서 부여한 도덕적 권위는 없지만, 현대 미술관 앞에서 그림을 내린답시고 길을 막은 덩치 큰 노르웨이 트럭을 둘러싸고 경비를 서고 있었다. 그녀는 혀를 끌끌 차며, 더 이상은 못 참겠다는 듯 다시 말했다.

"절대 안 됩니다. 여기 주차하지 마세요."

"뭘 바라는 겁니까? 차를 주머니에 접어서 넣기라도 할까요?"

"그건 당신이 알아서 할 일이죠. 저는 딱지만 끊으면 됩니다. 원하시는 대로 해 드리죠."

"그럼 저 트럭은 뭡니까? 네?"

"짐을 내리고 있잖아요."

그녀는 그 집사가 담배를 있는 힘껏 빨아 대며 어떻게든 해결책을 찾아내려고 시계를 보며 곰곰이 생각하는 모습을 바라보았다.

"여사님이 나오실 때 차를 대기시켜 놓지 않으면, 큰일 난다고요."

"그건 당신 문제라고 대체 몇 번을 말했습니까." 그녀는 역겨운 듯 얼굴을 찡그리며 말했다. "공영 주차장을 찾아보세요."

"누가 이 괴물 같은 차를 받아 줍니까?" 운전사는 방금 낚은 왕도미를 들어 올려 자랑하는 어부처럼 거대한 리무진 모양을 만들어 보이며 말했다. "정말 눈 딱 감고 이 분이면 됩니다."

점점 커지는 짜증을 가라앉히기 위해, 그녀는 주차 위반 딱지를 발행하는 서류철을 꺼냈다.

"좋아요, 그럼 어디 한번 해 보시죠."

그녀는 번호판을 확인하기 위해 차 앞으로 움직였다. 얼굴이 더욱 괴팍해진 운전사는 반쯤 남은 담배를 집어 던지고 차에 올랐다. 번호판에서 눈을 떼지 않던 그녀에게 잔뜩 화가 나 팍 하고 차 문 닫히는 소리가 들렸다. 그럼 그렇지, 이제야 말귀를 좀 알아듣는군, 그녀는 생각했다. 그녀는 차에 치이지 않도록 물러나더니, 다른 문제를 해결하러 간다는 듯 그 자리를 떠났다. 과하다 싶었던 리무진이 멀어지는 것을 지켜보던 그녀에게, 반 토막이 되어 바닥에서 타고 있던 담배 연기가 날아왔다. 그녀는 건물 입구로 다가가 좌우를 살피며, 노르웨이 트럭을 지키는 경비원들이 강도나 마피아 혹은 미술 밀매꾼에게 시달리고 있지나 않은지 확인한 후, 특별한 위험이 관찰되지 않는다고 결론 내렸다. 그리고 능숙한 솜씨로 담배에 불을 붙이고는 범죄 현장이 발각되지 않도록 숨어서 연기를 내뿜었다. 이 분만 쉬자. 담배를 네 모금쯤 뻐끔거렸을 때, 구릿빛 피부의 환상적인 여인이 정면의 보석 가게 앞에서 나와 화가 난 듯 주위를 두리번거렸다. 주차 단속원의 눈에는 그녀가 택시를 잡으려 하는 것처럼 보였다. 그건 저 사람의 문제지, 그녀가 중얼거렸다. 그리고 계속 숨어서 담배를 피우며, 카를레스와 날마다 멀어지는 것 같다는 생각을 했다. 혹시…… 아니야, 만약 바람이라도 피운다면 여자들은 금방 알 수 있다고 하던데, 난 아무 변화도 못 느끼겠던걸. 하지만 이 생각은 그녀를 괴롭혔다. 그때 푸른색 차가 눈에 들어왔다. 맙소사, 얼굴에 철판이라도 깐 모양이군, 갓길에 주차를 하다니. 반쯤 타다 남은 담배를 버리려니 아까웠지만, 저 남자가 벌금을 피해 갈 수는 없다.

"아 염병할." 그는 차로 달려가며 주차 단속원이 앞 유리에 벌금 딱지를 꽂는 모습을 보았다. 그가 숨을 헐떡이며 다가갔다. "자리를 비운 지 이 분밖에 안 됐다고요!" 화가 난 그가 말했다.

"주차할 때는 누구나 이 분만 있겠다고 말하죠." 그녀의 말투에 얼음이 섞여 있었다. "차가 갓길을 완전히 막고 있어요."

"젠장, 하지만 나는……."

"이봐요, 어찌 됐든 그건 당신 문제입니다. 난 법을 집행할 뿐이고요."

이 말이 그를 폭발하게 했다. 오전 내내 헐레벌떡 뛰어다니며 두 시간 만에 열세 군데를 방문했고, 아주 잠깐 동안 갓길에 차를 세우고 수다스러운 고객을 만났단 이유로 주차비를, 아우, 벌금을 아주 비싸게 물게 생겼는데, 이게 그저 당신 문제라니. 젠장할.

"그럼 내가 내 문제를 어떻게 해결하는지도 잘 아시겠군요?" 곧 심장 마비라도 일으킬 것 같은 이 남자는 벌금 종이를 획 집어 들며 말했다. 주차원은 그의 옆에 꿈쩍 않고 서서 그가 분풀이를 마칠 때까지 기다렸다. 그리고 그는 정말 그렇게 했다. 그는 한 손으로 벌금 종이를 구기더니, 땅으로 집어던져 버렸다. 카를레스도 똑같은 반응을 보였을 것이다. 아주 똑같은. 그녀가 미소를 띠며 뭐라 말했지만 그의 귀에는 한마디도 들어오지 않았다.

"맘대로 하세요. 하지만 거리에 쓰레기를 버렸으니 벌금 딱지를 하나 더 드리죠."

정말 도가 지나치군, 염병할. 그는 차 안으로 들어가 자신도 모르게 문을 아주 조용히 닫았다. 저 사악한 여자가 병원 밖 300미터 이내에서 소음을 발생시켰다는 이유로 또 과태료를 부과할지 모른다고 생각했다. 그는 주차원이 구겨진 벌금 종이를 주워 손으로 펴고 있든, 권총을 꺼내 그의 목덜미를 겨누고 있든 상관하지 않은 채, 차 시동을 걸었다. 젠장할. 그는 앞에 이중 주차를 한 리무진을 거의 들이받을 뻔했다. 그는 깜빡이를 켜고 도로 한가운데에 멈춘 채 중얼거렸다. 자, 가라고, 제길, 제기랄, 제길. 그는 여전히 제 속도를 못 냈다. 앞의 덩치 큰 트럭은 움직일 생각이 없어 보였다. 마치…… 정말 열받네, 저 트럭은 벌금을 왜 안 물리냐고? 그는 투덜거리며 빨간불이 켜진 신호등 앞에서 멈추었다. 모든 주변 상황에 화가 난 그는 핸들 위를 내려쳤고, 경적은 아주 아이러니하며, 명쾌하고, 명백히 신고 가능한 소리로 쨍하고 울렸다.

주차원의 시력은 아주 훌륭했고, 치아의 상태도 완벽했으며, 두 다리도 아주 멀쩡히 잘 달려 있었지만, 인도 중간을 헤집고 달리는 것은 무리였다. 그녀는 생각했다. 어디 실컷 빵빵거려 보시지, 나는 내 식대로 처리할 테니. 그녀는 분을 주체하지 못하는 그 남자를 당당하게 쳐다보았다. 신경질적인 그 남자는 파란색 차의 창밖으로 손을 내어 긴장한 듯 차체를 연신 두들겨 대며, 다른 한 손으로는 담뱃불을 켜고 있었다. 또 저 남자가 경적을 울렸군. 마치 그녀가 보행자 신호등에 파란불이 켜진 것을 몰랐으리라 생각하는 듯했다. 천천히 가더라도 꾸준히 가는 자가 승리하는 법이다.

그녀는 곧 그 무례한 남자를 잊어버리고 윈도쇼핑에 나섰다. 그쪽 인도로 걸어서 집에 오는 길에 가장 신나는 일이었다. 멋진 드레스네. 내 나이에는 소화하기가 힘들겠어. 그냥 가격만 좀 물어보고 싶은데, 쑥스럽군. 조카 선물이라고 할까. 사실 자기들이 무슨 상관이야? 그녀는 차 앞에 서서 무언가를 열심히 적고 있는 경찰을 보며, 과태료를 물리는 중일 거라고 생각했다. 조금만 젊었어도 벌써 오래전에 운전면허를 땄을 텐데. 그녀는 생각했다. 그리고 발걸음을 재촉하며 얼른 집에 도착하고 싶은 마음뿐이었다. 자기 나이에 어울리지 않는다고 생각해, 훤한 길가에서는 한 번도 담배를 피운 적이 없기 때문이었다. 그러나 다른 드레스가 또 그녀의 눈길을 끌었다. 안 돼, 이건 나이에 상관없이 너무 대담한 패션이야. 요즘은 짧은 기장이 유행이긴 하더군. 하지만 드레스가 예쁘긴 하네, 그건 인정해. 고개를 든 그녀는 깜짝 놀랐다. 쇼윈도에 그림자 하나가 서 있었다. 그림자의 주인인 짙은 색 수염의 남자는 나부코의 히브리 노예의 합창을 굵은 목소리로 작게 흥얼거리고 있었다. 그 그림자는 이 할머니가 깜짝 놀라셨나 보군이라고 생각했다. 그리고 남자는 자신의 허황된 꿈을 곱씹으며 자신의 길을 가는 늙은 여자를 금방 잊고, 쇼윈도를 자세히 바라보았다. 아주 도발적인 여성복인데. 내 아내에게 저 초록색 옷은 어울리지 않겠지. 허리가 너무 굵단 말이야. 그는 쓴웃음을 지으며 생각을 고쳐먹었다. 매일매일 허리 사이즈가 늘어난단 말이지. 실비아에게는 아마 어울릴 거야. 그녀는 무슨 옷이든 잘 소화해 내니까. 그는 가격을 확인하기 위해 용을 썼다. 제길. 맙소사. 아내의 의심을 사지 않고 선물을 살 방법은 없어 보였다.

그는 포기한 채 쇼윈도 앞을 떠났다. 그는 인도의 통행을 막아선 제복 입은 경호원들 때문에 짜증이 났다. 일꾼들이 트럭에서 나무로 된 상자들을 내리고 있었기 때문이었다. 그림들이군, 그는 생각했다. 일꾼들은 상자를 현대 미술관 안으로 옮기는 중이었다. 그림들 때문에 도로로 내려가야 한다는 사실에 신경질이 났다. 전시회가 열린다는 사실을 기억했어야 했는데. 신경 써야 할 것들이 너무나 많아져서, 이젠 심지어 실비아와의 시간도 지겨움으로 녹슬기 시작했다. 그리고 그는 바리톤의 음성으로 아주 작게, 겨울 여행의 어느 부분인지는 정확히 모르겠지만, "아이네 슈트라세 무스 이히 겐, 디 노흐 카이너 깅 추뤼크."[1]라고 노래를 불렀다. 이 소절은 그의 마음을 쓸쓸하게 했다. 그의 앞으로 굉장한 리무진 한 대가 소리 없이 빠르게 왔다가 사라지더니, 위쪽으로 30미터쯤 떨어진 신호등 앞에 섰다. 수염이 있는 바리톤의 남자는 주머니에서 열쇠 뭉치를 꺼내더니 문 앞에 도착하기 바로 직전, 아주 능숙하고, 많이 해 본 듯, 자신에 찬 손놀림으로 정확한 열쇠를 골라냈

---

1) (원주) 그 누구도 돌아온 적 없는 길을 걸어가야 하네.

다. 매일, 매년 그랬듯 계단을 오르며 휘파람을 불기 시작했다.(드보르자크의 현악 사중주 「아메리카」의 아다지오 악장을.) 여느 목요일과 다름없이, 오븐에서 밥이 익어 가는 냄새가 났다. 요리 솜씨가 좋은 아내를 둔 것은 행운이라 생각했다. 아내의 요리는 정말 끝내줬다.

"나 왔어." 아파트 입구에서 소리가 들렸다. "어쩜 이렇게 빨리 돌아왔어?"

"그러게……." 복도로 걸어 들어오며 그가 말했다. "세탁기 고치러 왔다 갔어?"

먼지

굳게 닫혀 책장에 꽂힌 책은 책등으로 말한다.
책등의 절망 섞인 무력감은
매복한 자들이 입을 싸매 버린
두 눈을 부릅뜬 감옥에 갇힌 자의 그것과 같다.
— 가스통 라포르그

이 집에 도대체 책이 몇 권이나 있을지 수도 없어 생각해 보
았다. 하지만 혹시라도 작은 실수 때문에 일자리를 잃을까 봐,
까치발로 들어가 까치발로 숨을 쉬는 처지에 아드리아 선생
에게 그런 질문을 한다는 건 상상도 못 할 일이었다. 그저 주
어진 일을 했다. 월, 수, 금은 자신의 깔끔한 글씨로 인덱스카
드를 채워 넣을 것. 화, 목은 먼지를 털어 낼 것. 책 위에 쌓인
먼지는 불명예와 소홀함의 증거였다. 처음에는 젖은 수건으로
책을 닦아 냈다. 하지만 몇 년간 방치되어 검게 변한 책등은
물을 묻히는 순간 시커먼 때가 되어 책 상태를 더욱 나쁘게
만들었다. 그제야 테레는 옛날식 먼지떨이, 그게 없다면 청소
기가 훨씬 낫다고 이야기해 주었다. 아드리아 선생에게 청소기
가 있는지 물어보는 것은 꿈도 못 꿀 일이었기에, 그녀는 전통

방식을 따를 수밖에 없었다. 지금 청소하고 있는 책들에 쌓인 먼지는 어마어마했고, 그녀는 그가 눈치채기 전, 잽싸게 먼지를 털어 냈다.

아드리아 선생은 불가사의한 존재였다. 백만장자였다. 어쩌면 말이지. 독신이었다. 이건 확실했다. 집 밖으로 나가는 법이 거의, 절대 없었고, 언제나 책을 읽거나, 책 더미를 뒤지거나, 인덱스카드를 작성하거나, 그것을 복습했다. 아니면 새로 사들인 책들이 담긴 박스를 풀고 정리하며 기쁨을 느꼈다. 그 책들은 대부분 낡아서 닳았거나, 오래됐거나, 아주 오래된 것이었다. 책 중독이었다. 토니가 섹스 중독자라면, 아드리아 선생은 책에 대해 그랬다. 오늘은 먼지를 털어 내는 날이라, 코와 목은 건조해지고 입천장에서는 먼지 맛이 느껴지는 매우 피곤한 하루가 될 예정이었다. 이 집에서 책으로 된 벽은 그 끝을 알 수 없었고, 먼지는 먼지의 성질대로 거기에 계속 달라붙었다.

그녀의 뒤로는 독서대 위의 책장 넘기는 소리가 쉴 새 없이 이어졌고, 그녀는 설마 평생 저 자세로 살다가 죽는 건 아닐지 생각했다. 사람이면 좀 움직여 줘야 하는데, 신선한 공기도 마시고, 다른 사람들과 얘기도 좀 하고, 외식도 하고, 그래야 하는 거 아닌가. 그는 아니었다.

빅토리아는 사다리를 타고 『동양 시선』을 정리하러 내려왔다. 아드리아 선생이 그녀를 관찰하는 것 같은 느낌이 들었다. 확인해 보려는 순간, 그는 이미 책에 푹 빠져 있었다.

첫날, 책이 아닌 것에는 전혀 관심이 없는 태도로 문을 열었던 그는, 그녀의 나이를 물어보았다. 빅토리아는 스무 살이라고 대답했고, 너무 어려서 자신을 써 주지 않으리라 생각했다. 다음 가을에 결혼하기 위해 그녀는 일이 필요했다. 나이는 문제가 되지 않았다. 경험의 부족, 괜찮았다. 장담컨대, 사서 학교에 거의 입학할 뻔한 사실도 그렇게 도움이 되진 않았다. 내가 갑자기 건넨 책을 그녀는 아주 조심스럽게 받아 들었다. 그 모습 덕에 자신이 선택되었다는 사실을 그녀는 잘 알았다. 밸리스의 『엘리사 그란트』(피츠버그, 1833)의 엘리사가 연인이 죽었다는 소식을 듣고 보석 상자를 집어 들었을 때처럼, 빅토리아는 아주 조심스럽게, 거의 사랑스럽게, 책을 건네받았다. 행운 중의 행운은 그녀의 필체마저 매우 훌륭하다는 사실이었다. 나 혼자 모든 일을 하기에는 버거웠기에, 조수를 구한 것은 잘한 일이었다.

오늘은 이 『겨울 여행』(리옹, 1902)의 정리를 마쳐야겠군. 가스통 라포르그는 지적 허영이 심하고 거창한 말을 좋아하는 스타일이지만, 나는 책의 내용을 토대로 여섯 장의 카드를 뽑아낼 수 있었다. 그중 하나는 예술의 본질에 관한 것으로, 꽤 내용이 괜찮았다. 음, 어디 보자, 슈베르트의 생애에 대해 쓴 부분은 도저히 이해가 불가능했다. 내일부터는 다리오 롱고 전집(자가 출판본, 트리에스테, 1932)에 들어갈 생각이다. 이 작품은 그저께 종이칼로 열어 보았을 때 확인했듯, 꽤나 반전이 있어 보였다. 『동양 시선』은 그녀에게 시키지 말았어야 했어, 정신을 흐트러뜨린단 말이지. 지저분하기는 마찬가지였던 『18~19세기 중부 유럽의 도덕론자들』을 부탁할

걸 그랬어.

한나라의 부(賦) 문학에 관한 책 더미 위에 마른걸레를 두고 깜빡한 빅토리아는 사다리를 타고 다시 올라가야 했고, 그녀의 엉덩이 바로 밑에 서게 된 아드리아 선생은 그것이 바로 케임브리지판에 등장하는 안드로마케[1]의 엉덩이일 것이라고 상상했다. 넉넉함과 조심성을 동시에 갖춘 그 모습. 자리를 뜨며 숨을 크게 들이쉰 그는 다시 독서에 집중했다. 빅토리아는 소리 없이 쓰레받기, 걸레, 먼지떨이, 사다리, 안드로마케의 엉덩이를 가지고 서재를 나갔고, 아드리아 선생이 여전히 슈베르트에 관한 책에 골몰해 있는 모습을 보았으며, 책으로 가득한 복도를 지나며 말도 안 돼, 말도 안 돼라고 생각했다. 며칠 전만 해도 이탈리아어 어문학 사전을 즐겁게 보고 있었는데. 그 전에는 알렉산더 베인의 『감정과 의지』를 읽고, 며칠 동안 넋이 나가 있었지. 베인이 누구지? 그녀가 말했다. 왜 그걸 나한테 설명해? 토니가 대답했다. 그는 빅토리아가 쉬는 날 그녀가 일 이야기를 하는 걸 매우 싫어했다. 그에게 아드리아라는 사람은 미친놈일 뿐이었다. 토니와 대화의 접점을 찾는 것이 날마다 어려워진다고 느낀 빅토리아는 얘기를 관두었다. 완벽한 토니란, 지금의 토니에다가 교양, 취향, 신중함, 그리고 아드리아 선생의 지적 호기심을 더한 사람일 테다. 토니는 어쩜 그렇게 다를까? 대답할 수 없는 질문이었다. 왜 그 집에는 마그

---

1) 그리스 신화에 나오는 테베 왕 에에티온의 딸이자, 트로이 전쟁의 영웅 헥토르의 아내.

리스,[2] 가르시아 마르케스, 괴테, 페드롤로,[3] 가아더[4]나 토마스 만이 없는지 대답할 수 없는 것처럼. 왜 아드리아 씨는 루트비히 티크(옥타비아누스 황제), 주세페 스팔레티(미에 관한 에세이), 자코브 드 몽플뢰리(질투의 학교)를 읽는 거지? 왜 포크너의 책은 한 권도 없으면서, 저런 작가들의 말을 수집하는 거야? 하루는 그녀가 임의로 몇 개의 책 제목을 베껴 적어, 도서관에 들고 가 보았다. 하지만 그 어디에도 없는 책들이었다. 그곳에서 수년을 일한 테레조차 그런 책들은 들어 본 적이 없다고 했다. 단 한 번도.

그리고 차. 책 말고 차도 있었다. 그는 하루에 예닐곱 번 정도 차를 마셨다. 그는 녹차를 마시면 몸의 긴장이 풀리고 마음이 탁 트인다고 했다. 그녀가 몰랐던 것은 독서에 특별히 방해가 되지 않는 한, 아드리아 선생이 채식주의자였다는 사실이다. 그녀가 알 필요는 없었다. 그저 그가 깔끔하고, 월급을 잘 주고, 특히 크리스마스 때는 돈을 두 배나 주고, 잔소리하지 않으며, 말수가 적은 것으로 충분했다. 마치 그의 나이쯤 되면 낭비할 시간이 없다는 것을 잘 아는 듯했다. 불필요한 행동은 절대 하지 않았다. 절대. 그녀보다 서른 살이나 많았지

---

2) 클라우디오 마그리스(Claudio Magris, 1939~). 이탈리아의 작가. 대표작으로 『다뉴브』가 있다.

3) 마누엘 데 페드롤로(Manuel de Pedrolo, 1918~1990). 카탈루냐의 작가. 『제2기원의 타자기』라는 공상과학 소설로 매우 유명하며, 카브레가 성장하며 흠모한 소설가이다.

4) 요슈타인 가아더(Jostein Gaarder, 1952~). 노르웨이의 작가. 대표작으로 『소피의 세계』가 있다.

만, 완벽한 남자였다.

그 완벽한 남자는 확대경을 꺼내 세피아색의 사진 한 장을 자세히 들여다보았다. 불운한 전기 작가와 몇몇 다른 사람들이 슈베르트 무덤가에 서 있는 모습이 영원히 박제되어 있었다. 그를 기억하며……(독일어) 만족한 모습을 한 라포르그의 오른쪽 다리가 나머지 문구를 가리고 있어서 끝까지 읽을 수 없었다. 이 침입자가 텍스트를 가리고 있어서, 그 문구를 평생 완성하지 못할 거라는 생각에 현기증이 밀려왔다. 그는 페이지를 넘겼다. 다음 페이지의 라포르그는 세피아색 미소를 띤 채, 슈베르트가 죽은 건물을 가리키고 있었다. 길은 진흙으로 뒤덮여 있었고 하늘은 잿빛으로 변하고 있었다. 아드리아 선생은 그림을 접어 두고, 빅토리아, 차 한 잔 부탁해요, 유럽 여행 섹션에 있던 빅토리아는, 알겠습니다, 선생님 하고 대답했다.

"낯선 남자하고 둘이서 그렇게 오랜 시간 동안 갇힌 공간에 있단 말이지." 그녀의 인내심을 시험하듯 어느 날 토니가 말했다. 모욕감을 느낀 그녀는 아드리아 선생은 점잖은 사람이라고만 했고, 가끔 자기 엉덩이에 머무는 수수께끼 같은 그의 시선에 대해서는 말하지 않았다. 왜냐하면 그녀는 아드리아 선생이 인간의 생로병사를 초월한 천사라 확신했고, 그래서 그를 존경했기 때문이다. 토니가 그 눈길에 대해 아는 날에는 화가 폭발하여 아드리아 선생을 직접 찾아가 주먹질을 할 게 틀림없었다. 토니야말로 자주 그녀의 머리부터 발끝까지를 훑어 내렸고, 토니의 그러한 열정에 그녀는 사실 우쭐해지기도 했지만, 가끔은 그가 아닌 아드리아 선생이 그랬다면 어떨까 생각해 보았다. 왜 토니는 다른 생각은 안중에도 없는 거지? 왜 한 번이라도 책을 읽으려 하지 않을까? 토니의 집에 있는 책이라고는 전화번호부(총 두 권)뿐이었다. 한쪽은 너무 없고, 다른 쪽은 너무 많고. 그녀는 생각했다. 책을 한 권도 읽어 본 적이 없다는 건 말이 안 되는 것 같았다. 하지만 토니에게 불가능이란 없었다. 최근 세 번의 월요일 오후에 뭘 했는지 그녀에게 설명하는 것을 빼곤.

"방금 도착해서 카탈로그화하지 않은 이 슈바르츠까지 더하면 총 1만 7552권이군요." 아드리아 선생은 자랑스러운 기색을 애써 감추며 대답했다.

"동네 도서관보다 책이 더 많아요."

"그렇죠." 그는 베르자의 책『메로빙거 사람들』(리옹, 1899) 결말에서 피네가 배신자에게 돈을 주는 모습과 비슷한 손짓으로 그녀에게 주급을 건넸다.

"그리고 장서의 종류도 다양해요. 아주 다른 주제의 책들이죠."

"그럼요." 그는 안개가 걷히길 바라며 조심스럽게, 배신자의 사시 같은 눈빛(베르자, 같은 책)으로 그녀를 바라보았다. 클레멘트 슈바르츠 뭐시기(라이프치히, 1714)의 작품『소리의 본질』을 카탈로그에 기록해 넣어야 한다는 눈빛이 기다리고 있었다. 하지만 빅토리아는 질문을 두 개 정도 더 했고, 그는 대화를 끊기 위해, 언젠가 시간이 되면 설명해 주겠다고 대답했다. 그녀는 펠리프 코르누데야(바르셀로나, 1888)가 쓴『라켈』에 나오는 라켈처럼 반짝이는 눈을 하고, 조금은 부끄러운 듯, 조금은 해방되었다는 듯, 계단을 타고 아래층으로 사라졌다. 슈바르츠의 책은 자연과 악기의 소리에 관한 논문으로, 인덱스 카드가 많이 필요할 것 같았다. 보통 과학과 세상을 시적으로 묘사하는 그 중간에 걸친 책들이 그랬다. 책을 손에 넣고 살펴보기 시작했을 때, 사용 흔적이 아주 많은 가죽 책갈피가 표지 안쪽에 달라붙어 있는 사실을 발견했다. 황색은 거의 열어져 있었고, 돋을새김으로 정확히는 알 수 없는 환상의 동물을 그려 놓은 것 같았다. 특이 사항을 적는 노트에 어떤 책을 살펴보았는지 꼼꼼하게 적고선, 유리병에 노트를 넣어 두는 걸 깜빡했다. 그 옆에는 열일곱 개의 책갈피, 열두 개의 저자 사인 및 헌정 메모, 무명의 독자가 남긴 속 깊은 감상(그중 두 개는 인덱스카드로 옮겨질 만했다.), 구매 목록, 회계 내역, 책 페이지 사이에 오랫동안 감금되어 있던 문서들 중 가장 마음에 드는 문서 하나가 마치 갑작스러운 죽음처럼 진열되어 있었고, 그 옆에는 1929년 봄 바르샤바의 모이세스 우처라는 보석상이 이디시어로 쓴 편지가, 자신과 부인이 외아들 요세프가 최근 의대를 무사히 졸업하고 예루살림스카야가에 사는 레비 가문의 미리암 레비와 약혼을 한다는 소식에 매우 기쁘며, 새 출발을 하는 부부의 앞날에 축복과, 번영, 장수를 기원한다는 내용을 수신인에게 전하고 있었다. 자신의 물건들에 대해 거의 성찬식급의 경외를 갖고 있는 아드리아 선생은, 사랑스러운 손길로 유리병을 쓰다듬고 크게 숨을 쉬더니 슈바르츠의 책과 첫 만남을 가졌다.

빅토리아는 계단을 내려오며 자신이 어떻게 그 말을 꺼낼 용기가 있었는지 믿을 수 없다고 생각했다. 며칠 전부터 연습한 대화였다. 발자크나 올레르[5]나 그린[6]의 작품은 왜 없는건가요? 포시[7]도 하디도 없으면서 드 라 타피네리, 라포르그, 트리클리니스와 슐츠[8]는 왜 가지고 있습니까? 대화는 이렇게 시작되었다. 그는 다른 책들을 언급하며 그녀의 주의를 돌렸지만, 어쩔 수 없이 그녀가 물어본 책들로 돌아갈 수밖에 없었다. 하지만 별로 말할 기운이 없는 날이었는지 대화는 잘 풀리지 않았다. 그녀는 그냥 단도직입적으로 물어보았다. 아드리아 선생님, 왜 이런 책들을 사시는 거죠?

"무슨 문제라도 있나요?"

"이상한 책들이잖아요. 그 책들은……." 그 책들에 낙인을 찍어 버리는 형용사를 그냥 사용했다. "아무도 모르는 책들이잖아요."

대화가 이쯤에 도달했을 때, 아드리아 선생은 아파트의 문

---

5) 나르시스 올레르(Narcís Oller, 1846~1930). 카탈루냐의 작가. 『나비』, 『강탈자』 등의 소설을 썼다.

6) 그레이엄 그린(Graham Greene, 1904~1991). 영국의 작가. 『권력과 영광』, 『조용한 미국인』 등의 대표작이 있다.

7) 조제프 비센스 포시(Josep Vicenç Foix, 1893~1987). 카탈루냐의 시인. 카탈루냐 아방가르드 문학의 선구자였으며, 『혼자서, 그리고 슬픔에서』, 『페리스의 별』 등을 남겼다.

8) 드 라 타피네리, 라포르그, 트리클리니스, 슐츠 모두 작가가 지어낸 허구의 작가이거나 작중 인물 빅토리아가 말했듯 '읽어 주는 사람이 없어' 잊혀진 작가들이다.

을 열고 케임브리지 에디션의 안드로마케 엉덩이가 현관으로 나가기만을 기다렸다.

"언젠가 시간이 되면 설명해 줄게요." 이미 그녀가 계단을 내려가며, 몇 초 동안 라켈의 모습을 하고 있을 때 말했다. 빅토리아가 약간의 희망을 안고 돌아보았을 때, 문은 이미 조용히 닫혀 있었다.

빅토리아는 아드리아 선생이 왜 그런 책들을 사들이는지 설명해 주지 않으리라는 생각에, 며칠간 실망에 빠져 지냈다. 그녀는 자신이 평균 이상의 교양을 갖추고, 영문 서적을 무리 없이 읽어 내며, 프랑스어를 꽤 알고, 대학 입학시험에서도 상당히 우수한 성적을 거둔 사람이라고 생각했다. 그럼에도 일을 마치고 나올 때는, 아드리아 선생이 자신에게 관심을 가질 이유가 없다며 며칠 전의 일을 잊으려 노력했다. 왜냐하면 정작 그녀가 알고 싶었던 것은 토니가 월요일마다 루르데스의 집에서, 그래, 월요일마다, 그의 말에 따르면 서로 잘 알지도 못하면서 대체 무엇을 하는지였기 때문이다. 그리고 루르데스는 그녀의 친구라면서도 그 상황을 즐기고 있는 것이 분명했다. 둘 사이에 무슨 일이라도 있는 것인지, 있다면 그것이 무엇인지도 정확히 알 수 없었다. 그리고 왜 엄마가 날이 갈수록 슬픈 얼굴을 하고 있는지도. 그녀가 일을 나가지 않아도, 아드리아 선생은 아무 관심도 두지 않을 것이다. 하지만 그녀는 그가 자꾸 생각났다.

712권의 책을 정리한 후, 빅토리아는 아드리아 선생이 말수를 더 줄이는 방법을 배워 계단 밖 현관에서의 대화에 대해 한마디도 하지 않고 있다는 사실을 확인했다. 그를 점점 더 존경하게 되었고, 그를 공개적으로, 하지만 말로 표현할 수 없는 방식으로 사랑하고 있었다. 그들은 수많은 주석까지 포함해, 3000~4000개의 새로운 인덱스카드를 채웠고, 토요일 아침만 되면 아드리아는 그걸 다 외우기라도 하겠다는 듯 카드를 천천히 다시 읽어 나갔다. 그는 빅토리아의 예측할 수 없는 동선에 방해받지 않고 집에 혼자 있을 수 있는 주말을 기다렸다. 그녀는 책을 정리하는 이 기간 동안, 아드리아를 더 알아가기 위해 노력했다. 극장이나 공연장에 안 간 지 얼마나 되었는지, 바에 출입하지 않은 지는 얼마나 되었는지와 같은 생활에 필수적인 것들을 알아내려 했다. 그 결과, 아드리아의 채점표에서 그녀의 점수가 조금씩 깎이기 시작했다. 둘 사이에는 대화가 없었기에, 빅토리아의 결혼이 몇 번이나 미루어진 것도 그는 몰랐다. 첫 번째는 토니의 집에서 왜 루르데스가 발견되었는지에 대해 그가 제대로 설명하지 못했을 때였고, 화해를 했지만, 두 번째는 그녀의 엄마가 갑자기 죽었을 때였다. 실은, 모르는 정도가 너무 심해, 아드리아 선생은 빅토리아에게 연인이 있다는 사실조차 몰랐다. 하지만 최근 안드로마케의 엉덩이를 좀 더 지켜보고, 아리아드네의 깜짝 놀랄 가슴을 관찰하기 시작했다. 빅토리아는 앞쪽으로 풍부하고 모양이 잘 잡힌 가슴을 갖고 있었는데 그는 항상 무시해 왔던 것이다. 하지만 그렇게 수많은 먼지를 털어 내고, 아드리아 선생의 가까이에 있는 사다리를 오르내리며, 수많은 인덱스카드를 채우고, 그가 손가락으로 가리키는 문단을 보려 수십 번 몸을 기울인 끝에, 아리아드네의 가슴이라는 관찰 대상 하나가 탄생했고, 그는 자신이 캉드쉬의 『전원 음악』(안트베르펜, 1902)에 나오는 양치기 여인 피다의 가슴을 손으로 쓸어내리기 직전의 폰키엘로가 된 듯한 상상에 빠졌다.

푹푹 찌던 어느 날, 아드리아 선생은 몸살로 누워 있었다. 아드리아 선생이, 침대에, 분홍색 잠옷을 입고 누워 있음. 드디어 새로운 소식이었다. 넓은 침대 위에 널부러져 있는 대여섯 권의 책을 빼고선, 완전히 다른 남자 같았다. 수염이 좀 더 허예진 건가? 조명 때문이겠지. 아드리아 선생은 그녀에게 침대의 가장자리로 와서 앉아도 좋다고 했다. 인덱스카드를 채울 시간은 앞으로도 많을 거예요. 그리고 몇 초간 조용히 팔을 뻗더니 말했다. 너무 가까이 오지 말아요, 뭐라도 옮으면 안 되니까. 토니하고 어쩜 이렇게 다를까, 그녀는 생각했다. 별로 심하지도 않은 감기에 걸린 어느 날, 토니는 그녀에게 추워서 몸을 덥혀야겠으니 침대 옆에 와서 누우라고 오후 내내 졸랐다.

그녀의 기억에 따르면 한번은 아드리아 선생 집에서 갑자기 컨디션이 나빠진 적이 있었다. 사다리 꼭대기에 서서 『19세기 발틱 소설』이라는 책의 먼지를 털어 내며, 아드리아 선생과 자신을 이어 주는 연결고리는 뭐라고 표현할 수 없는 무형의 것이라 생각하는 중이었다. 이 생각에 너무 북받친 나머지, 그녀의 손은 『라우타니아스』라는 작은 책등 위에 멈추었고, 갑자기 현기증이 났다. 공식적으로 마르셀 지베르(몬트리올, 1920)

의 『코브라』를 읽는 듯 보였던 아드리아 선생은, 훌륭한 관찰자였던 덕에 그녀의 휘청거림을 바로 알아챘고, 거의 몸 전체를 받아 내며 낙상을 막았다. 그녀를 소파에 앉히고, 차를 한 잔 준비해 오더니, 택시를 불러 내일까지 나오지 말라고 했다. 사실 그 어지러움은 두 영혼이 보이지 않는 연결고리를 찾았기 때문이 아니라, 때아닌 생리 때문에 발생한 것이었다. 따뜻한 물병을 배 위에 올리고 이틀을 침대에 누워 있을 때, 토니는 그녀의 얼굴이 너무 울상이라 그 고통이 뼛속까지 전해졌고, 그런 장면을 절대 직접 볼 수 없다며 그녀 집에 한 번도 들르지 않았다. 그러나 사실은 농구 경기 결승 티켓을 예매해 두었던 것이었다. 내가 보기에 그 경기도 루르데스와 갔다. 어쩜 이렇게 다를까. 토니는 분홍색 잠옷도 없었다. 늘 잠옷도 입지 않은 채 잠자리에 들었다.

"이유가 뭔지 알아요?" 분홍색 잠옷을 입은 아드리아 선생이 현관의 계단에서 멈추었던 712권의 책에 대한 대화를 재개하며 말했다.

"아니요. 모릅니다."

"지식을 좇기 때문이에요……. 왜냐하면 지식이란 소심해서, 어딘가에 숨어 날 좀 가만히 내버려 두었으면 하는 습성이 있어요. 전 그렇게 발견되지 않고 언제나 숨어 버리는 지식을 좇으려 합니다……."

"그게 어딘데요?"

그는 놀라 입이 벌어진 채 말을 잃었다. 고열로 침대에 몸져눕게 된 그제야, 그 앞에 진짜 빅토리아의 존재가 눈에 들어왔다. 마치 침대 옆에 앉아 200년은 보낸 것 같은 여신의 모습을 하고 있었다. 지식으로 가공한 다이아몬드처럼 그녀의 눈빛은 호기심으로 강렬하게 반짝였고, 그런 그녀가 정말 아름다워 보이기 시작했다. 침대 옆에 앉아, 그를 향해 고개를 기울이자, 그녀의 옆모습이 눈에 들어왔고 아름다운 가슴과 엉덩이의 곡선이 강조되었다. 아드리아는 많은 독서를 통해, 모든 것들이 조화를 이루고, 인생이 당신에게 고마움을 표하며, 모든 것이 당신의 아름다움만을 빛나도록 하는 데 쓰이는 나이가 있다는 걸, 예를 들면 귀니첼리의 노래 『거미와 나비』(밀라노, 1800) 같은 작품을 통해 알고 있었다. 바로 빅토리아가 그 나이였다. 아드리아 선생은 정신을 집중하기 위해 노력했다.

"그저 그런 작품으로 말할 것 같으면. 이걸 한번 봐요."

그가 침대에 널브러진 책들 중 한 권을 집어 건네자, 그녀는 노련한 전문가처럼 오래 쌓인 먼지 때문에 책등 위가 검게 닳았다고 지적했다.

"서사와 멜로디가 가득한 3000개의 알렉산드리아 율격으로 구성된 운문이지요."

"작품이 좋은가요?"

"최악입니다." 그는 생각에 잠겨 책을 펼쳤다. "어떤 장을 펼쳐도 정말 형편없죠."

"그런데 왜 작품을 읽으면서 시간을 낭비하죠?"

"그럼 당신에게는 시간을 잘 보낸다는 게 무슨 뜻인가요? 연인과 극장에 가는 것?"

연인에 관한 언급은 질문의 율격상 문장을 너무 갑작스럽게 끝내지 않기 위한 것이지, 결코 안드로마케와 같은 동정녀가 어떤 성적 관심이 있으리라 생각해서 물어본 것은 아니었다. 하지만 그는 물어보면 실례라는 걸 알면서도, 결국 궁금증을 참지 못했다.

"애인이 있죠, 그렇죠?"

"그럼요, 당연하죠."

대체 넌 뭘 바란 거야? 그럼 아리아드네[9]가 쓸쓸하게, 남자도 모른 채, 테세우스의 기억에 떨며, 혼자 세상을 떠돌아다닌다고 생각한 거야?

"당신에게는 연인과 영화를 보러 극장에 가는 게 잘 보낸 시간인가요?"

"글쎄요. 저는 그냥 선생님이 『가엾은 디도』가 최악의 시라고 하니까……."

"최악이라는 건 그렇게 중요한 게 아니에요. 그리고 그걸 읽는 게 시간 낭비라고 생각한 적도 없고요. 애인의 이름이 뭡니까?"

"토니. 간호사예요."

질투는 세상을 바꾸어 왔다. 머리에 씌워진 왕관의 주인을 바꾸었고, 몸에 달린 머리를 날려 버리기도 했다. 맥베스와 그의 아내가 움직인 것은 결국 야망이 아닌 질투 때문이었다는 설이 있다. 질투는 부자를 불행하게 만들었고, 가난한 자를 악하게 만들었으며, 무심한 자를 죄인으로 만들었다. 질

---

9) 그리스 신화에 나오는 인물. 미노스왕의 딸로 테세우스와 사랑에 빠져 그가 미노타우로스를 죽이는 데 도움을 준다.

투란 가장 기저에 숨겨진 욕망을 꿈틀대게 했고, 인간의 모든 행동에 관여해 왔다고 성 알론소 로드리게스 S. J.가 증명했을 뿐만 아니라, L. 야코비, S. J.(안트베르펜, 1659)가 쓴 『삶, 위대한 뎅뎅 그리고 알폰수스 로드리게스의 신성한 훈련』에 자세히 나와 있기도 하다. 이처럼 수많은 기록 사례가 있음에도 불구하고, 아드리아 선생은 살면서 처음으로 질투라는 것을 실제 느꼈다. 어둡고, 지칠 줄 모르며, 곡해하며, 신맛에, 잔인하며, 쓰디쓴 질투. 『불의 땅』(오를레앙, 1922)에서 콜레트가 탄 배가 막 떠났다는 사실을 알게 된 비르지니가 느꼈던 화를 묘사할 때, 클레망소가 썼던 이 형용사들. 그가 질투하는 이유란 토니가 자신의 디도[10]를 위에서 아래로 쓰다듬을 때 그의 손가락에는, 아누아르 이븐 알 바카르(『세 마리의 가젤』, 파리, 1858)의 말을 빌리자면, 달리아와 장미의 향기가 가득할 것이기 때문이었다. 그도 가여운 디도를 위에서 아래로, 원 없이 쓰다듬고 싶었다. 하지만 그의 손가락은 어둡고, 쌓인 먼지로 시커메지고 말았다. 아드리아 선생은 간호사 토니가 되고 싶었다.

다시 집중해서 하던 일을 계속할 수밖에 없었다. 지금으로서는, 이 새로운 감정(새로운 감정? 바르토메우 카르두스가 1881년 레우스에서 출판한 『항구의 새장』의 마르타가 자신이 수선하던 그물에서 아주 심각한 구멍을 발견했을 때 스스로에게 물어보던 질문)을 잠시 접어 두어야 했다. 지금의 대화는 전혀 주제가 달

---

10) 카르타고의 건국 여왕. 「아이네이스」에서 떠돌이 생활을 하던 아이네이스와 사랑에 빠지는 것으로 나온다.

랐고, 그의 새로운 발견과 그녀의 몸 사이에는 결코 구제할 수 없는 삼십 년이라는 세월의 거리가 있었기 때문이다.

삼십 년이란 어리석음의 정확한 거리라는 T. S. 테일러의 말을 되새기는 것이 그에게 아주 큰 도움이 되었다. 두 사람이 발가벗었을 때, 그녀가 그의 늙은 몸을 비웃는 장면을 상상하는 것도 큰 도움이 되었다.

"『가엾은 디도』를 읽으면 가끔 인류에 도움이 되는 사상의 조각들을 찾을 수 있어요."

"그럼 그걸 카드에 적으면 되죠."

"그럼 그걸 카드에 적거나, 아니면 당신이 적는 거죠. 예를 들면……." 그리고 책을 펼치더니, 그가 원하던 페이지까지 재빠르게 넘겼다. "번역해 보죠." 그는 경고했다. 그리고 목청을 다듬었다. "'당신을 너무 사랑하여 당신과 결혼하고 싶어요, 오, 여왕이시여,' 왕자가 말했다. '당신이 원하지 않는다면, 주먹으로 이를, 칼로 콩팥을 날려 버릴 거예요. 그래도 일부가, 당신의 일부가 남아 있다면, 오 내 사랑, 당신을 향해 죽을 때까지 전쟁을 할 거예요.' 당신도 알아주기를, 오, 인간이여, 사랑과 미움 사이에는 정말 얇은 피부와 같은 작은 차이밖에 없다는 것을. 그리하여 이미 상황을 짐작했던 디도는 장작더미에 불을 지르고, 고꾸라지며 자신의 배에 칼을 꽂았다." 얼마간 침묵만이 맴돌았다. 약간 후회하는 듯 아드리아 선생이 말했다.

"알렉산드리아 율격의 느낌을 제대로 못 전해 준 것 같아요……." 조금 더 생기 있게 말했다. "「아이네이스」에서 영감을

90

받았으며 모두가 알고 있는 이 구절에 숨겨진 지혜란, 아이네
이아스가 떠나 버려 절망에 빠진 가여운 디도를 다시 살려 냈
다는 사실에 있는 게 아니라, 바로 아무렇지도 않게 슬쩍 첨
가된 '이미 상황을 짐작했던'이라는 데 있죠. 마음이 여린 여
성의 운명이란 항상 남성들의 술수에 빠져들게 되듯이, 또 다
른 아리아드네, 디도도 영원히 또다시 속임을 당하게 됩니다.
제 말을 이해했어요?"

"아니요."

두 사람은 다섯 페이지 정도의 간격 동안 말이 없었다. 그
는 여전히 입을 다물지 못했다. 그녀가 비관적으로 고개를 흔
들 때까지.

"이해 못 하겠어요."

"무엇을 말이죠?"

"선생님의 그 많은 재산을 '이미 상황을 짐작했던'과 같은
문구를 찾는 데 바치는 것을요. 가끔은 영화를 보러 가는 게
더 재미있고 배우는 것도 많아요."

"애인과 함께하니 그렇죠."

"500쪽이나 되는 책에서 '이미 상황을 짐작했던'과 같은 문
구를 찾는 것보다 TV를 보는 게 더 도움이 되는걸요."

두 사람은 다시 말을 멈추었다. 왜 여태껏 빅토리아가 이렇
게 아름다운 여인이라는 것을 몰랐을까? 조금은 화가 난 듯
한 그녀의 표정이, 슬픔에 빠진 안드로마케의 모습을 연상시
켰다. 침묵은 이어졌다. 에에티온의 딸은 숨을 깊게 들이쉬었
고, 그는 그녀에게 사랑 고백하는 모습을 상상했다.

"게다가" 빅토리아는 거의 비난하듯 말했다. "가지고 있는 책들이 다 그저 그렇다고 하지 않으셨나요."

"대부분 그렇죠. 그리고 사람들에게 잘 알려지지 않았고요. 그 누구도 뭔가 대단한 진실을 발견하기 위해 자세히 들여다본 적이 없었던 책일 겁니다. 하지만 누군가는 해야 할 일이죠."

헥토르의 아름다운 부인은 자리에서 일어나, 아주 여성스러운 몸짓으로 도서실의 작업복을 가지런히 했다. 난생처음 그의 심장이 크게 뛰어올랐다. 그녀는 엉덩이에 두 손을 올린 채, 좀 더 도발적인 목소리로 말했다.

"그렇다면, 알려지지 않은 지혜란 대체 뭔가요?"

"어쩌면 아직도 이해를 못 하는 것 같은데."

안드로마케는 포기하지 않았다. 여왕의 당당함으로 피로스[11]를 쳐다보더니 거침없이 말했다.

"알려지지 않은 지혜를 찾는 것만이 중요한 건 아니죠."

아픔이 싹 가셨다. 그에게 반박하는 것을 즐기는 걸까? 자신감에 찬 그녀는 계속했다.

"선생님은 읽어 주는 사람이 없다는 사실이 안타까워 이 책들을 읽을 뿐이에요. 망각과 잊힌 사람들에게 동정심을 느끼는 게 분명해요."

그는 아무 말도 하지 않았다. 안드로마케는 페레스 하라미

---

11) 에페이로스 왕국의 왕. 호전적이며 뛰어난 전술가였다. 초기 로마와의 대결에서 승리하기는 했으나 손해가 막심했던 경우가 많아, 상처뿐인 승리를 의미하는 '피로스의 승리'라는 어구의 기원이 되는 인물이다.

요의 작품 『가지에 달린 금』(부에노스아이레스, 1931)에서 벨리사리오가 적의 심장을 부숴 버리듯, 아주 쉽게 그의 큰 비밀을 간파해 냈다.

"그 잊힌 것들을 독서라는 행위를 통해 되살려 내고 싶은 거죠."

그가 대답도 하기 전, 그녀는 차를 준비하겠다고 한 뒤, 방을 나갔다. 곧바로 아드리아 선생은 심장이 아직 제자리에 붙어 있는지 가슴팍에 손을 올려 보았다. 그는 체념한 채, 안드로마케가 떠나자, 트로이 또한 피할 수 없는 어둠을 맞이하는 모습을 지켜보았다.

부엌에서 빅토리아는 물이 아주 천천히 끓도록 둔 채, 대화의 토막들을 생각해 보았다. 대화 속 여러 성찰들은 날마다 그녀에게 새로운 의미를 주었고, 그에 따라 신의 선물이라 할 수 있는 그 부드럽고 섬세한 젊은 피부, 토니가 알아채지 못한 그 피부의 미간에는 그 성찰에 따라 아주 미세하지만 작은 주름이 패어 갔다. 아득히 들리는 롤랑의 호른처럼, 먼 곳에서 뭔가 말소리가 들려왔다.

"그리고 형식 말입니다, 내 말 들리나요?"

먼 산으로부터 목쉰 소리로 그녀를 부르는 것은 아드리아 선생이었다. 그녀는 약간 놀라서 방으로 갔다. 그녀가 복도에서 18세기 프랑스 희곡 섹션을 지날 때, 처음으로 어떤 몸의 반응이 느껴졌는데, 마치 그가 두 사람을 엮는 보이지 않은 실을 점점 당겨 그 방으로 가까이 가게 되는 것 같았다. 테세우스가 미노타우로스를 죽이고 아리아드네의 쉼터로 돌아오

듯이.

"무슨 형식을 말씀하시는 건가요?" 몸살 난 사람의 방에 다시 불이 켜졌다.

"그러니까 형식에 좌우된다는 소리입니다." 그는 팔을 들었다. "잘 쓰인 작품의 단어들 사이에는 그것을 쓴 사람이 들어 있다는 말이죠."

정확히 이해할 수는 없었지만 그 말이 형상화하는 이미지에 그녀는 매우 놀랐다. 마치 그녀의 생각을 읽기라도 한 듯, 아드리아 선생은 계속했다.

"그저 하나의 이미지가 아니라, 실재입니다. 글의 형식에는 영혼이 있어요. 잘 쓰인 책은 잊힐 수가 없지요. 당신을 사랑합니다."

"네?"

"아주 평범한 '당신을 사랑합니다.'와 같은 어구조차 강한 의지와 형식적 성공이 뒷받침되는 문장 안에 잘 직조되면, 어떤 영혼의 일부분이 될 수 있다는 것이죠. 그렇죠? 당신을 사랑합니다."

"네, 하지만 아무런 맥락 없이 그런 말을 하면……."

"당연하죠. 이 어구를 자신의 맥락에서 분리시켜 버리면…… 당신도 알게 될 겁니다. 당신이 한번 말해 보세요."

"당신을 사랑합니다."

아드리아 선생은 그대로 녹아내렸다. 그의 피는 행복으로 끓었고, 강한 충격이 심연의 기억을 흔들었다. 고통에 휩싸인 안드로마케가 그에게 사랑을 고백했다. 두 사람은 물이 끓는 주전자의 휘파람 소리에 정신을 차렸다. 그녀는 자리에서 일어났고, 그는 아이네이아스처럼 자신의 심장이 아닌 다른 곳의 불을 끄러 가라고 손짓했다.

디도는 약간 혼란스러운 상태로 방을 나왔다. 내가 그를 사랑한다고 말한 게 맞는 거지?

아드리아 선생은 침대에서, 부엌에 있는 여신이 무슨 소리를 내는지 알아내려 애썼다. 그리고 겁쟁이인 자신을 나무랐다. 팔을 뻗어, 그녀를 침대에 누이고, 그녀의 옷을 벗긴 후 로타르 마르틴 그라스의 『라우라와 이그나티우스』(뮌스터, 1888)에서 이그나티우스가 라우라에게 한 것처럼 그녀를 사랑해 줄 수 없기 때문이었다.

"내가 겁쟁이라서가 아니야. 연인이 있다잖아."

어떤 소리로 느껴지는지 알아보려고 크게 말해 보았지만, 자신도 그 말을 믿지 않았다.

"뭐라고 하셨어요?"

빅토리아는 쟁반과 김을 내뿜는 찻주전자를 들고 조용히 방에 들어왔다. 트로이의 겨울이 아닌, 아드리아 선생의 펄펄 끓는 여름 침실이었다.

"아니요, 지난 십 년간 한 번도 아픈 적이 없었다고요."

자신도 모르는 사이, 그녀는 그의 이마에 손을 갖다 댔다.

"펄펄 끓고 있잖아요, 아드리아 선생님."

"젖은 행주를 이마에 좀 올려 줄래요?"

그날 오후, 안드로마케는 인덱스카드를 채우지도, 먼지를 털지도 않았다. 그녀는 고통받는 자의 위로였으며, 아픈 자의 건강이었고, 죄인의 안식처였으며, 이상향, 천사들의 여왕, 상 아탑, 성 빅토리아, 구슬픈 아리아드네, 동정녀 중의 동정녀, 그리고 슬픈 안드로마케였다. 심지어 새로운 연인이 반쯤 잠 들게 했다. 마치 신비주의적 계시처럼, 불가사의한 의식을 치 르는 것처럼, 아드리아 선생 이마의 활활 타는 불이 가라앉아, 빅토리아는 마치 새로운 니케처럼, 『마법사의 제자』에 나오는 훌륭한 견습생을 넘어서는 것처럼, 그녀는 새롭고 깊고 그리 고 초월적인 힘을 통해, 서서히 그리고 단호하게 기름 부음을 받아, 권위를 얻고, 성스러워지는 경험을 하게 되었다.(안룬드의 『숲』 참조.) 심지어 그녀의 눈빛조차 새로운 힘을 가진 아름다 운 사제의 것으로 변했다.

"곤사가가 이사벨라에게 말했다." 빅토리아는 처음으로 의 례를 집행하며 낮은 목소리로 말했다. "'나는 너의 열을 제거 할 것이니, 너의 고통을 나에게 바치거라.' 수련을 시작한 수사 는 그를 부드럽게 바라보았고, '그를 더욱 사랑하게 되었다.'"

아드리아 선생이 갑자기 눈을 떴다. 마치 그 단어들을 말한 자가 빅토리아가 맞는지 확인이라도 하고 싶은 듯. 몇 줄의 침 묵이 지속되었다. 그녀는 그것을 비판으로 이해하고, 얼른 경 구를 끝마쳤다.

"『아마도 아닐 것이다』, 주세페 그릴리, 나폴리, 1912."

서른다섯 권의 새로운 중고 서적을 더 정리하고, 정체불명 의 일들을 몇 번 더 처리한 다음, 그리고 목감기가 잊힐 때쯤, 아드리아 선생은 토니가 토니 데메스트레임을 알게 되었다. 그는 간호사가 아닌 간호조무사였고, 스물다섯 살에, 홍등가를 들락거렸으며, 루르데스 코야도인지 뭔지 하는 여자와 수시로 시시덕거렸다. 이 모든 걸 알게 됐지만, 빅토리아에게 사실을 설명해야 할지 망설여졌다. 남의 삶을 훔쳐보는 것은 몹쓸 짓이었다. 하지만 고자질을 하는 것은 더 몹쓸 짓이었다. 그렇다면 유일한 장애물은 형식인 것인가? 빅토리아의 행복은? 신중한 사람이라는 그의 이미지를 희생하더라도, 안드로마케를 나쁜 사랑의 실수로부터 구하는 것이 더 중요하지 않은가?

복도에서 그녀가 일하는 소리가 들리는 지금, 알고 있는 사실을 말하는 게 좋을지 생각해 보았다. 하지만 그는 망설임으로 몸을 떨었다. 며칠 전부터 그녀의 시선에는 사뭇 다른 빛과 강력한 기운이 감돌았다. 복도에 두 번 연속으로 나가 보았을 때, 그는 그때마다 빅토리아가 책을 들고 화장실에 간 사실을 확인할 수 있었다. 아드리아 선생은 어느 날 안드로마케가 대독서가가 되는 상상을 했다. 그리고 가끔은 인생사의 중대한 일보다 급한 불을 먼저 꺼야 한다는 생각에(안토니오 알베스의 『행복한 결정』, 리스본, 1957 참조.), 아드리아 선생은 다시 질문하기 시작했다. 간호사에 대한 진실을 말해 주어야 할까, 아니면 모른 척해야 할까? 남의 뒤나 캐고 다니는 내 모습에 대해, 빅토리아가 보낼 경멸을 부끄러움 속에서 감당할 용기가 있을까? 누가 남의 인생을 몰래 훔쳐보며 스스로 난처한 상황에 처하도록 부추기기라도 했나요?(그녀는 펠리사 그라베스처럼 훌륭한 엉덩이에 손을 얹은 채 그에게 이렇게 말할 것이 분명했다.) 어쩌면 의외의 반응을 보일 수도 있다. 어쩌면 자기 눈을 뜨게

해 준 데에 무한한 감사를 표할지도. 아니다. 아…….

아드리아 선생은 큰 옷장 속에 안드로마케에 관한 정보가 적힌 기밀 카드를 침대 시트와 함께 보관하고 있었다. 그리고 그는 충격 속에서 넓은 망설임의 바다를 항해 중이었다. 그래서 나는 왜 한 달 동안 채운 인덱스카드가 다섯 개밖에 안 되는 거죠, 하고 있는 일에 대한 믿음을 잃어버린 건가요, 그렇다면 『그 이후로』(칼만 시, 부다페스트, 1922)라는 작품 속 언어의 고랑(T. S. 테일러 Jr.의 『편지와 문서들』 참조.) 속에 누구라도 눈길을 주어 망각에서 구해 내는 대신, 작품이 묻히도록 두어도 괜찮은가요라고 말해야 할지 망설이고 있었다. 그는 마치 독서에 흥미를 잃은 듯 산만했고, 넋이 나가 있었다. 나는 그가 마지막으로 구입한 서른다섯 권의 책이 그저 올리버 케이지의 작품에 나오는 도로시처럼 산만하고, 열정이 식은 눈빛만을 불러냈다는 사실에 걱정이 커졌다. 그렇다면 마차리노, 스펜더, 카바예로-링콘, 세아브라 핀토 등은 어떨까?[12] 가엾은 아드리아 선생은 하루 종일 무슨 생각에 골똘히 빠져 있는 걸까? 빅토리아는 가끔 목감기 때의 고열이 그의 머리를 다치게 한 건 아닌지 생각했다.

현자로서, 기름 부음을 받은 자로서, 자신이 정의를 집행하고 있다는 사실을 아는 데서 나오는 자신감으로 무장한 채 빅토리아는 『아프리카 시선』의 먼지를 털다 사다리에서 내려

---

12) 마차리노, 스펜더, 카바예로-링콘, 세아브라 핀토는 허구의 혹은 잊혀진 작가들이다.

와 서재로 들어갔다. 아주 부드럽게 아드리아 선생의 팔을 잡은 그녀는 그에게 먼지떨이를 주며, 복도에 있는 『아프리카 시선』을 꼭 끝내야 한다고 속삭였다. 그리고 그녀는 서재의 책상 앞 의자에 앉았다. 아드리아 선생은 먼지떨이를 바라보더니, 주의 깊게 주위를 살피고서는 아무 말 없이 방을 나갔다. 자신이 해야 할 일을 알고 있던 안드로마케는 숨도 쉬지 않았다. 양차 대전 사이의 코임브라[13]에 대한 세아브라 핀토의 성찰이 윌리엄 스펜더의 종교 소네트보다 훨씬 많은 비밀을 숨기고 있을 것 같았다. 책을 펼치고 책등을 살폈다. 선반에 꽂힌 적은 없지만, 벌써 검정 때가 끼고 있었다. 눈살을 찌푸린 그녀는 메모지에 아드리아 선생이 들어오는 즉시 책상 위의 책들도 깨끗이 하도록 지시할 것이라고 적었다. 3페이지에서 이미 좋은 경구 하나가 나왔다. "혼자가 아니라네, 코임브라여, 커튼이 쾌활한 웃음으로 벽을 치고 오르며, 너의 집 창문이 매일 열린다면." 커튼의 쾌활함, 코임브라의 새날을 열어젖히는 여인의 쾌활함……. 세아브라 핀토가 이 발상을 써 내려갈 때, 빅토리아는 그 앞에 있었으면 좋았겠다고 생각했다. 시간이 흘러 작가가 죽었을 때, 이 부분을 읽게 된다면 아주 기분이 좋을 것 같았다. 경외하는 마음으로 같은 부분을 다시 읽고, 인덱스카드에 필사한 후, '코임브라. 안토니오 세아브라 핀토. 리스본, 1953.'이라고 적었다. 그리고 곧, 마침 하루하루 더 참기 힘든 골칫거리가 되어 가던 토니(그와 루르데스가 토니

---

13) 포르투갈 중부에 위치한 대학도시.

집의 소파에 같이 누워 있었다. 이게 완전히 폭발의 계기였다.)와 헤어졌으니, 온전히 자신을 위한 시간을, 보이지 않는 작품 간의 관계, 지울 수 없는 연결점을 찾아 그 고리들을 잇는 데 쓰겠다고 생각했다. 왜냐하면 그렇게나 직설적인 묘사, 그렇게나 라틴어적인 세아브라 핀토(같은 책)의 작품을 읽자 "그의 예민한 심장만이 느낄 수 있는 먼지들의 세밀한 녹으로 항구는 뒤덮였다."(M. 헨슈의 『자기희생』. 베를린, 1921 참조.)가 생각났기 때문이다.

복도에서는 『아프리카 시선』의 먼지를 뒤집어쓴 아드리아 선생의 재채기 소리가 들렸다. 그는 책 하나하나, 책등 하나하나를 집중해서 청소하는 데 한 시간 정도면 충분하리라 생각했다. 안드로마케의 멋진 도서관이 불명예와 망각이라는 소홀함에 무너지지 않도록.

보석 같은 눈

주가 나에게 말씀하시기를,
네 이마를 바위보다 더 단단한
금강석과 같이 만들었으니,
이스라엘에 집을 둔 족속들을 두려워 말라,
그들 앞에서 떨지 말라,
그들은 그저 반란을 일삼는 집단일 뿐이니.
— 에제키엘[1]

1

이자크 마테스는 위엄 있는 태도로 자리에서 일어나 청년을 끌어안았다. 왜 이러한 친절을 베풀까요? 친애하는 주여, 존경하는 암스테르담의 마르텐은 왜 나에게 잘해 주려 했을까요? 그는 자리에서 일어나, 아주 명확한 이디시어로 아주 천천히 바루크가 이해할 수 있게 말했다. 나의 아들이여, 이번 안식일 축제가 우리의 기억에 영원히 남기를 바란다. 의심 많은 하임을 제외한 마테스 가족들은 모두 아멘을 외쳤다. 신은 이 기도를 들었고, 가족은 이 안식일을 절대로 잊지 않게 되었다. 절대로, 존경하는 이자크도, 그의 부인 테메를도, 아름

---

1) 가톨릭 성경 에제키엘서 3장 9절을 토대로, 앞으로 펼쳐질 이야기를 예고하기 위해 작가가 구절을 다듬은 것이다.

답고 보석 같은 눈으로 새로운 방문객을 쳐다보는 딸 사라도, 의심 많지만 집안의 학자, 보석의 세계에는 관심이 없고, 토라 공부에만 매진하는 큰아들 하임도, 성인식을 치르려면 아직 한참이나 먼 작은아들 아론과 다니엘도, 바르샤바에서 막 도착한 아리송한 표정의 삼촌들도, 절대 그날의 안식일과, 그 이후의 나흘간, 그리고 이자크 마테스가 바루크 안슬로 앞에서 손을 들며 그의 이야기를 들려줄 것을 요청한 날을 잊지 못했다.

기억의 눈을 한참 뒤로 되짚어 본 바루크는 다음과 같이 이야기를 시작했다. 그의 이름은 요세프 코엔으로, 존경하는 스승의 바람과 그가 직접 내린 명령을 받들어 그 긴 겨울 여행을 하게 되었다. 암스테르담과 우치 사이의 끝나지 않는 일주기간 동안 폭설이 내렸을 때, 매우 험난한 삶의 조건에도 불구하고, 그는 자신이 여행자 숙소의 두툼한 짚자리나 마을 시장에서 산 치즈 한 토막이 주는 작고 순수한 기쁨을, 해 질 녘 희미한 빛 속에서의 저녁 기도나 음식에 대한 축복 기도로 기꺼이 바꾸었을 사람이라는 사실을 알아달라고 말했다.

(그는 존엄을 지킬 줄 아는 자야. 잘됐어.)

"내 주인은 말입니다." 바루크는 계속했다. "이름은 마르텐 클라에존 소르흐이고, 암스테르담에서 아주 유명한 다이아몬드 세공사였어요."

"주여, 그의 시간이 왔을 때 그의 영광을 찾게 해 주소서, 그는 정의로운 사람이나니." 이자크가 말하자, 하임을 제외한 모두가 아멘을 외쳤다.

"하루는 존경하는 저의 스승님이 매우 근심 어린 모습으로, 날마다 확인하는 장부를 위에서 내려다보고 계셨어요. 스승님은 시력이 이미 서서히 나빠지는 중이었는데, 보석 감별에 절대 좋은 행동이 아니었습니다. '마르텐 선생님, 무슨 일입니까.' 제가 물었지요. 스승님은 저만이 해 줄 수 있는 일이 있는데, 차마 부탁할 엄두를 못 내고 있다고 하셨어요. '그게 무슨 일인가요, 소르흐 선생님.' 저는 대답했지요. '선생님을 위해 제가 그 일을 못 할 것이라 생각하시나요?' 존경하는 스승님은 지혜가 가득한 회색 눈빛으로 저를 관찰하며, 저 먼 폴란드의 도시 우치에 사는 이자크 마테스 선생에게 경의를 표하고 싶다고 말했습니다."

"맙소사!" 차디크[2] 이자크 마테스가 또 한 번 놀랐다. "어떻게 나에 대해 들은 거지. 나는 그분을 잘 모르는데 말이오?"

"암스테르담 전체가 당신의 작업을 알고 있습니다. 당신의 공방은 매우 유명할 뿐만 아니라, 모든 이들이 존경하는 곳이기도 합니다."

"들었어요, 테메를?" 으쓱해진 이자크가 말을 이었다. "내일의 기쁨은 훌륭한 다이아몬드 커팅으로 보석 안의 불을 깨우는 데 성공했을 때, 다이아몬드와 나만이 나누어 가지는 것이라 생각해 왔지요."

"저는 언제나 우러러 왔어요." 바루크는 겸손하게 대답했다.

---

2) 히브리어로 '의인'이라는 뜻으로, 유대교에서 종교적 이상을 구현했거나 의로운 일을 한 자에게 붙이는 칭호다.

"다이아몬드 원석 속에서 보석의 불을 찾아내는 그 능력을 말이죠." 낮은 목소리로, 몸에 돋은 소름과 함께, 그는 마무리를 했다. "신은 나에게 그런 능력을 주시지 않았거든요."

모두는 속으로 하쉠[3]께 감사를 외치며 침묵을 채웠다.

(하지만 그의 손은 다이아몬드 세공사의 손으로, 매우 가늘고, 우아하며, 손톱이 잘 정리되어 있는걸. 정말 아름다워.)

바루크는 잠시 경건하게 침묵한 후 말을 이어 나갔다.

"제게 3000네덜란드 플로린과 말 한 마리, 그리고 새로운 사람과 마을, 새로운 언어를 알고 사랑하라는 조언, 동쪽 멀리 우치까지 꼭 가야 한다는 엄격한 명령을 주셨지요. 그리고 그곳에 가면 돌아오기 전 이자크 선생의 환대 속에 지내며 얼마간 휴식을 취할 수 있을 거라고 하셨습니다."

(그가 절대 떠나지 않게 해 주세요, 그가 절대 떠나지 않게 해 주세요.)

이자크 마테스는 수염을 쓰다듬으며 걱정스러운 표정을 지었다. 그는 테메를 바라보더니, 눈짓으로 새로 온 손님의 요청을 받아들이라는 승인의 표시를 했다.

"암스테르담을 떠난 건 해가 떴지만 너무나도 추웠던 초겨울의 어느 날이었습니다. 바닥에 눈이 쌓인 건 아니지만, 동쪽으로부터, 어쩌면 당신들이 있는 여기서부터 불어오는 바람은 매서워서 람베르투스가 더 이상 앞으로 나아갈 수 없었어요. 암

---

3) 히브리어의 직역은 '그 이름'이라는 뜻이며, 유대교에서 신을 가리킬 때 사용한다.

스테르담과 너무나 닮았던 위트레흐트에서는 하룻밤만 지냈습니다. 새로운 사람, 새로운 국가, 그리고 새로운 언어와 만나야 한다는 스승님의 조언이 떠올랐거든요. 뮌스터에서는 좀 더 오래 머물렀습니다. 우리와 비슷하게 말하지만, 입에 짚을 물고 말하는 것 같았고, 좀 더 조용한 편이지만, 이상한 집착도……."

"뮌스터 사람들은 가톨릭입니다." 그날 저녁 처음으로 미래의 랍비 하임이 차갑게 말했다.

"그렇습니다. 그리고 이스라엘 민족의 아들이라는 제 배경 때문에 얼마간 차별을 받은 건 부정할 수 없는 사실이지요. 뮌스터는 내 이십삼 년 인생에서 처음으로 발을 디딘 외국 도시였습니다."

(스물세 살. 나는 열다섯이라 엄마는 벌써 걱정하는 눈치야.)

"스승의 심부름을 몇 개 끝내고, 임무로부터 자유로워진 나는 최대한 성스럽게 안식일을 보내고, 다음 날 말이 어디로 나를 데려갔으면 좋을지 고심하느라 여인숙의 방문을 닫고 혼자 있었습니다. 주를 찬양합니다."

바루크의 마지막 말을 승인하는 웅성거림이 퍼졌다. 오직 신실하고 어린 하임만이 아무 말 하지 않았다.

* * *

바루크는 걸쇠로 문을 걸어 잠그고, 작업대 위의 불빛이 그리는 원 안으로 돌아왔다. 떨리는 손으로, 작업장에서 주로 다이아몬드 파우치를 만드는 모직 천을 자르는 데 쓰는 단도를 이용해 조심스럽게 소포를 뜯었다. 작업대 위에서 포장을 다 제거했을 때, 그는 놀라고 말았다. 소포에는 둘둘 말린 캔버스 천 조각 하나와, 부피가 있는 봉투 두 개가 들어 있었는데, 만져 보니 종이밖에 든 게 없었기 때문이다. 황급히 천을 펼쳐 보고, 봉투를 더욱 꼼꼼히 만져 보았으나, 그 어디에도 다이아몬드가 든 검은색 주머니는 없었다. 두 개의 다이아몬드가 든 검은색 주머니가 없다니. 저주받을 마르텐 소르흐 등신 새끼. 병아리콩처럼 큰 다이아몬드 두 개를 돌려주라고 나를 이스탄불까지 보내 놓고선, 소포에 보석을 넣지 않다니. 부지와 에제키엘은 어디에 있는 거지? 이게 대체 무슨 일이야?

바루크는 어리둥절해서 창문 밖을 바라보았다. 그가 머무는 베스트팔렌 지역의 겨울은 매우 험난했고, 오후의 비는 이미 눈으로 변해, 마치 뮌스터시 전체를 하얀 이불로 덮을 듯이 조용히 내리고 있었다. 성 람베르트 교회탑에 걸린 제세례교의 우울한 새장을 간신히 알아볼 수 있었다.

그는 천을 다시 펼쳐, 좀 더 자세히 살펴보았다. 재수 없는 마르텐 소르흐는 이스탄불에 있는 그의 아들에게 지난봄 세상을 떠들썩하게 했던 그림을 보냈다. 그림을 옆으로 치우고, 이번에는 봉투를 살펴보았다. 한 봉투에는 아무것도 적혀 있지 않았고, 다른 봉투에는 수신자 얀 마르텐스존 소르흐, 그리고 주소 갈라타, 이스탄불이라고 적혀 있었다. 그는 그 봉투를 촛불 근처로 가까이 가져가 그다음 무엇을 해야 할지 한참을 생각했다. 시간이 꽤 흐른 후, 그는 단도로 봉투의 봉인을 찢었다. 글자가 빽빽하게 적힌 아주 두툼한 서류 뭉치가 들어 있었다. 하지만 종이 사이에는 다이아몬드 같은 건 숨겨져 있지 않았다. 바루크는 수수께끼의 정답이라도 들어 있을까 하여 열정적으로 문서를 읽어 나갔다. 재수 없는 마르텐 소르흐가 그의 온갖 재주에 대해 하쉠께 감사를 표하는 전형적인 서문을 지나자 사랑하는 아들아 이스탄불에서의 생활은 어떠니, 하고 편지가 이어졌다. 그리고 이 편지를 육로를 통해 특별한 메신저 편으로 보낸다는 사실을 덧붙였다. 왜냐하면 너에게 전하는 이 정보를, 사랑하는 아들아, 오토만 항구의 감시원들이 중간에 가로채지 않도록 하기 위해서란다. 회사가 튀르키예와 거래하는 모든 이들에게 전한 소식에 의하면, 우리 상인의 비밀 정보를 그들이 훔쳐본다는구나. 다른 봉투에는 이집트에서 불가리아까지, 그리고 북쪽으로는 폴란드 왕국과 발트해를 아우르는 공급자, 고객, 보석 소유주의 전체 목록이 들어 있단다. 더 이상 여행할 기력이 없고, 암스테르담으로부터 너무 먼 곳이기에 나에게는 이제 필요 없는 목록이지. 하지만 네게는 많은 이익을 가져다주고, 엄청난 부를 쌓게 해 줄 목록이다. 조심해서 사용하고, 그 누구에게도 이 목록의 존재조차 언급하지 말거라. 목록을 작성하는 데 수년의 시간과 수많은 돈이 들었다. 그러니 네가 아닌 어떤 누구도 이것으로 이익을 얻기를 바라지 않는다. 강물이 어디로 흐르는지 가장 먼저 아는 자가 그 물의 주인이 될 수 있다고, 그리 전해지는 선인들의 속담이 있다. 아주 소중한 자산으로 그 목록을 보관하거라, 아들아, 그리고 현명하게 그것을 사용하거라.

그리고 일 년 전, 네가 베네치아에서의 삶을 접고 이스탄불에 정착했을 때, 임페리얼 다이아몬드가 내 손에 들어왔다는 사실을 알려 주고자 한다. 데칸고원에서 발견된 것으로 강물 속 자갈만큼 크고, 221캐럿 정도 되어 보였단다. 문제는 표면이 너무나 울퉁불퉁하다는 것이다. 하지만 그만큼 영롱한 다이아몬드는 본 적이 없다. 몇 주간 자세히 연구를 해 보았지만, 어떤 방법도 떠오르지 않더구나. 내 시력이 더 이상 예전 같지 않은 것이지, 아들아. 그래서 이 편지를 운반하는 바루크 안슬로에게 보여 주었어. 그는 실력이 굉장한 세공사란다. 그는 보석을 살펴보더니 두 개의 브릴리언트 컷을 뽑아낼 수 있겠다고 결론지었지. 오토만 제국의 대사는 좋다고 했고, 안슬로가 임페리얼을 잘랐단다. 그가 말한 대로, 100캐럿 정도의 보석 두 개, 그리고 좀 더 작은 보석 몇 개가 더 나왔지. 안슬로는 기가 막히게 원석을 잘랐어. 두 개의 환상적인 브릴리언트가 그렇게 탄생했단다. 96캐럿의 작은 보석에는 예언자인 에제키엘이라는 이름을 붙여 주었고, 107캐럿의 큰 놈은 예언자의 아버지인 부지라고 부르기로 했다. 믿을 수 없을 정도로 대단하단다. 태양 빛이 통과하면 1000개의 광채를 뿜어내지. 해양 통신사를 통해 공식적으로 너에게 보석이 도착하면 내 이름으로 높은 문[4]에 직접 전달해 다오. 내가 한 일에 대한

---

4) 오스만 튀르크어로 '밥 알리(باب علي)'라고 하는 이 문은 직역하면 '높은 문'이라는 뜻으로, 오스만 제국의 중앙 권력 혹은 최고 통치자 술탄을 일컫는다. 오스만 제국의 군주가 15~19세기에 걸쳐 거주한 톱카프 궁전을 드나들던 프랑스의 외교관들이 궁전 입구의 문을 오스만 군주로 대유한 데서 비롯되어, 그 용법이 유럽 전체로 퍼져 나갔다.

보수는 이미 받았다만, 네 일에 대한 어떤 보상이 주어진다면 거절하지 말거라. 분명히 이스탄불을 너머까지 알려질 명예와 특권이 주어질 것이다.

이미 말했듯이, 이 편지를 들고 가는 바루크 안슬로는 훌륭한 세공사가 분명하단다. 목적지에 제대로 도착한 후, 네가 내킨다면, 그와 적당히 어울려 보거라. 하지만 절대로 그를 믿지는 말아라. 남을 속이는 뛰어난 말재주를 타고났기 때문이다. 어린아이같이 순진한 그의 용모에도 절대 넘어가지 말아라. 이번 가을에 서른 살이 되었단다. 그가 가진 세공사로서의 좋은 자질들은 그를 두 배나 약삭빠르고 교묘하며 욕심 사납게 만들었다. 그래서 그에게 다이아몬드를 맡기는 대신, 혹시라도 있을지 모를 다른 절도에 대비해 그를 미끼로 사용하기로 한 것이란다. 그리고 모두에게 안슬로가 다이아몬드를 운반할 것이라 말하고 다녔지. 그리고 심지어 그는 요즘 들어 네 조카 라켈을 부쩍 뚫어져라 쳐다보기 시작했어. 시간이 아깝다는 생각이 들면 고민하지 말고 그냥 보내 버리거라.

바루크 안슬로는 반쯤 읽다 만 편지를 작업대 위에 던졌다. 자신이 언제나 가장 눈치 빠른 사람이라고 생각해 왔건만, 마르텐 소르흐는 경기에서 그를 훨씬 앞서 나가고 있었다. 썩어 빠진 늙고 더러운 쥐새끼 같으니라고, 제일란트 모래 둔덕에 영원히 매달아도 시원찮을 놈, 주를 찬양합니다라고 크게 말했다. 그러자 기분이 좀 나아졌다. 그리고 편지를 계속 읽어 나갔다.

여행의 정당성을 입증할 수 있도록 금전적 가치는 없지만 예쁜 그림 한 점을 소포에 넣어 보내마. 500플로린밖에 하지 않는 그림이란다. 지난봄 렘브란트 하르먼스 판레인이라는 선생이 그려 준 초상화야. 한때 잘나가던 화가였지만, 이제는 꽤 기력이 쇠한 상태지. 어쨌든 그림이 아주 잘 나왔단다. 아주 공을 들여 초상화를 자세히 그렸어. 그는 아침 기도 후, 내가 고객 목록을 점검하고, 안식일을 빼고 하셈이 날마다 우리에게 주시는 아침 햇살을 이용해 매일 편지 쓰기를 하는 시간에, 항상 집에 왔었지. 렘브란트 선생은 이제 너무나 큰 듯한 내 방, 그리고 아 슬프구나, 외로움만 가득한 방을 택했지. 햇살이 비치면 가장 아늑한 방이니까. 그림을 잘 보관했으면 좋겠구나, 사랑하는 아들아, 값이 비싸서가 아니라, 그냥 네가 항상 지녔으면 한다. 그곳에서 네 일이 잘되니 네가 더 이상 집에 돌아올 일이 없을 것 같아서, 그러니 내 늙은 형상을 기억하는 의미로, 그리고 무엇보다 오래전 네 어머니가 너에게 세상 빛을 처음 보여 준 방을 기억하는 의미로 간직하기 바란다. 그래서 값어치가 있는 것이다. 항상 잘 보관하다가 네 자식들, 그리고 네 자식의 자식들에게 보여 준다면, 언젠가 한번은 네 할머니에 대해서도 생각하지 않겠니, 가여운 사람. 그리고 네게는 너의 기원을 상기시켜 주는 작품이 될 것이다. 왜냐하면 기억의 상실보다 더 고통스러운 죽음은 없으니까.

바루크 안슬로는 편지를 내려놓고 그림을 펼쳤다. 악마의 책을 훑으며 어떤 천치에게 다이아몬드를 적정 가격의 세 배로 팔아먹을까 고심하거나, 일 년 반 전 그 작은 브릴리언트가 이유 없이 사라졌다며 그의 세공비에서 보석값만큼 떼어 챙긴

돈을 수입란에 기입하고 있는 약탈자 마르텐의 초상이 나왔다.

그는 자리에서 일어나 난롯불 앞으로 다가갔다. 바루크 안 슬로는 늙은이의 약삭빠름에 수치심을 느꼈다. 한참을 생각 한 후, 다른 봉인을 열고 침착하게 목록을 살폈다. 자정이 넘 은 시각, 추위로 온 도시가 백지장이 되었을 때, 네 가지 생각 이 떠올랐다. 하지만, 좀 더 다듬을 필요가 있었다.

해결책은 그다음 날, 비록 안식일이었지만 베네딕투스 올손 으로 변장하고 산책을 할 때 나왔다. 그는 교회당 근처에서 지 저분해진 눈길을 걷고 있었는데, 신의 섭리가 그를 추위라는 심한 벌을 받고 있는 밤나무 앞에 서게 했으며, 신의 섭리를 찬양합니다, 그때 도시 밖에서 들어오던 교회의 이륜마차도 밤나무 앞에 멈춰 섰다. 위대하신 주교 요한 크리스토프 괴츠 전하, 십자가의 수호자이자 뮌스터의 주교인 그는 서기의 부 축을 받으며 마차에서 내렸다. 그는 밤나무의 건강 상태를 매 우 걱정하기라도 하는 듯, 그 나무를 살펴보려 했다. 그가 밑 동을 청진한 후 서기에게 무어라 말하자 서기는 고개를 끄덕 였고, 바루크 베네딕투스는 그가 마차에 올라 100미터 정도 떨어진 교회당에 다시 돌아가는 모습을 보았다. 위대하신 주 교를 본 바루크 베네딕투스는 놀란 나머지 입이 떡 벌어졌다. 그리고 솜씨 좋은 목수를 찾는 데 집중하기로 했다.

"사제여, 이제 보시게 될 것처럼," 바루크는 여인숙에서 가 져 온 침대보로 덮어 놓은 이젤을 가리키며 말했다. "렘브란트 선생은 모두가 주목하는 자신의 가톨릭 개종을 기념하기 위해······."

"그가 개종한 줄 몰랐습니다."

"새로운 소식이란 말입니다, 사제여." 바루크 베네딕투스 안슬로 올손이 끼어들었다. "언제나 진실보다 느린 법이지요." 서기관이 경구의 단호한 아름다움을 찬양하기 전, 그는 계속했다. "렘브란트 선생은 위대하고 현명하신 괴츠 주교에게 경의를 표하는 의미로 초상을 그렸습니다."

목소리의 톤까지 치밀하게 계산한 그는, 침대보를 당겼고, 교회 서기관은 튼튼한 지지대 위의 간결하고 위엄을 갖춘 프레임에 표구된 캔버스를 감상할 수 있었다. 놀란 주교의 입이 떡 벌어졌다. 바루크를 한 번 보고, 캔버스를 다시 보더니, 침을 꿀걱 삼켰다.

"하지만 렘브란트는 여기 온 적이 없소." 경외에 찬 목소리로 말했다. 그를 가리키며, "당신은······."

"베이스프에서 온 헤릿 판 로입니다." 암스테르담 출신 바루크 베네딕투스 안슬로 올손은 황송하다는 듯 대답했다.

"판 로 씨, 위대한 주교 전하를 아시오?"

"그런 영광을 가졌지요."

"하지만 렘브란트는 뮌스터에 온 적이 없소!"

"사제여, 제가 그의 눈입니다." 그는 황송함의 눈빛을 아래로 내린 채 계속 말을 이었다. "저는 위대한 전하의 주교 서품식 때, 전하의 얼굴 특징을 기억하여 설명해 달라는 렘브란트 선생의 부탁을 받고 그 자리에 있었습니다. 암스테르담에 돌아가자마자, 저는 판레인 선생에게 전하의 모습이 어땠는지 자세히 설명했고, 선생은 괜한 걱정을 불러일으키는 부정확함을 피하기 위해, 전신을 작게 그리는 대신, 지혜롭고 성스러운 자의 빛남을 강조하기로 결정했습니다."

"정말 똑같군요." 교회의 서기관은 여전히 감탄 중이었다.

"이 그림을 통해, 렘브란트 선생은 주교 전하와 같은 모든 지혜로운 자들, 낮의 가장 아름다운 시간, 그리고 밤에도 철학과 성스러운 신학을 공부하며, 지혜로 가득한 고서적 속의 지향을 찾는 모든 이들에게 경의를 표하고자 했습니다." 그는 결론을 짓겠다는 표시로 손가락 하나를 까딱 올렸다. "렘브란트 선생은 괴츠 전하의 『철학 테제』 전체를 읽었다는 사실을 명심하십시오."

"대단합니다." 서기관은 진심에서 우러나와 말했다. "저에게는 너무 어려웠어요."

"보이십니까?" 바루크 베네딕투스 헤릿 안슬로 올손 판 로가 강조하며 말했다. "그림 속 위대한 전하가 보고 계시는 책은 토마스 아퀴나스의 『신학 대전』입니다. 따라서, 캔버스의 진정한 주인공은, 주교 괴츠 전하뿐만 아니라, 저 방과 그 분위기도 포함됩니다." 전문가의 손가락으로 그림을 가리켰다. "이러한 이유로 짙은 노란색의 느낌이 그림 전체를 지배하도록 하고, 마치 무언가가 약간 새어 나가는 것처럼, 전능하신 주가 우리에게 매일 선물하시는 환희의 빛이 들어오는 창문을 도드라지도록 한 것이죠."

"정말 아름답군요."

"여기를 보십시오, 존경하는 사제여. 이 계단은 여기 상아탑으로부터 영생이 불가능한 인간들이 지혜에서 멀어진 채 고통으로 허우적대는 현생을 연결하는 계단입니다."

"그렇다면 왜 이 그림을 우리에게 판매하려는 것인지……."

"저 주인은 그림이 완성되자 이렇게 말했습니다. 헤릿, 나의 아들아, 이 그림을 꼭 받아야 할 분이 있단다. 위대하신 전하 뮌스터의 주교님께 찾아가, 각고의 세월 속 가톨릭을 지켜 온 이 도시에 대한 경의임을 말씀드리고, 그림을 전해 드리거라."

"렘브란트의 그림은 처음 봅니다. 이 동네에는 루벤스에 대한 이야기가 더 많이 돕니다."

"아는 사람들은 판레인 선생이야말로 분위기를 그려 낼 줄 아는 유일한 화가라고 한다더군요."

맞는 말이었다. 방의 분위기, 공간, 빛, 음영의 대조. 하나의 기적이었다.

"당신의 스승은 매우 너그러운 분이시군요. 위대하고 현명하신 전하가 선물과 경의를 감사히 받는다고 꼭 전해 주십시오."

"잠시만요……." 바루크 베네딕투스 헤릿 안슬로 올손 판 로가 조심스럽게 말했다. "제 스승은 위대하고 현명하신 전하께 이 그림을 5000네덜란드 플로린에 드리고 싶다고 하셨습니다. 물론 세 배는 더 비싼 그림이지만 말이죠."

"아." 교회 서기관은 창문 가까이 세워져 있는 캔버스를 다시 살펴보았다. "위대하고 현명하신 전하가 그 돈을 지불하지 않겠다고 하면 어떻게 되는 겁니까?"

"눈물을 흘리시며 합의에 이르지 못할 경우, 로마로 가던 길을 계속 가서, 알렉산더 주교를 만나 제안드려 보라고 했습니다."

"같은 가격으로 말입니까?"

"두 배의 가격으로요."

서기관은 그림의 무엇을 확인이라도 하고 싶은 듯 캔버스에 가까이 다가갔다. 그리고 몇 발짝 뒤로 물러서더니 그림 전체를 다시 찬찬히 살펴보았다. 그의 눈이 보석처럼 빛났다.

"당신 스승은 그림의 이름을 뭐라고 붙였습니까?"

그는 망설임을 감추기 위해, 헛기침을 하며 목소리를 가다듬었다.

"철학자입니다." 좀 더 세게 기침을 했다. "철학자 괴츠." 가짜 헛기침을 여러 번 해 댄 후 마무리를 했다. "주교님께 대한 존경, 그리고 철학 연구로 일궈 낸 주교님의 명성에 바치는 경의입니다." 처음으로 서기관은 그림에서 눈을 떼고, 바루크의 눈을 바라보았다. 그제야 그는 모든 것을 이해할 수 있었다.

2

존경하는 여러분, 뮌스터에서는 다른 종파에 대한 가톨릭의 분노가 어디까지, 무엇까지 가능하게 하는지 확인할 수 있었습니다. 아무리 같은 기독교라도 말이죠. 여기에 어린이들이 있으니, 몇 년 전, 구원받지 못한 재세례파 교인들에게 행해진 고문의 끔찍함에 대해 다 설명할 수는 없습니다만, 그들을 산 채로 우리에 집어넣고 매달아, 배고픔, 추위, 어지러움,

그리고 목마름에 시달리다가 죽게 했습니다.

(정말 섬세해. 중요한 부분을 다 생략해 버리다니.)

"굶겨 죽이는 것은," 하임의 조심스러운 목소리가 들렸다. "많은 마을에서 사기꾼들과 배신자들을 처단하는 방법이지요. 자신의 거짓말로 영원히 배고픔을 채우며 살도록 두는 것입니다."

"그렇고말고요, 고귀한 하임이여." 바루크가 말했다. "하지만 나는 그 사람들을 믿을 수 없었기에, 늘 의심하며 다녔어요. 나의 진실된 신념을 숨긴 채, 스승의 임무를 하루빨리 완수하고 가톨릭이 아닌 자들에게 대단히 위험한 그 도시를 떠나려고 노력했습니다."

(아주 용감해. 푸른 잿빛에 녹색을 띤 눈동자를 가졌군.)

* * *

바루크 안슬로는 자신의 흔적을 지우며 신성한 도시 뮌스터에서의 마지막 밤을 보냈다. 제일 먼저, 역겨운 늙은 쥐 마르텐이 아들에게 보낸 편지를 불태웠다. 그러고 나서 몸의 가장 은밀한 부분에 고객의 이름과 높은 문으로 들어갈 수 있게 해 줄 연락처가 적힌 목록을 숨겼다. 그는 어떤 저주받은 서류도, 봉인의 어떠한 부분도 자신이 머물던 방 벽난로의 불 속에서 살아남지 못하도록 철저히 살폈다. 그리고 잉크와 자신의 상상력을 이용해 명찰 몇 개를 만들었다. 준비를 마쳤을 때는 이미 땅거미가 내린 지 한참 지난 밤이었다. 옷을 단단히 껴입고, 캄캄한 밤, 여인숙 주인이 준비해 둔 신실하고 조용한 람베르투스의 고삐를 흔들며, 그는 눈 덮인 거리를 나섰다.

3

"람베르투스는 제 말의 이름입니다."

"말에게는 별로 어울리지 않는 이름이군요." 멀리 떨어져 앉은 하임이 차갑게 말했다.

"마르텐 선생의 순진한 장난 때문이지요. 말이 다른 이름에는 반응을 하지 않았거든요."

(람베르투스, 한낱 말에게 붙이기에는 너무나 아름다운 이름이야. 언제 말을 갖게 된다면 이름을 람베르투스로 해야겠어. 하임이 화를 낸다면 그러라고 해. 람베르투스.)

"람베르투스가 있었던 건 행운이었어요. 아주 신실하고 침착한 그 짐승은 저를 죽음에서 두 번이나 살렸거든요."

(진짜인가!)

이자크 마테스는 마치 좀 쉬어 가라는 듯, 아니면 그에게 운반해 준 아름다운 문서들로 인해 겪었던 고초를 보상이라도 해 주겠다는 듯 자신의 손님에게 할라[5] 조각을 건넸다. 바루크는 성유로 땋아진 빵을 잘랐다. 사라는 저렇게 아름다운 손

---

5) 유대인들이 축일에 먹는 빵. 작중 사라의 말처럼 굵게 땋은 머리 모양을 하고 있다.

을 가진 바루크가 할라를 자르는 것이 아니라, 자신의 땋은 머리를 쓸어내리면 어떨까 상상하며 몸을 부르르 떨었다.

"두 번이었어요. 도둑들이 쫓아오며 핍박하는 상황에서 날 구한 게 한 번, 그리고 어느 밤, 꽁꽁 얼었던 샤르뮈첼 호수의 아주 외딴 곳에서, 내가 피로와 추위로 지쳐 안장 위에서 그대로 기절했던 때. 그 당시, 람베르투스는 내가 떨어지지 않도록 흔들리지 않게 혼자서 걸어, 짙은 어둠을 뚫고 어떤 역사의 여인숙에 도착해, 누군가 나와 나를 도와줄 때까지 밖에서 울부짖었답니다."

"무슨 도둑 말입니까? 무슨 핍박 말이죠? 무섭지 않았나요?"

"묘지의 어둠 정도가 조금 무서웠을 따름이지요." 그는 용감한 목소리로 말했다. 그는 웃으며 무언가 찾는 눈빛을 했다. 테메를은 할라에 곁들일 포도주를 원하는 것이라고 생각했다. 그녀가 직접 그에게 한 잔 부어 주었다.

* * *

약속된 시간이 되자, 그는 성 바울 성당의 광장에 들어갔다. 그에게 말한 대로, 건물 북쪽 외벽의 회랑 쪽에서 그림자 하나가 벽에 붙어 꼼짝도 않고 누군가를 기다리고 있었다. 그는 아담한 나무에 람베르투스를 매어 두고, 그림자 쪽으로 다가갔다.

"자 어떻습니까?" 그가 인사 대신 말했다.

"위대한 전하가 4000플로린을 지불하겠다고 하십니다."

"그렇다면, 그림을 다시 돌려받아야겠군요."

"안 됩니다. 전하가 이미 그림을 맡으셨어요. 마음에 들어 하십니다."

"하지만 5000플로린이란 말입니다!"

"그럴 리가요. 전하가 지불하고 싶은 만큼이 가격이지요."

"당신을 고발하겠소, 사제."

"진실을 말하시오. 어디서부터 시작된 거요? 어디에서 이 그림을 훔친 겁니까?"

"모욕적이군요. 저는 조수일 뿐이며, 제가 속한 공방은……."

"3000플로린이면 만족하겠소?"

"4000이라고 하지 않았습니까?"

"이제는 3000이오."

그림자는 무언가를 가득 채운 가방을 건넸다. 바루크 안슬로는 긴장하며 가방을 받았고, 그것을 열어 보았다. 새하얀 눈의 냉기가 퍼지는 가운데, 그는 어림잡아 2500플로린 정도의 금닢이 들어 있었다. 화가 올라와 등골이 뻣뻣해지는 느낌이었다. 그는 웃으며 말했다.

"당신과 거래를 하게 되어 기쁩니다, 사제여."

가방이 허리춤에 잘 채워져 있는지 먼저 확인한 그는 단도를 꺼내더니 겹겹이 쌓인 사제복을 뚫고 교회 서기관의 배에 그것을 내리꽂았다. 너무나 순식간에 일어난 일인지라 신부가 주변의 눈을 짙게 물들이며 바닥에 주저앉았을 때, 그의 얼굴에는 이 사기당한 사기꾼에게 2500플로린을 담은 가방을 건네주며 지었던 차가운 미소가 그대로 남아 있었다. 그가 아직 살아 있는 것을 확인한 바루크 안슬로는 그의 옷을 찢었다. 서기관의 신음은 걸그렁걸그렁 거친 숨소리로 바뀌었다.

"소리 지를 필요 없어. 혼자 왔잖아, 안 그래?"

"누굴 좀 불러 줘. 피가 흐르고 있소. 그래도 도망가는 데는 문제가 없을 것 아니오."

"우선 돈을 내놓으시지."

교회 서기관은 나를 죽이지 마시오라고 말한 뒤 기절했다. 베네딕투스 안슬로는 마침내 가방을 찾아냈다. 부피가 훨씬 더 컸다. 다시 화가 끓어올라 교회 서기관의 고귀한 배를 다시 찔렀다. 경련하는 그를 회랑의 한쪽 구석에 밀쳐 두었다. 몇 걸음 뒤, 어쩌면 그 쓸데없는 고통에 연민을 느꼈는지, 그는 자신의 희생자가 누워 있는 곳으로 다시 돌아왔다. 단도를 꺼내 그의 사악한 웃음을 목젖까지 열어젖혀 주었고, 그제야 사기 치는 사기꾼에 사기당한 사기꾼인 서기관은 몸 떨기를 멈추고 영원한 안식에 들어갔다.

그를 다뉴브강으로 바로 인도해 줄 프랑크푸르트 방향으로의 길을 택하는 대신 혹은 여인숙 주인에게 두세 번 강조해서 말했듯, 이스탄불로 향하는 길을 택하는 대신, 그는 동트는 쪽으로 말의 고삐를 돌렸다. 복수를 위해 바렌도르프의 옛길을 택했다. 잘 가거라, 라켈 소르흐. 마그데부르크 혹은 그보다 먼 동녘에서 너를 찾아낼 것이다. 반드시.

눈길 위로 해가 떠올랐을 때, 그는 람베르투스를 멈춰 세우고 사제의 가방을 열어 보았다. 그 재수 없는 도둑놈은 뮌스터의 위대하고 현명하신 주교 전하의 허영심을 구워삶은 게 분명했다. 가방 안에는, 적은 양이지만 아주 무거운, 1만 3000플로린 이상 되어 보이는 금화가 들어 있었다. 이 세상 그 누구를 믿을 수 있단 말인가.

4

"그런데 무슨 도둑들 말인가요?"

"뮌스터를 지나고 있었던 일입니다."

"사랑하는 테메를, 좀 차분히 기다려요. 설명할 시간을 충분히 줘야죠."

(그의 이야기를 듣기 위해서라면 남는 것이 시간인걸요.)

바루크 안슬로는 이자크 마테스가 나서 준 것에 감사를 표했다. 그는 포도주 한 잔을 들이켜고, 말을 이어 나갔다.

"임무가 끝나자 외국인들에게 그렇게 적대적인 도시에 더 남아 있을 이유가 없었습니다. 저는 존경하는 스승님의 지시에 따라 동쪽으로, 아직 갈 길이 한참이나 남았던 우치로 발걸음을 옮겼습니다."

(정말 유려한 말솜씨야. 시인의 입을 가졌어. 그리고 시적인 눈도.)

"저는 하쉠에게만 저의 희망을 기탁합니다. 그리하여 마그데부르크 외곽의 역참에서 당신들에게 말한 그 도둑들을 맞닥뜨렸을 때, 신은 제가 아주 적은 돈을 소유하고 그 상황을 마주하게 하여, 죽음에 이르기를 원하시지 않은 것이죠."

그는 삼 년 전 암스테르담의 한 수로에서 입은 왼쪽 팔의 상처를 가리켰다. 그리고 그는 초록 혹은 파랑 그 사이의 깊은 눈을 순식간에 눈물로 가득 채웠다.

(내가 그를 지키거나, 고함을 지르거나, 도움을 요청하기 위해 그곳에 있었다면······.)

"잔인하기 그지없는 산적들 셋이었어요." 회상하던 바루크의 감정이 북받쳤다. "하나만을 남기는 데 성공했지요. 둘은 도망쳤고, 하지만 저는 부상을 입고 말았습니다······. 그러나 최악은 그게 아니라, 그곳에서 쇠넨바움가르텐이라고 알려진 숲을 지날 때였습니다. 굉장히 빽빽한, 나무가 어찌나 촘촘히 들어서 있는지 어둡기까지 한 그곳에서, 복수심을 품은 그 두 악당이 절 기다리고 있었습니다. 아무런 무기 없이 여행을 나섰던 저의 운명은 그 두 남자의 증오에 의해 결정될 상황이었던 거지요."

(오, 하늘에 계신 주여. 저는 이곳에서, 이렇게 안락하게 지내고 있었다니요······.)

"그때 람베르투스가 나를 구했어요. 내가 고삐를 흔들 새도 없이, 짐승은 그 길을 버리고 달리기 시작했어요. 마치 평생 다녀 익숙하다는 듯 숲속 한가운데를 뚫고 지나가, 그들의 시야로부터 멀어지는 데 성공했습니다. 그리고 우리는 길도 잃지 않았어요. 몇 시간 후 람베르투스가 왕실 길을 냄새로 찾아낸 덕분이지요. 그 이후로 한 번도 그 악당들을 다시 본 적이 없습니다."

(람베르투스가 말의 이름으로 어울리지 않는다고 말하는 사람은 분명 감정이 메마른 거야.)

＊ ＊ ＊

람베르투스는 고개를 들었다. 바루크가 길을 재촉하지 않았음에도 짐승의 극심한 피로가 전해졌다. 역사에 달린 여인숙의 냄새를 따라 발길을 옮겼다. 분명 장작 타는 냄새는 짐승에게 새하얀 눈으로 덮인 끝없는 평원에서 멀리 떨어진 휴식처를 기억나게 했을 것이다. 가엾은 짐승, 매서운 추위에도 땀이 멈추지 않았고, 이를 본 바루크는 죄책감이 들었는지 안심하라는 듯 목 뒤를 가볍게 두드렸다.

말에서 내려오기 전까지 그는 그들을 자세히 볼 수 없었다. 역참에서 나오는 세 사람은 험악한 얼굴을 하고 있었다. 깃털 달린 모자를 쓴 사람이 가까이 다가오자, 바루크는 말에서 내렸다.

"이 길을 지나는 모든 여행객들을 수색하라는 명령이 있었습니다, 선생."

"무슨 일인지 알 수 있을까요, 병사여?"

"교회에 소속된 고위 관료가 살해당했습니다."

"나는 브레멘에서 오는 길입니다. 그런 끔찍한 사고가 대체 어디에서 일어난 겁니까?"

"뮌스터에서 오 일 전에 있었습니다. 어쨌든 모든 걸 수색하라는 명령이 있었습니다. 어디에서 오든지 관계없이."

바루크는 지극히 예의 바른 태도로 덴마크 왕국의 특사로 라이프치히에 가는 길이라는 명찰을 내밀었다. 그리고 병사에게 봉투에 든 나머지 서류들을 뒤적거리지 않는 공손함을 보여 줬으면 좋겠다고 부탁했다. 병사는 그들이 찾는 것이 서류가 아니니 걱정할 일 없다고 친절하게 대답했다.

"그럼, 찾는 게 무엇입니까?"

"그것에 대해 언급하는 건 우리 권한 밖의 일입니다."

"그렇다면 자 여기, 당신들이 원하시는 대로, 얼른 하시죠."

그리고 그 개자식들은 온갖 것을 다 수색했다. 온갖 것이라 함은, 그를 어떤 방에 처넣은 후, 이름(페테르 닐센), 태어난 곳(알보르), 직업(안경사), 그리고 여행 목적(미안하지만, 당연히 이미 말해 준 것 외에는 더 설명할 수 없소.)을 낱낱이 캐물었던 것이다. 그리고 친절하지만 아주 단호하게 그를 발가벗기더니 덴마크 왕국의 특사라는 것을 외치는 그의 말이 소용없다는 듯, 그의 냄새 나는 옷, 등 가방, 이불, 람베르투스에 걸린 안장주머니, 그리고 신발을 탈탈 털어 뒤졌다. 그리고 그를 분노와 추위로 떨도록 내버려두었다. 그는 옷을 다시 입고, 라이프치히에 가는 길이었던 덴마크 왕국의 특사에게 정중하게 사과할 것을 요구했다. 하지만 영 시시덕거릴 기분이 아니었던 병사들은 들은 척도 하지 않았다. 게다가 두 명의 새로운 여행자가 도착한 터였다. 그날 밤, 역참에서는 그의 말이 아프니 원한다면 말을 바꾸어 줄 수도 있다고 했다. 바루크는 아무 말도 하지 않은 대신, 한쪽 눈을 뜬 채, 가엾은 람베르투스의 히힝거림에 귀를 기울이며 쪽잠을 잤다. 그리고 동이 트기 전, 헛간지기의 조언을 무시한 채, 일출이라도 보겠다는 듯 람베르투스에 올라탔다. 어스름의 자락 끝에는 그 유명한 마그데부르크시가 자리 잡고 있었다. 피오줌을 싸기 시작한 람베르투스는 이제 그저 그의 명령에 대한 복종으로 걷고 있었다. 그렇게 그들은 엘바의 산자락에 도착했고, 바루크는 말에서 내려, 안장을 풀어 주며, 풀 위에 말이 주저앉을 수 있도록 했다. 심장을 가르는 듯한 거친 소리로 숨을 쉬는 말은, 어딘가 참을 수 없는 고통에 시달리고 있음이 분명했다.

"사랑하는 람베르투스, 날 용서해 다오." 말의 귀에 속삭인 후, 그는 단도를 꺼내 짐승의 경정맥을 잘랐다. 말은 교회 서기관보다 더 큰 신음 소리를 냈고, 짐승의 눈은 곧 유리처럼 굳어졌다. 말이 완전히 숨을 거두기 전, 바루크는 주변에 아무도 없는지 살핀 후, 아주 정확한 손동작으로 람베르투스의 배를 갈랐다. 그는 썩어 문드러지기 시작하는 내장이 내뿜는 악취 속으로 손을 집어넣더니, 위로 향하는 길을 헤집었다. 금화가 콸콸 쏟아져 나왔다. 피범벅이 되어 더러워진 금화였지만, 람베르투스는 한 푼의 손실도 없이 금화 전체를 바루크에게 바쳤다. 단 한 닢도 빠짐없이. 람베르투스의 몸은 그가 마지막 금화를 주울 때까지 아주 미세하게 떨리는 듯했다. 안녕, 람베르투스. 무거운 안장을 끌고 가야 했던 그는 뒤도 돌아보지 않은 채, 작별 인사를 했다.

그는 이틀을 걸었다. 뫼트켐의 교외에서, 바루크 베테딕투스 헤릿 페테르 안슬로 올손 판 로 닐센은 위풍당당하고 신경질적인 말 한 마리를 사서 람베르투스라고 이름 붙였다. 그리고 원치 않게 자신의 흔적을 남긴 그곳에서 얼른 멀어지기 위해 말을 재촉했다.

5

고난으로 가득했던 삼십육 일의 여행 끝에, 마침내, 주를 찬양하나니, 내 여정의 끝에 이르렀지요. 수많은 겨울 풍경으로 피로해진 내 눈앞에, 우치시의 집들이 펼쳐졌고, 그중 내가 선물을 가져다 드려야 할 가족이 있었습니다.

(어쩌면 우리는 이렇게 복도 많을까.)

"당신의 명성은 드높았고, 많은 이들이 존경하더군요, 이자크 선생. 단 한 번 물어봤을 뿐인데, 모두가 당신의 집을 정확히 알려 주었어요. 이 집에서 처음으로 본 사람은…… 사람들 무리 속에서 길을 내려다보던, 아름다운 사라였지요."

(정말 착한 사람이야. 당장이라도 덮쳐 버릴 테야.)

"그렇게 여기까지 왔습니다. 이제 저의 모든 것을 숨김없이 알게 되셨군요."

모두가 갑자기 내려앉은 침묵을 존중했다. 상냥함과 따뜻함이 가득한 포도주를 가볍게 들이켠 바루크가 스스로 그 침묵을 깼다.

"여러분께 방해가 되고 싶진 않습니다." 그가 말했다. "여러분께서 괜찮으시다면, 저는 이제 기운을 차렸으니, 암스테르담으로 돌아갈 채비를 하겠습니다."

(대체 무슨 소리야, 도착한 지 얼마나 됐다고?)

침묵이 흘렀다. 이자크 마테스는 이 방문자를 보석 절단 기술의 비밀을 전수해 줄 수 있는 조수로 생각하기 시작한 터였다. 하임은 학업과 웅변에 대한 관심으로 보석업에서는 멀어지고 있었다. 테메를은 불쌍한 젊은이, 원하는 만큼 쉬어 가야 해, 게다가 여행은 매우 위험한걸이라고 생각했다. 여름이 될 때까지 떠나지 말아야 해. 하임은 바루크의 눈을 소리 없이 유심히 관찰했다. 그리고 할 말을 마음속으로 삼켰다.

(제발 그가 머무르길. 여기 남아 줘요. 영원히, 요세프.)

밤이 되어 모두가 잠들었을 때, 하임 마테스는 바루크의 어깨를 힘차게 흔들어 깨웠다. 젊은이 바루크는 잠이 덜 깬 채 생각했다. 이제 끝났군, 마르텐이 날 찾으려고 사람을 보냈어, 내가 게임에서 졌군.

"요세프, 일어나시지!"

의심 많은 하임이 손에 불을 들고 자신을 깨우고 있다는 걸 알아차리기까지 한참이 걸렸다. 하임은 놀라 눈을 동그랗게 뜬 채 자리에 앉으려 했다. 아, 하임이구나. 그는 안심했다.

"뭘 원하는 겁니까? 무슨 일이라도 있소?"

하임은 손을 펴, 그가 일어나려는 것을 막았다.

"저녁 내내 거짓말을 잘도 하더군."

"뭐라고요?"

"내 아버지를 아는 사람이 암스테르담에 있을 리 없어. 불가능한 일이야."

"그 목록에 이름이 있다고. 네 아버지가 그럴 수도 있다고 직접 그랬잖아."

"자긍심과 자만심은 인간의 판단력을 흐리게 하지."

"자네는 토라6) 공부나 하고, 날 가만히 내버려둬."

하임은 불을 책상 위에 올려 두었다. 방 안 음영의 대조가 카라바조와 렘브란트를 떠오르게 했다. 그는 다시 바루크를 일어나지 못하도록 밀쳤다.

"여기 온 이유가 뭐야?"

"스승의 심부름 때문이라고 이미 말했잖아."

하임은 주먹을 날렸다. 5플로린의 금닢이라. 그는 돈을 책상 위에 두었다.

"돈이 이렇게 많은 이유가 뭐야? 주머니가 가득 찼군."

"자네가 지금 하는 짓은 자네 가족이 베푼 호의를 욕보이는 거야."

"대체 여기 무슨 짓을 하러 온 거지?"

"정 못 믿겠다면, 자네 아버지에게 확인해 보라고 해……. 내가 어떻게 알겠어. 정말 바르샤바의 이체 헤르스가 이등급 품을 일등급 가격에 사는지 안 사는지."

"만일 아버지를 도둑질하러 온 거라면, 당신을 죽여 버릴 거야."

애정 표현을 하는 듯이 그의 볼을 찰싹 때리더니, 하임은 촛불을 들고 방을 나갔다. 바루크는 어둠 속에서 다시 머리를 굴리기 시작했다.

두 개의 방을 지난 곳에서, 꿈을 꾸고 있던 사라는 요세프

---

6) 구약 성경 전반부 5경(「창세기」, 「출애굽기」, 「레위기」, 「민수기」, 「신명기」)을 일컫는다. 유대교에서 가장 중요하게 취급하는 경전이다.

의 존재가 기뻐 알레이누[7]를 외우며, 그가 떠나지 않도록, 그가 절대 다시는 떠나지 않도록 해 주세요라고 기도했다.

사흘을 기다려야 했다. 나흘째, 이자크 마테스는 아들과 함께 몇 시간 동안 작업장의 문을 닫고 이야기를 나누더니, 헤르스라는 자와의 거래에 대해 알아보기 위해 바르샤바로 떠났다. 이제 바루크는 의심쟁이가 헤데르[8]의 아이들에게 미슈나[9]의 기본과 게마라[10]에 대한 성찰, 그리고 토라에 나오는 신의 자손에 대한 역사를 가르치러 떠나기만을 기다리면 되었다. 드디어 내 마음을 뚫어져라 살피는 하임의 눈이 사라지다니, 하쉠을 찬양하나이다.

바루크는 테메를이 저녁 식사로 보르슈를 준비하느라 정신이 팔려 있을 때를 기다렸다. 그리고 자신이 지을 수 있는 최고의 웃음을 사라에게 지어 보였다.

"작업장을 구경시켜 주면 안 될까?"

"아버지가 없을 땐 안 돼요. 못 들어가게 되어 있거든요."

바루크는 그녀의 어깨 위에 손을 올렸다. 그러자 사라는 마음이 흔들려 몸을 떨었고, 그는 다른 사람도 아니고 나야, 그

---

7) 히브리어로 '우리에게 달려 있나니' 혹은 '우리의 의무이나니'라는 뜻으로, 유대교 기도집 시두르에 실린 기도문 중 하나이다.
8) 동유럽 전역에 퍼져 있는 유대인 초등 교육 기관으로, 유대교의 교리, 히브리어 등을 주로 가르친다.
9) 구전되어 오던 토라를 최초로 기록한 책으로 여겨진다. 랍비 유다 하-나시에 의해 기원후 2세기 말경 기록된 것으로 추정된다.
10) 미슈나에 대한 랍비들의 해석이다. 게마라와 미슈나를 합친 책이 탈무드다.

냥 큰오빠라고 생각하면 돼, 그렇지 않니라고 말했다.

(큰오빠, 작은동생, 어떤 형제든 다 좋아요, 요세프, 당신을 사랑해요.)

"그래요."

"자, 그럼?"

그녀는 마지막 양심의 끈을 놓아 버리고, 가스 오븐 뒤의 열쇠를 꺼내어(그 혼자서는 절대 알아내지 못했을 기발한 장소다.) 자신이 아리아드네인지도 모른 채, 테세우스의 손을 잡고, 어두운 미로 속으로 들어갔다.

그림자, 어둠이 가득한 계단은 믿을 수 없을 만큼 끝없이 아래로 이어졌다. 몇 번의 굴곡을 거친 후, 절대 혼동할 수 없는 다이아몬드 냄새가 났다. 그만이 맡을 수 있는 냄새였다.

"내가 만일……" 그는 심각하게 고개를 저었다. "아니야, 됐어. 관두자."

(내 사랑, 무엇을 얘기하지 못하는 건가요? 다른 사람을 사랑하나요? 결혼을 한 건가요?)

"아니에요. 말해 봐요, 뭐든…… 어떤 말이든 들을 준비가……."

"그러니까 음……음…… 혹시 내가 너에게 키스를 하면 너도 좋아할까 생각했지."

(주를 찬양하나이다.)

"정말요? 그럼……."

"응, 네 말이 맞아, 사라. 내가 주제넘게 굴어서 미안."

"아니, 그런 게 아니라……."

(오, 그래, 내 사랑, 나에게 키스해 줘요. 그럼 당신에게 나도 100번의 키스를 하고, 당신을 향해 파괴할 수 없는 사랑을 키워 나갈 거예요. 그리고 강과 개천에 젖과 꿀이 흐르는 낙원에서 너와 나는 영원히 삶을 함께하는 거예요.)

"네 눈은 정말 잘 깎인 보석의 단면 같아, 내 사랑." 그가 불을 가까이했다. "네게 빛을 갖다 대면, 마치 보석처럼 빛을 투과시켜 섬광을 뿜어내는걸. 사랑해, 사라."

사라는 그에 대한 대답으로 까치발을 한 후, 나이에 어울리지 않게 바루크의 입술을 감싸며 그를 매우 기쁘게 했다. 1000일이 지난 후[11] 그녀가 요세프를 놓아주자 그는 말했다. 내가 실수했어. 네 눈을 다이아몬드 따위와 비교한 건 잘못이었어.

"나도 당신 눈이 매우 좋아요, 요세프 콘. 그리고 당신 손도요."

"아버지는 다이아몬드를 어디에 보관하셔?"

"비밀 장소에요. 그건 왜요?"

"거울 앞에서 비교해 보려고. 네 눈을 마주하는 다이아몬드는 그 가치를 잃어버리고 말 거야."

"내 눈이 그렇게나 예쁘단 말이에요?"

"내가 상상하던 빛 중에 가장 아름다워. 잘 생각해 봐. 다이아몬드 속에 들어 있는 불을 끄집어내려면 햇빛의 자극이 필요해. 하지만 네 눈은……." 바루크가 눈물이 그렁그렁해져서 말했다. "세상에 이런 아름다움이 존재할 수 있다는 사실

---

11) 입맞춤을 아주 길게 했다는 의미다.

을 몰랐어."

사라는 몸을 떨며 작업대를 밀었다. 바루크는 불빛을 적당한 거리에서 비추었다. 그들의 뒤로 낡은 커튼 하나가 벽에 걸려 있었고, 나무로 된 튼튼한 문이 어떤 구멍 하나를 막고 있었다.

"열쇠가 없네. 보통 여기에 두는데……."

바루크는 불을 가까이 갖다 댔다. 라르손식 자물쇠였다.

"안타깝구나." 그는 크게 말했다. "네 아버지나 네 고귀한 오빠 하임이 돌아오면 문을 열어 비교할 수 있게 해 달라고 하지 뭐."

기쁜 자, 무심한 자 모두가 한잠에 빠지고, 집이 침묵의 휴식을 취할 때쯤, 바루크는 가스 오븐 뒤의 열쇠를 가지고 작업장 깊은 바닥으로 내려가, 곁쇠와 단도를 들고 라르손 자물쇠를 열기 시작했다. 손가락 한 마디만큼 초가 타기도 전에 문이 열렸다. 문은 벽을 파서 만들어 놓은 창고로 통했다. 측면의 선반에는 상자 몇 개가 아무렇게나 놓여 있었다. 촛불을 가까이 갖다 대자, 환희에 찬 보석들과 다이아몬드들이 바루크의 눈처럼 늘어났다. 그는 상자 중 하나를 유심히 살폈다. 그리고 촛불을 가까이하더니 낮은 목소리로 염병할 이자크 자식, 죽어 마땅할 아들놈이라고 중얼거렸다. 반짝이는 보석에서는 유리 냄새가 났다. 유리! 싸구려 복제품이잖……. 창고 깊은 곳에는 더 많은 상자가 놓여 있었고, 그는 촛불을 들고 안쪽으로 걸어갔다. 그때, 그의 뒤에서 아주 가벼운 소리가 나더니,

그가 든 촛불을 꺼 버리기에 충분한 작은 바람이 훅 들어왔다. 문은 닫혔고, 누군가가 라르손 자물쇠를 열쇠로 덜컥 잠가, 조용히 바루크 베네딕투스 헤릿 페테르 요세프 안슬로 올손 판 로 닐센 코엔의 무덤을 봉인했다.

"어디 한번 거짓말이나 실컷 먹고 배가 터져 보시지." 튼튼한 문 뒤에서 들려오는 목소리가 점점 멀어지는 가운데, 그는 공포로 기절하고 말았다.

고트프리트 하인리히의 꿈

그건 음악이야. 심장에서 나왔으니까.
— 요한 제바스티안 바흐

오후 4시, 노인은 침대에서 일어나 말했다. 카스파어, 아들아, 어디 있니? 시^b, 라, 레^b, 시, 도의 멜로디가 갑자기 그의 기억 속에 떠올랐다. 가엾은 고트프리트의 건반 연주를 들으면 언제나 그에 대한 연민, 굉장한 연민이 일었다. 자신의 길고 긴장된 손이 조합해 내는 음표 뒤로 숨고 싶은 듯, 동그랗게 뜬 고트프리트의 회색 눈이 생각났다. 그리고 그의 통제 불가능한 심장도 생각났다. 그 심장은 여인들을 볼 때마다 긴장에 사로잡혀, 노인을 걱정으로 떨게 한 게 한두 번이 아니었다…… 무엇보다도 그의 체계 없는 사고는 노인을 언제나 심란함 속에서 살게 했다.

이 모든 상황 때문에 그와 그의 신실한 아내 마그달레나는 늘 슬픔에 잠겨 지냈다. 뮈텔 선생은 고트프리트 하인리히의 이해력이 정상에 못 미친다고 했다. 여느 아이들처럼 자라겠지만, 생각하는 능력이 떨어지기에 심리적 성장 같은 건 기대하지 않는 편이 좋을 겁니다. 그럼에도 언젠가 한번은, 마치 한 줄기 빛이 내려온 듯 희망을 품은 날이 있었다. 의사 선생이 뭔가 잘못 알아도, 한참 잘못 안 게 틀림없다. 고트프리트는 생각하는 능력이 있다. 하지만 그 생각의 능력이 두뇌가 아니라 심장으로부터 오는 것 같았다. 춥고 눈이 한바탕 내린 어느 날이었다. 그는 토마스 학교[1]에서 돌아오는 길이었다. 여느 때와 다르게 무척이나 피곤했던 그는 '무능력자 위원회' 전체를 날려 버리고 싶다고 생각했다. 집으로 이어지는 좁은 공터를 지날 때, 그는 건반의 수상한 삐걱임을 들었고, 일곱 살쯤의 고트프리트가 아빠의 자세를 흉내 내고 앉아, 건반 위로 몸을 기울이고, 멍한 시선을 한 채, 하나도 정제되지 않은 「대위법 8」을 연주하는 모습을 보았다. 그가 최근 자주 연습하던 곡으로, 아이는 땀을 삘삘 흘리며 소리에 온통 집중하느라, 아버지가 온 것도 알지 못했다. 아무도 고트프리트에게 건반 예술을 가르쳐 준 적이 없었다. 누가 생각할 능력이 없는 아이에게 무언가를 가르치려 하겠는가. 아버지는 벗은 가발을 손에 든 채 놀란 입을 벌리고 조용히 자리에 서서 사랑하는 고트프리트가 사고

---

1) 아우구스티노회가 1212년 세운 가톨릭 학교로 라이프치히에 있다. 이 도시에 기반을 둔 성 토마스 합창단의 단원들은 김나지움에 해당하는 이 학교를 다니며 음악뿐 아니라 인문 전반에 대한 교육을 받아야 한다. 요한 제바스티안 바흐는 1723년부터 1750년까지 이 합창단의 음악 감독(토마스 칸토르(Thomaskantor))으로 활동했다.

력, 기억력, 의지를 갖추었다는 사실을 확인하는 중이었다. 그렇게나 어려운 작품을 혼자서 다시 쳐 낸다는 건, 아들이 생각하고 기억하고 노력할 줄 안다는 뜻이었다. 주를 찬양합니다. 당장 내일부터 어느 학교에 보내야 할지 스승은 생각하기 시작했다. 하지만, 여러 번의 테스트 후 부모의 그런 노력이 명백한 실패로 돌아가자, 고트프리트는 음악에 대해서만 생각, 기억, 의지가 있다는 뼈아픈 결론을 내려야 했다. 음악이 아닌 다른 것에 대해서는 뮈텔 선생이 말한 대로였다. 바보였다. 하지만 대위법 사건 이후로, 고트프리트는 다른 형제들처럼 하프시코드²⁾를 쳐도 좋다는 아버지의 확실한 허락을 얻었다. 형들은 어느 정도 존중을 담아, 동생들은 약간의 공포심을 느끼며, 그의 정신 나간 듯한 즉흥 연주를 자주 들었다. 연주가 꽤 길어질 때도 있었는데, 그럴 때면 눈물을 주체할 수 없었던 어머니 마그달레나는 마음속으로 기도하며 가엾은 내 아들, 불쌍한 것, 이상한 음악에만 머리가 돌아가다니라고 말하곤 했다.

2월 26일, 고트프리트의 열여섯 번째 생일을 축하하기 위해 모인 자리에서, 형제들은 그에게 즉흥곡 하나를 연주해 달라고 부탁했다. 언제나 그랬듯, 그는 악기에 손을 올리기 전, 시선을 들어 애원하는 눈빛으로 아버지를 쳐다보았다. 자기도 모르게 벌린 입 사이로, 이 년 전 플라이세강으로 구정물을 쏟아 내던 진흙 도로 위에서의 싸움에 휘말려 부러진 이

---

2) 바흐가 활동하던 바로크 시대의 대표적인 건반 악기. 해머로 줄을 치는 피아노와 달리 촉으로 줄을 튕겨 소리를 낸다. 강약 조절이 불가능했던지라, 피아노가 나오면서 점차 그 사용이 줄어들었다.

의 구멍이 드러났다. 사고 능력이 부족한 그는 아버지가 연주를 영원히 허락했다는 사실을 이해하지 못했는지, 여전히 어렵게 허락을 구하는 모습이었다. 아버지는 행복한 고트프리트가 편안한 마음으로 연주할 수 있도록 다시 고개를 끄덕였다. 노인이 기억하기에 그날은 특히 더 힘든 날이었다. 고트프리트는 시^b, 라, 레^b, 시, 도라는 아주 독특한 주제를 연주했는데, 이에 반발한 형제들은 자리에서 벌떡 일어났고, 아버지는 아들이 음악을 어디까지 끌고 가는지 보기 위해 그들을 진정시켜야 했다. 모두가 이 주제의 즉흥 연주는 고트프리트를 지옥까지 바로 끌고 갈 뿐이라고 생각했다. 하지만 약간 모자란 아이에 대한 연민으로 한참 늦은 오후까지 그가 연주를 계속하도록 그냥 두었다. 엘리자베스가, 마음씨 착한 리자가, 그 악마와 같은 음악을 멈추기 위해 그에게 성 토마스 광장에 눈싸움을 하러 가자고 할 때까지 연주는 이어졌다. 시^b, 라, 레^b, 시, 도의 멜로디는 어떤 환영을 남기는 듯한 느낌에, 익숙한 주제지만 마치 바데시의 형식을 갖춘 것 같았다. 바데시는 낯선 고대어로 악마의 주술적 이름을 뜻하는 경우를 제외하고는 그 누구에게도 의미가 없는 말이었다.

악마로부터 기원한 그 주제 선율과 음악이 노인의 기억 속에 다시 떠올랐다. 이 때문에 그는 침대에서 일어나, 벽에 쓸모없는 눈길을 주며, 카스파어, 아들아, 카스파어, 내 말 안 들리니라고 중얼거린 것이었다.

"아무것도 안 들려요, 스승님."

소년은 몸을 부르르 떨었다. 그는 책을 펴 둔 채 잠이 들었다. 스승은 7장 마지막 무렵에서 포기한 책이었다. 자연의 소리에 관한 테제는 너무나 지겨워, 이미 읽은 페이지를 기억해 내는 것만으로도 소년 또한 잠에 빠졌다.

"고트프리트는 돌아왔나?"

카스파어는 잠에서 깼다. 스승이 늘 책갈피로 사용하는 사자가 새겨진 노란 가죽을 적당한 페이지에 끼워 두고, 책을 덮어 컵에 남아 있는 갈색 약 옆의 책상 위에 올려 두었다. 그는 잠이 확 깨어, 곧 정신을 차리고 말했다.

"알트니콜 씨 댁에 있기로……."

"내가 죽은 다음에야 돌아오겠군."

"스승님의 그리하라 하셨잖아요."

긴장한 카스파어는 노인의 괴상한 반응을 기다리는 중이었다. 하지만 그는 화를 내지도, 몸을 베개에 기대지도 않았다. 오히려 이불을 걷어 내더니 침대에서 내려가려는 몸짓을 했다. 불쌍한 카스파어는 깜짝 놀라 어쩔 줄 몰라했다.

"하지만 스승님…… 내려오시면……."

"되고말고. 난 아직 안 죽었다네. 지팡이가 어디 있지?"

"모르겠어요. 저는……." 혼란스러운 듯 말했다. "지팡이요? 스승님의 지팡이 말인가요?"

"아무도 내가 다시 걸을 줄은 몰랐겠지. 벌써 갖다 버렸나?"

"제가 지팡이 역할을 해 드릴게요, 스승님."

아들이라 부르는 이 소년, 그리고 정말 그게 사실이었으면 좋았을 뻔했던 이 소년의 대답하는 능력에 놀라며 노인은 동의의 표시로 고개를 끄덕였다. 하지만 그 반대로 가여운 카스파어는 자신의 불운을 저주스럽게 생각했다. 노인의 부인은 자신이 밤늦게까지 돌아오지 못할 테니, 아주 사소한 것이라도 스승의 수발을 잘 들고 있으라고 했다.

"오르간으로 데려다주게."

카스파어는 스승의 즉석 지팡이가 되어야 했다. 그의 가족들이 무슨 일이 있었는지 알게 되었을 때 지을 표정이 생각났다. 하지만 소년은 아주 사소한 것이라도 스승의 수발을 잘 들기 위해 그곳에 있었다.

가족들이 식사하는 곳과 건반 악기들의 방을 지나 오르간이 있는 방문에 도착했다.

"열쇠는 자물쇠에 꽂혀 있을 거야." 스승이 말했다. 그랬다, 거기 꽂혀 있었다. 갑작스레 힘을 쓴 그는 숨을 깊이 들이쉬며, 벽에 기대어, 벽아, 그저 행복한 벽아, 내가 다시 너에게 기대리라고는 생각하지 못했지라고 말했다.

"침대로 돌아가시겠어요?" 희망을 품은 카스파어가 말했다.

"절대로."

피곤이 가시자 스승은 벽을 비밀스럽게 몇 번 두드리더니, 소년의 팔에 의지해 오르간 방으로 들어갔다. 그는 악기를 보고 있는 것 같았다. 크기가 별로 크지도, 음역이 넓지도 않았지만, 기본에 충실하고 튼튼한 기계부를 가졌으며 튜닝 상태가 나무랄 데 없는 악기였다. 카스파어가 나무 커튼을 열자, 7월의 시작을 알리는 경쾌한 빛이 소년의 눈에 쏟아졌다. 빛은 스승의 눈을 무심히 통과하여, 오르간의 건반과 스승이 가장 좋아하는 하우스만 하프시코드를 비추었다.

"풀무,3) 카스파어."

소년은 풀무쪽으로 가, 스톱 밸브를 열었다. 소년이 풀무질을 시작하자, 곧 시♭, 라, 레♭, 시, 도로 이어지는 가엾은 고트프리트의 악마적 주제가 울려 퍼졌다. 그 멜로디가 방의 벽 사이로 연주되었던 유일한 순간에 아직 태어나지 않았던 카스파어로서는 처음 들어 보는 음악이었다. 이어서 노인은 주제를 서른 마디 정도의 대위법으로 발전시켰고, 그리고 기본음 혹은 구조 없이 7화음 혹은 9화음의, 아주 괴상한 불협화음의 고음을 이어서 쳤다. 바로 스승이 절대 하지 말라고 했던 것이었다. 이미 완성된 화음의 음색에 무심함을 더하는 것이었기 때문이다. 오, 아니지, 됐다, 트럼펫 톤의 더 날카로운 소리를 더해, 아주 괴로운 선율과, 불협화음, 도망치는 듯한 작품……. 음, 카스파어는 그것이 선율이라는 사실을 인정하지 않았다. 그는 스승을 쳐다보았고, 그의 미소 띤 얼굴에 어리둥절해졌다.

스승의 미소는 고트프리트의 꿈을 받아들이는 의미였다. 그는 자신의 아들이 귀를 거슬리게 하는 선율을 연주함으로써, 자기 나름의 존재 방식을 증명한다고 생각했다. 그리고 먼 훗날 언젠가는 그것이 음악이 될 수도 있음을 어렴풋이 짐작했다. 그는 상상하기 힘든, 간결한 화음인 도, 레♭, 레, 미♭, 미, 파로 음악을 갑자기 끝맺었다. 침묵이 찾아오자, 그는 카스파어가 울음을 참으며 악기의 제작 정보가 새겨진 잔뜩 녹이 슨 금속

---

3) 바람을 불어 넣어 오르간의 소리를 내게 하는 장치.

재질의 등록판에 머리를 파묻고 있는 모습을 볼 수 있었다. 올레가리우스 팔테리우스 사우엔시스 메 페킷 인 마르클레베르크. 안노 도미니 1720.[4] 풀무의 한쪽 끝에서, 카스파어는 감히 스승의 보이지 않는 눈을 쳐다볼 수 없었다.

"내 정신은 아직 멀쩡해, 카스파어."

"방금 그건 뭐였나요?"

"기쁜 자의 꿈이지. 일곱 개의 변주를 생각해 두었어. 거의 마무리 단계라네."

카스파어는 지옥 속의 악몽과 같다고 생각했다. 그리고 스승이 피곤하니 나를 침대로 데려다줘라고 말하는 대신, 방금 들은 이 음악을 필사하게, 카스파어, 아직 할 일이 많이 남았어라고 했을 때는 소름이 돋았다.

"하지만 그건 음악이 아닌걸요!"

"설마 벌써 멜로디를 잊은 건 아니겠지……."

그는 아주 부드럽지만 협박조로 말했다. 그의 가장 공포스러운 말투였다. 복종에 익숙한 카스파어는 책상 앞에 앉아, 깃펜, 잉크, 그리고 오선지를 꺼내, 비상한 기억력으로 아주 쉽게 그 역겨움을 음악인 듯 적어 나갔다.

"너무나 끔찍한 소리예요, 스승님." 스물일곱 번째 마디에 주제를 반복해서 그리게 되자 그는 말했다.

"순수한 자들의 마음에만 들리는 소리지."

---

4) 라틴어로 '사우 출신 올레게르 팔테르가 1720년 마르클레베르크에서 제작'이라는 뜻이다.

그제야 스승이 정말 미친 게 틀림없다는 확신이 생겼다. 그는 도입부의 주제와 도, 레♭, 레, 미♭, 미, 파의 끔찍한 결말을 한 번 더 반복한 후, 스승이 시킨 작업을 마쳤다. 깃펜을 손에서 놓는 그의 얼굴에 역겨움이 스치고 지나갔다.

"이제 끝냈습니다, 스승님."

"그럼 한번 연주해 보게."

미친 게 확실해. 하지만 카스파어는 스승의 말에 따르고 음악을 하도록 키워졌기에 그의 말에 복종했다. 하지만 그는 음악을 한 것이 아니었다. 그는 아주 장난이 심한 어린이가 건반 앞에 혼자 앉게 되었을 때도 상상하기 힘든 소름 끼치고, 논란이 되는 일련의 음들을 쳤다.

"파♯, 솔♯, 라!" 스승은 야단쳤다.

"하지만 소리가 더 나빠지는걸요." 그는 변명처럼 대답했다. "내림마장조로 시작했으면······."

자신이 꿈꾸는 불가능한 미래 속에서 길을 잃은 장님의 눈빛은 사랑하는 고트프리트를 위해서가 아니라면, 절대 하지 못했을 말을 중얼거렸다.

"어디서 시작했든 상관없어. 조성이란 없어. 주제와 발전부는 신기루일 뿐이야······. 예상치 못한 음악이 음악이 되는 건 자연스러운 일이지."

"그렇다면 불협화음은요?"

"그것도 신이 창조하신 것이지." 몇 초간의 침묵이 이어진 후, 스승은 카스파어가 있을 법한 쪽으로 손을 뻗어, 마치 속삭이듯 음의 순서를 확인해 주었다. "파♯, 솔♯, 라······."

이를 따라 카스파어는 파#, 솔#, 라를 쳤고, 스승이 예견한 대로 끔찍한 소리가 완성되었다. 그러자 스승은 분노, 그리고 무엇이든 남기지 않고는 생을 마감할 수 없다는 죽어 가는 자의 급한 마음을 담아 음표를 불러 댔다. 마치 기억, 그의 마지막 생각, 그의 대담함으로 탄생한 생각의 닻이라도 내리겠다는 듯, 시작 주제의 광기가 끝나자 푸가 부분 간의 완벽한 균형으로 이루어진 정석적인 대위법이 이어졌다. 그다음에는 다시 여섯 개의 주제가, 모두 한결같이…… 한결같이 조성이 없었다. 마치 모든 조성이 같은 무게를 가지고 있고, 으뜸음도, 딸림음도, 버금딸림음도, 어떤 음의 위계도 없다는 듯이. 카스파어는 언젠가는 이 미친 노인이 그만하리라 생각하면서도, 명령에 따라 그가 부르는 음을 하나도 틀리지 않고 적어 냈다. 두 시간 후, 엄청난 노력을 쏟아부은 스승의 얼굴은 창백해졌고 땀으로 뒤덮였다. 그리고 자리에서 움직이지 않은 채, 책상 끝을 힘껏 쥐며, 이제 전부를 오르간으로 연주해 보겠어, 카스파어라고 큰 소리로 말했다. 풀무질을 하며 들어 보게, 혹시 자네가 실수한 게 있는지.

"실수하지 않았어요, 스승님." 카스파어는 으스대지 않고 말했다. 그는 그저 음악이라면 언제나 잘해 냈다. "만약 실수한 게 있다면……."

"생각 자체에 실수 같은 건 없어, 카스파어." 그는 다소 퉁명스럽게 제자의 말을 끊었다. "좀 더 너그러워지려 노력해 보게. 그렇지 않으면, 절대 이해할 수 없을 거야."

스승이 주제와 대위법의 변주곡을 연주하자, 집 안의 벽들

고트프리트 하인리히의 꿈

이 울음을 터뜨리고 말았다. 왜냐하면 그 집에서 그렇게 무질서한 신음 소리가 울려 퍼지는 일은 거의 없었기 때문이었다.

연주를 끝낸 스승은 피곤한 듯 머리를 푹 숙였다. 그럼에도 그는 아들의 꿈을 어떻게 이루어 줄 것인가에 생각을 집중했다. 장님의 눈은 빛이 내리쬐듯 번쩍하더니, 풀무 쪽을 바라보았다.

"비밀을 지킬 수 있나, 카스파어?"

"그럼요, 스승님."

"펜과 종이를 가져오게."

소년은 스승의 말을 빠르게 들었다. 그는 마치 뭐가 보이기라도 하듯 손을 들어 가리키며 말했다.

"작품의 제목을 적게." 기억의 저편에서 어떤 정보라도 찾는 듯, 먼 곳을 쳐다보며 마치 신을 섬기듯 말했다. "고트프리트 하인리히 바흐 선율의 대위법." 그리고 그는 기다리다가 참을성이 바닥난 듯 말했다. "다 썼나?"

"네, 스승님."

"하프시코드보다 오르간으로 연주하는 게 더 좋더군. 내일 류트 버전으로 편곡을 부탁해. 카스파어, 내 말 들리나?"

"네, 스승님. 류트 버전으로요." 침을 삼켰다.

"곡이 마음에 드나?"

"아니요, 스승님. 전혀요."

노인은 미소를 지었다. 그날의 두 번째 미소였다.

"나는 마음에 드는데. 내 이름을 쓰게."

"서명을 하신다는 건가요?" 가여운 카스파어는 다시 한번 놀랐다. "이 작품에 말이죠?"

"그래, 이 작품에. 카스파어."

카스파어는 떨리는 손으로, 스승이 아주 드물게 부탁하는 서명을 했다. '요한 제바스티안 바흐 페킷.'[5]

"고맙구나, 아이야⋯⋯." 힘에 부치는 듯, 노인은 숨을 들이쉬었다. "이제는 정말 침대로 가야겠어. 그리고 방금 기록한 것들은⋯⋯ 일단은 감춰 두게." 숨을 들이쉬었다. "자네를 믿어도 되겠지?"

"스승님을 위해서라면 제 목숨도 아까워하지 않는다는 거 잘 아시잖아요."

대답에 만족한 노인은 잠깐 동안 가만히 있었다. 어쩌면 제자의 충직함을 기쁜 마음으로 곱씹는 중인지 모를 일이었다. 아니면 고트프리트의 주제를 생각하며, 다른 현악기로 연주하면 어떨지를 상상해 보거나.

"내가 죽거든 자네가 직접 나의 큰아들에게 가져다주게."

"프리데만 선생님은 음악을 찢어 버릴 거예요."

"빌헬름 프리데만에게 전하게." 지치고 무거운 들숨에 끊어지는 목소리로 말했다. "동생 고트프리트의 이 주제는 지금 내가 가장 좋아하는 음악이며, 그들이 내다 팔 나의 원고와 책에서 이 음악은 제외했으면 하는 것이 나의 뜻이라고."

"하지만 누군가가 스승님의 원고를 팔다니, 어떻게⋯⋯."

"곧 그런 말이 오가는 걸 듣게 될 거야." 스승은 그의 말을

---

5) 라틴어로 '요한 제바스티안 바흐가 만들다'라는 뜻이다.

끊었다. "하지만 이것만은 절대 팔 수 없어."

"왜 그런 거죠, 스승님?"

"글쎄." 노인은 마치 시력을 회복한 듯, 창문으로 들어오는 빛을 꿈꾸듯 바라보았다. "정말이네, 잘 모르겠어⋯⋯."

"음악이 아닙니다, 스승님."

"음악이야. 심장에서 솟은." 더 이상의 논쟁은 안 하겠다는 듯, 장님은 카스파어 쪽으로 얼굴을 들어 올렸다. "당분간은, 그걸 감추게. 나의 마그달레나에게도 보여 주지 마. 아마 찢어 버릴 거야."

그가 힘겹게 자리에서 일어나자, 소년은 그의 곁으로 얼른 달려갔다.

"너무 피곤하군. 나의 시간이 끝나고 있어⋯⋯." 소년이 그의 곁으로 다가오자, "내가 미쳤다고 생각하나, 카스파어?"

"문턱을 조심하세요, 스승님."

카스파어는 힘을 쓰느라 지친 스승을 도와 그를 침대에 눕혔다. 이른 오후, 여름 소나기 한줄기가 세차게 퍼부었다. 소년은 생각했다. 왜 아직 아무도 돌아오지 않는 거야, 왜 아무도 안 오지, 어서 오세요, 누구라도 오세요, 스승님이 갈라지는 목소리로 말했다. 마그달레나, 어디에 있는 거야, 내 아들들은 어디에, 죽을 때가 된 것 같아, 내 음악은 어디에 있지, 저건 무엇이지, 너무나 어둡군⋯⋯. 그리고 그르렁거리는 목소리로, 음정이 엇나간 채, 벽에다 대고, 노래를 부르기를 이만하면 됐습니다, 주여. 원하시면 언제든, 나를 속박에서 자유롭게 하소서. 예수여, 이리 오소서. 오, 나의, 주여. 천상의 집으로 출발합니다. 확신과 평화를 품고, 나의 크나큰 고난을 뒤로한 채 떠납니다. 이만하면 됐습니다, 주여.[6] 카스파어는 스승을 혼자 두고 도움을 청하러 가야 할지 전전긍긍했다. 하지만 그의 곁에서 한 발짝도 움직이지 못했다. 스승이 그의 손을 꼭 잡고, 세상의 모든 숨을 있는 힘껏 몰아쉬고 있었기 때문이다. 그리고 마치 삶을 꼭 부여잡듯, 카스파어의 손을 더욱 세게 잡았다. 그리고 그는 더 이상 숨을 내뱉지 않았다. 겁에 질린 카스파어는 울음을 터뜨렸다. 스승은 숨을 거두었고, 집에 혼자 남은 소년은 뭘 해야 할지 몰랐다.

여름비는 쉬지 않고 세차게 창문을 내려쳤다. 그를 꼭 잡고 있던 손을 푼 카스파어는 머릿속을 스친 생각에 깜짝 놀라며 자리에서 일어났다. 마그달레나 부인, 프리데만 선생, 알트니콜 선생……. 모두가 자기들이 시키는 대로 하지 않고 스승이 일을 하도록, 음악을 작곡하도록 두어 그를 죽음에 이르게 했다고 자신을 비난할 것 같았다. 공포에 질린 그는 오르간 방으로 잽싸게 뛰어갔다. 눈물이 그렁그렁한 소년은 그 불길했던 오후에 써 내려간 모든 악보를 거두어 일렬로 쌓았다. 그리고 자신이 들었던 음표를 모두 잊을 수 있다는 듯, 이마를 문질러 악마의 음악에 관한 기억을 남김없이 지우려 했다. 이어 분노로 구겨 버린 악보 더미를 들고 방에서 나가, 부엌의 난로

---

6) 바흐의 칸타타 BWV 60 「오 영원이여, 천둥과 같은 말씀이여」의 마지막 곡인 코랄 「이만하면 됐습니다(Es ist genug)」의 가사다. 원문에는 카탈루냐어로 쓰여져 있다.

앞에 섰다. 불복종의 흔적을 지우기 위해, 그의 죄를 입증하는 어떤 증거도 남기지 않기 위해, 그는 한 장씩 한 장씩, 종이를 불 속에 집어 던졌다. 그리고 마지막 종이와 함께, 한 광인의 꿈은 불에 타 굴뚝의 연기가 되어 라이프치히의 회색 하늘로 사라졌다. 누군가의 인생처럼.

나는 기억한다

꼬마 이자크가 참지 못하고 기침을 해서 생긴 일이었다. 아이가 기침을 참으려 어머니의 몸에 얼굴을 파묻자, 그녀는 지푸라기라도 잡는 심정으로 가슴에 기댄 아이의 뒷목을 숨이 막힐 정도로 눌렀다. 하지만 아이는 참지 못하고 세 번의 기침을 하고 말았다. 가족들이 숨을 죽인 가운데, 굉음의 대포가 세 번 발사되는 듯했다. 바깥에서는 군인들이 수색을 마치고 돌아가려 하던 참이었다.

그때 사방에서 총알이 집 안으로 무자비하게 날아들었다. 유리 깨지는 소리에 미리암은 군인들이 그녀의 혼수 식기들을 창문에 던져 버렸음을 짐작했다. 할아버지는 속으로 신음을 삼켰고, 우처 선생은 무력함에 주먹을 꽉 쥐었다. 그의 가족이 숨어 있는 쪽방을 가리는 얇은 벽의 틈을 찾는 데는 삼

십 분도 걸리지 않았다. 우처 씨 가족은 렘브란트의 그림처럼
음영의 대조를 이루며, 겁에 질려 몸이 거의 굳어 버린 채 모
습을 드러냈다. 친위대 소속 우크라이나 군인들이 사용하는
베르마흐트 전등의 강렬한 불빛이 눈부셨다. 독일 병사의 신
경질적인 고함 소리가 울려 퍼졌다. 우처 선생만이 그 의미를
완벽하게 이해했지만, 모두가 그 뜻을 알았다. 군인들은 토끼
굴에서 쫓아내듯 가족들을 몰아냈다. 우처 할아버지는 「애가」
를 외웠다. 만민 가운데 가장 위대한 민족이 밤낮없이 울음
을 멈추지 않는 과부가 되었구나. 시온산으로 가는 길은 슬픔
이 가득하도다. 독일 병사는 역겨운 듯 얼굴을 일그러뜨리고
할아버지가 입을 다물도록 마우저 총의 개머리판으로 얼굴을
내리쳐 그의 남은 이 세 개를 부숴 버렸다. 문밖의 노볼립키
거리는 아직 정오가 되지도 않았건만, 벌써 어둠이 내리는 것
같았다. 안개, 겁에 질린 괴성, 분노의 고함, 방화로 인한 연기,
그리고 공포가 얼마 되지 않는 겨울의 빛, 자애로운 하쉠, 군
인들의 신이 게토에 내려보낸 빛을 가렸기 때문이었다. 아이들
은 어머니의 손을 잡고 말했다. 어머니, 어디로 가는 거예요?
　그들은 이미 사람들로 빽빽한 트럭에 오르기 위해 강제
로 줄을 서야 했다. 우처 씨네 가족은 고통으로 가득했던 지
난 이 년을 보낸 집을 마지막으로 돌아보았다. 우처 씨에게 재
난이 닥치기 전의 시간들이 바람처럼 스쳐 지나갔다. 정신없
이 술래잡기를 하며 아버지의 보석 공방을 뛰어다녔던 어린
시절, 기침하는 것이 죄가 아니었던 그때, 쉬지 않고 공부하
던 시간들, 시에나 거리에 있었던 병원, 환자 한 사람 한 사람

의 얼굴, 이자크와 에디트의 탄생, 그리고 미리암의 너그러운 사랑. 그녀는 그의 앞에서 자신의 사랑이 무력한 채, 패배감을 안고, 바람 한 점이 아이들을 죽음으로 데려갈까 겁에 질려 그들의 손을 절망적으로 꼭 붙들고 있었다. 그녀는 불어오는 칼바람과 입고 있는 얇은 옷에 의지한 채 외로움을 느꼈다. 짜증 난 병사(숨바꼭질하며 낭비할 시간이 없어.)가 그 어떤 허접한 외투도 여행 가방도 챙기지 못하게 했기 때문이다. 우처 선생은 입에 난 상처의 고통을 무표정으로 참고 있는 할아버지를 흘긋 쳐다보았다. 할아버지는 평소와 다르게, 정의로운 인간임에도 불구하고 하쉠이 자신을 버린 것에 대해, 마음속으로 저주를 퍼붓고 있었다. 꼬마 이자크는 아버지에게 눈빛으로 질문을 던졌다. 차마 아버지, 왜 우리를 이렇게 대하는 거죠, 우리가 무엇을 잘못했나요라고 물어볼 수 없었던 아이는 조용히 울먹였다. 왜냐하면 그의 잘못으로 가족들이 발각되었기 때문이었다.

여덟 대 혹은 열 대의 늘어선 차 뒤를 따르던 트럭은 겁에 질린 열두 명을 스타프키가와 지카가의 코너에 쏟아 냈다. 그곳에서는 가축을 실어 나르던 열차가 그들을 기다리고 있었다. 열차는 곧 게토를 출발해 조용한 바르샤바를 지났다. 가족들은 반대편을 바라보려 노력했다. 비스툴라를 지난 열차는, 볼로민과 틀루슈치 방향으로 가던 길을 계속 갔다. 그 길은 아름다운 여름 휴양지로 알려진 트레블링카로 이어지는 길이었다.

그들은 다른 사람들처럼 우처 씨 가족을 발가벗기거나 털을 깎게 하지 않았다. 같은 거리의 이웃이던 어떤 가족과 함께 매우 작고 춥고 어두운 방에 그냥 그들을 가두어 두었다. 창문에는 창살조차 설치되어 있지 않았다. 왜냐하면 감시병들은 그들이 더 이상 인간이 아니기에, 인간으로서의 존엄뿐 아니라, 살고자 하는 생존 본능조차 잃어버렸다고 여겼기 때문이었다. 아니면, 다른 죄수들로 인해 일이 많아 그들을 잊어버렸거나, 뭘 해야 할지를 몰랐기 때문일 수도 있다.

　가족들은 벽에 기대어 눈을 동그랗게 뜬 채, 얼룩진 유리창으로 들어오는 희미한 빛을 바라보며 조용히 하루를 보냈다. 가끔씩 멀리서 친위대 병사들이 고약하게 짖는 소리와, 우크라이나 친위대들의 사악한 웃음소리가 들려왔다. 그들이 처음으로 방문을 열고 곰팡이 핀 빵 조각과 더러운 물이 담긴 병을 두고 갔을 때, 우처 선생은 뭐라도 해야겠다고 생각했다. 그는 게토에 들어오면서 세나토르스카야 거리의 직물 가게를 접어야 했던 신경이 예민한 랑푸스라는 노인과 함께, 절망적인 심정으로 그 소굴 속에서의 삶을 챙겨 보려 했다. 이러한 노력은 모든 것이 시작된 이래, 어떤 운명의 순환 고리가 그들을 둘러싸고 있으며, 신의 자비로움에 감사를 올리며 하루가 지날 때마다 옥죄어 오는 고리에 적응해 보려 했지만, 그 고리가 더욱 옥죄어 죽음만큼 작아진 후 더 이상은 신에게 감사를 올릴 수 없다는 사실을 인정할 수밖에 없는 절망에서 비롯된 것이었다. 하지만 그 와중에도 생각의 끈을 놓지 않고, 방의 뒤쪽 구역만을 화장실로 써야 하며, 루스 랑푸스 씨가 빵 조각을 공평하게 분배할 것이라는 규칙을 정해 가며 매일 생존을 이어 갔다. 그리고 어른들 중 울고 있지 않은 사람이 매일 한 시간 동안 아이들에게 이야기를 들려주기로 했다. 하지만 미리암은 그들이 갇힌 좁은 고리를 조직해 보려는 절망적인 노력에 참여하지 않았다. 그녀는 에디트를 품에 안고, 눈빛 혹은 손바닥으로 이마를 쓸어 내려 아이의 열을 내리려 애쓰며 시간을 보냈다. 에디트에게 예루살렘스카야가에서 행복했던 시절을 생각나게 해 주는 이야기, 자신이 아기였을 때 어머니가 해 주는 말들에 즐거워했던 시절 이야기를 해 주었다. 이제는 여섯 살 난 딸이 삶을 포기하지 않고 계속 살아갈 수 있도록 자신이 딸에게 이야기를 들려주어야 할 위치에 있었다. 미리암은 딸을 살릴 수 있다면, 딸과 이자크를 살릴 수 있다면, 자신의 모든 피를 아이들한테 주어도 좋다고 생각했다.

일주일 후 독일군 하사 하나가 냉혹한 표정으로, 우크라이나 병사 한 명을 데리고 들어왔다. 냄새가 고약하군, 더러운 것들. 그는 랑푸스 가족에게 모이라고 소리쳤다. 조용한 로봇처럼, 스타니슬라프 랑푸스와 그 가족들은, 식민지인들이 통치자의 명령에 따르듯 일렬로 섰다. 할머니, 할아버지, 그리고 아이들 모두가 한데 뒤섞여 있었다. 그들은 그저 나치 들개들의 화를 돋우지 않으려, 작별 인사도 없이, 우처 사람들을 마지막으로라도 보기 위해 고개도 돌리지 않고 그곳을 나갔다. 그래도 랑푸스는 미리암에게 자신의 결혼 반지를 내주기 위해 시간을 냈다. 트레블링카에 도착하자마자 겪어야 했던 수색에서도 들키지 않고 그가 숨겨 왔던 반지였다. 이제 그들을 둘러싼 고리의 크기를 줄여 버린 데 기여한 이자크의 기침과 우처 씨 가족만 남게 되었다. 침묵 속에 이틀이 지났고, 모두가 대체 그들에게 무슨 짓을 한 거지, 랑푸스 가족에게 말이야, 푸른 눈에 늘 소매를 접어 다니던 스타니슬라프 할아버지에게, 무슨 일이 일어난 거냐고 묻기 시작했다. 손녀 루트와 사위와 세 명의 손주에게도 무슨 일이 일어난 거지. 이자크와 에디트를 제외한 모두가 행복한 트레블링카 구역은 마치 꿈처럼 굴뚝의 연기가 되어, 굴뚝의 사악한 통로를 통해 회색 하늘로 날아갈 때에야 비로소 끝이 나는 여정의 마지막 구간으로 변해 가고 있음을 알고 있었다. 모두가 알고 있었지만, 한편으로는 현실이 그렇게 터무니없을 리 없다는 생각에 모두가 믿지 못하는 그런 사실이었다. 나흘이 지나도록 랑푸스 가족의 소식을 듣지 못하자, 남은 자들은 앞으로 영원히 그들을 보지 못하게 되리라는 사실을 이해하기 시작했고, 모두가 무겁고 두터우며, 눈치 보기에 바쁜 침묵으로 빠져들었다. 막내가 잠들도록, 소름 돋는 현실을 마주하지 않고 잠을 잘 자며 하루를 보낼 수 있도록 달콤한 목소리로 불러 주는 미리암의 노래만이 그 침묵을 간간이 깼다.

"모두 자리에서 일어섯! 요세프 우처!"

갑자기 열린 문이 벽을 탕 치는 바람에 조금 전 잠들었던 에디트가 놀라 잠에서 깼다. 하지만 아이는 신음 소리조차 내지 않았다. 육 년의 짧은 삶 동안, 아이는 입을 다물고 공포를 뼛속에 숨기는 법을 배웠다. 아이는 어머니의 손을 꼭 잡는 정도로 공포를 표현할 줄 알았다.

"곧 돌아올 거야." 의사 선생은 모두를 진정시키고자 했다.

방을 나가며, 늘 앉아 있던 구석 자리를 지키는 할아버지, 두 아이들, 그리고 미리암을 애정 어린 눈빛으로 바라보았다. 그 기억을 영원히 간직하기 위해서.

"미안해요." 아직도 자신의 기침을 생각하는 이자크가 그에게 말했다.

"만일 살아서 나간다면," 의사 선생은 그들에게 속삭였다. "팔레스타인으로 가도록 해." 그리고 그는 들개들 앞으로 사라져 버렸다.

친위대장은 대머리에, 깡마르고, 안경을 쓴 남자의 부축을 받고 있었다. 그는 자신의 제안에 어떻게 반응하는지 우처 선생의 얼굴을 자세히 살폈다.

"그 제안이 지켜진다는 걸 어떻게 보장하시겠습니까?" 그는 감히 물어보았다.

"불가능해. 안타깝지만 자네가 할 수 있는 건 없다네."

무기력한 수용에 익숙해진 듯, 우처 선생은 고개를 떨구었다. 깊은 고통이 서린 목소리로 그가 물었다.

"누가 살아서 나갈 수 있습니까?"

처음으로 아주 공손하게, 교양 있는 신사들의 방식으로, 대머리 남자가 입을 뗐다.

"그건 당신들이 알아서 결정하면 됩니다." 동정의 웃음을 지어 보이며 말을 마무리했다. "당신들 스스로가."

트레블링카의 법칙을 깨고 방으로 돌아가게 된 우처 선생은 친위대장과 대머리 남자의 눈을 증오의 눈빛으로 바라보았다. 수용소의 방으로 돌아가며 그는 신이란 존재하지 않는다고 생각했다.

요세프 우처는 두 아이가 자고 있을 때, 미리암과 할아버지에게 그 이야기를 했다. 두 시간 안에 결정을 내려 얘기해 달랍니다. 두 남자는 미리암이 믿어지지 않는 잔인함에 비통한 울음을 터뜨리는 것을 지켜보았다. 그녀가 조금 진정을 되찾았을 때, 할아버지는 죽음을 바로 곁에 두게 된 이후 매일 그래 왔듯 「애가」를 외웠다. 기억하라, 예루살렘, 너의 고통의 나날들을. 미리암의 목소리가 고통으로 갈라졌다. 나의 영혼은 평안과는 아주 멀리 떨어져 있나니. 행복이 더 이상 무엇인지 모르겠습니다, 그리고 우처 박사는, 감각조차 마비된 입술을 깨물며, 나의 힘과 하쉠에 대한 나의 희망은 끝나 버렸습니다라고 말을 뱉어냈다. 그 말이 너무나 단호했기에, 그의 「애가」는 거의 저주처럼 들렸다. 할아버지는, 이것이 믿음을 가진 자들의 마지막 말이 되지 않도록 덧붙였다. 신이시여, 그들에게 굳어 버린 심장을 내려 주소서. 오, 하쉠이시여, 그것이 당신의 저주가 되기를.

* * *

이자크 우처는 오한을 느꼈다. 한나라는 새카만 눈동자에 축복과 같은 미소를 가진 소녀가 그에게 준 이불 속에서 몸을 돌돌 말았다. 장총의 차가운 몸통을 만지며, 불길한 어둠 속을 바라보았다. 위험의 기운이 서린 침묵이 그의 침묵을 먹고 자라고 있었다. 예고 없이 갑자기 멈출 수 없는 기침이 시작되었다. 피할 수 없었다. 기침 소리에 공포는 다시 찾아왔고, 그는 마치 기도문을 외우듯 말했다. 미안해, 미안해요……. 스치는 기억 속, 트레블링카에서 고통에 괴로워하는 자신이 있었다. 에디트, 어머니, 할아버지, 그리고 아버지가, 자신의 잘못으로 죽었다. 지금쯤 어디에 있을까, 트레블링카의 공기 중에 흩어져 있을까, 어쩌면 어떤 고요의 순간에 땅에 묻혔거나, 아니면 바람을 타고 저 먼 스텝 지역으로 날아갔을까, 내 사랑하는 사람들아, 내 기침 때문에 죽어 버리고 말았구나. 라마트 간[1]에서 그걸 잊어버리라고, 죽음에 책임이 있는 기침을 머릿속에서 지우는 방법을 알려 주려고 모두가 애썼지만 소용없었다. 눈물은 볼을 타고 흐르다 얼어 버렸고, 그는 이불을 더 당겨 덮었다. 하이파항에서 어느 알 수 없는 이민자의 손을 잡는 자신의 모습이 보였고, 스스로도 그 모습에 놀랐다. 낯선 이는 긴 여행 동안 아이의 아버지, 어머니, 할아버지, 그리고 동생이 되어 주었고, 아이를 라마트 간 임시 보호소 문 앞에 두고 떠났다. 이자크 우처, 열두 살, 바르샤바 출생, 요세프와 미리암의 아들, 사랑스러운 에디트의 오빠, 우치시의 마테스가 출신인 모이세스 우처의 손자, 따라서 대랍비 하임 마테스의 11대손이나 신과 영원히 척을 지게 된 아이는, 아버지의 마지막 소원에 귀 기울여, 팔레스타인에 도착했다. 그는 첫 번째 알리야 베트[2]와 함께 그곳에 입성했

---

1) 이스라엘의 중서부 텔아비브 지역에 위치한 도시.
2) 1920년부터 1948년까지 영국이 위임 통치하던 팔레스타인 지역으로 들어오던 유대인들의 허가되지 않는 이민을 일컫는 말. 나치의 박해가 본격화

다. 이들은 영국령 팔레스타인 당국에 도전하며, 무슨 수를 쓰든, 어떤 돈을 지불하고서라도, 자신들의 자매와 형제들의 재로 뒤덮인 유럽을 떠나려 하는 사람들을 팔레스타인으로 데려오고자 했다. 육 년 동안, 라마트 간에서, 사람들은 그가 기억을 잊도록, 악마를 토하도록 도와주었다. 그 결과, 그는 한 번도 깨지 않고 통잠을 잘 수 있게 되었고, 눈떨림도 얼굴 경련도 거의 사라졌다. 그가 목격한 끔찍함들로 인해 노안이 빨리 찾아오자, 사람들은 아주 알이 두꺼운, 어쩌면 지나치게 두꺼운 안경을 맞추도록 도와주었다. 그리고 그는 히브리어를 배웠고, 이디시어의 일상 용어를 북아프리카 출신 동료들에게 가르쳐 주었으며, 아랍어를 배우고, 가끔씩 미소를 지으며 그렇게 하루하루를 보냈다. 그럼에도 그 작고, 냉기 가득하며, 어두운 트레블링카 방에서의 기억을 완전히 지워 버리지는 못했다.

그는 학교 공부 외에도 바이올린, 언어, 속기, 암호학, 역사 공부로 몇 년 동안 머리를 바쁘게 굴리며 기억이 되살아나지 않도록 최선을 다했다. 열일곱 살이 되자, 그는 자기보다 사정이 더 어려운 사람들에게 자리를 양보하고 보호소를 떠나야 했다. 주어진 선택지 중, 그는 아인 하로드 키부츠3)로 가 농부가 되는 길을 선택했다. 그곳에 도착했을 때, 그는 괭이를 지

된 1938년부터 알리야 베트의 수는 급격히 늘었다. 이들 대부분은 유럽 전역에서 나치의 박해를 피해 난민이 되거나 학살에서 생존한 유대인이었다.
3) 북부 이스라엘 길보아 산맥 초입에 위치한 키부츠로 1921년에 설립되었다. 1920년부터 1948년 사이 국제연맹과의 협약으로 영국이 통치하던 팔레스타인 위임통치령 내에서 일어난 키부츠 운동의 중심지였다.

급받게 될 줄 알았다. 하지만 이틀에 거친 훈련 후, 가장 처음 손에 쥐게 된 도구는 소총과 총알이 가득 찬 탄창 세 세트였다. 총의 금속 부분은 가엾은 아버지 우처 씨가 그에게 작별의 키스를 한 후 쥐어 준 루거[4]와 비슷했다. 하지만 키부츠에서 조직 방어에 관한 한 그를 신뢰하고 있는 게 분명했기에, 그는 아무 말도 하지 않았다. 그가 놀라 입이 벌어진 채 총과 탄약을 들고 꿈쩍 않고 서 있자, 검은 머리의 소녀가 이불을 들고 그에게 웃으며 다가와, 이자크 이 이불은 네 피부야라고 말했다. 네가 보초를 서는 동안, 유일한 벗이 되어 줄 거야. 그녀의 흑옥 같은 눈은 아름다움 그 자체였다. 그녀의 이름은 한나로, 키부츠의 여러 장비들을 관리할 뿐만 아니라, 그날 밤에는 보초를 서게 되었다. 못생기고 소심한 자신이, 유리컵 밑바닥으로 만든 것 같은 안경을 끼고 있어야 한다는 사실이 매우 불공평하다고 생각했다. 그리고 한나에게 감사의 인사를 할 줄도 모르다니. 그녀가 웃음을 띠고 이불을 준 후 멀어졌을 때에야, 이자크는 조용히 미안해, 미안해…… 하고 혼자 되뇌었다. 누가 그의 말을 듣진 않았는지 주위를 살폈다. 그리고 보초를 서는 곳에 자리를 잡고 기침을 하여, 주변에 있을지도 모를 적들에게 그의 위치를 알리고 말았다. 좋지 않은 시력으로 어둠 속을 뚫어져라 쳐다보며, 누구보다 먼저 불이 활활 타오르는 것을 발견하기 위해 노력했다. 그리고 그때, 그의 귀에 작고 나지막하게 웅얼거리는 소리가 들리더니, 괴물 같은 총

---

4) 1898년 게오르크 루거에 의해 발명된 독일의 자동권총.

성이 울려 퍼졌다. 그는 앉은 채 쓰러졌고, 무의식 중에 귀를 만졌다. 따뜻하고 끈적이는 액체였다. 정찰 본부에서 달려오는 동료들의 외침에도 아랑곳없이 그는 떨고 있었다. 지옥 같은 총성이 오가는 국지전은 오 분간 이어졌다. 그는 움직임 없이 굳은 채, 스스로의 세계로 침잠하여 트레블링카의 어둡고 추운 방을 다시 떠올렸다. 동료들은 앉은 채 꿈쩍 않는 그를 그 자리에서 끌어냈고, 다음 날 텔아비브의 정신 병원에서 얼마간의 입원이 필요하다는 처방을 받아 그를 내보냈다. 그의 기침으로 인해 발생한 아인 하로드의 야간 총격전에서 몇 명이 죽었는지, 아무도 그에게 알려 주지 않았다.

* * *

삼 년이 흘러 스스로 자립할 수 있게 되었을 때, 그는 텔아비브에서 북쪽으로 50킬로미터 떨어진 해변가 마을 도르에 정착했다. 그는 바다가 펼쳐진 풍경, 어부들의 작업, 습한 항구를 가끔 드나드는 근해의 선박들을 보며 고통스러운 생각들을 잊을 수 있으리라 생각했다. 차할[5]은 그를 두고, 아무 일도 하지 않는 사람들을 못 견디는 그 나라에서, 특히 세상에서 가장 순수해 보이는 텍스트들의 암호를 해독할 수 있는 전문가라면 아주 유용할 것이라 생각했다. 이자크는 의료 기록과 좋지 않은 시력으로 인해 전방 최전선의 임무에서는 빠져

---

5) 히브리어로 이스라엘 방위군을 줄여 부르는 말.

있었다. 하지만 그는 텔아비브의 창문도 없는 방에 갇혀, 암호 해독 전문가로, 전 세계를 떠돌아다니거나 요원들이 가로챈 정보를 해독해야 했고, 그들이 부에노스아이레스에서 아이히만을 체포했다는 소식 또한 들을 수 있었다. 이자크는 아이히만에 대한 모든 재판에 참석하여 가장 첫 줄에 앉아, 피곤한 눈으로 유리 새장 안에 갇힌 카나리아를 뚫어져라 바라보았다. 너무나 집중하여 바라본 나머지, 재판부의 질문에 답하는 그의 대답이 얼마나 짧고 형식적인지조차 눈치채지 못했고, 자신의 기침이 과거의 기억을 수십 번 소환해 내어 그로 인해 아프지도 않을 지경이 될 때까지 그냥 두었다. 그리고 아돌프 아이히만이 마치 트레블링카의 고문 기술자 친위대장이라도 되는 것처럼, 그가 처형되었을 때 안도의 한숨을 내쉬었다. 하지만, 쇼아[6]에 대한 기억 조각을 완전히 삭제할 치료법이 없는 한, 야드바셈[7] 지하를 방문할 용기는 내지 못했다. 그날 밤, 아버지는 그를 깨워 그의 귀에 대고 속삭였다. 이자크, 네가 정말 용감한 아이란 걸 안단다, 아홉 살이면 이미

---

6) 히브리어로 '대재앙'을 의미한다. 영미권에서 2차 세계 대전 이후 그리스어 '홀로카우스톤'에서 비롯된 홀로코스트를 나치의 유대인 학살을 가리키는 말로 사용하기 시작했다. 그러나 유대인들은 고대 그리스 신을 위한 희생제의를 의미하는 홀로카우스톤을 나치의 조직적이고 잔혹한 유대인 학살 에 쓰는 데 반대한다. 그 결과 유대인들은 히브리어로 '대재앙'을 의미하는 쇼아를 2차 세계 대전 당시 나치의 유대인 대학살을 가리키는 말로 사용한다.
7) 쇼아에 희생된 유대인을 기리기 위해 1953년 예루살렘 헤르츨 언덕에 지어진 추모관.

진정한 남자야. 그는 동그랗게 눈을 뜨고 아버지를 침착하게 쳐다보았다. 그 뒤에는 안타까움의 미소를 띤 어머니가 마침내 열이 내려 평온하게 잠든 에디트를 품에 안고 있었으며, 할아버지는 또 다른 「애가」를 조용히 외우고 있었다. 문득 어른이 되는 것에 대한 공포가 밀려왔다. 그리고 아버지가 말했다. 걱정하지 말거라, 우리 모두가 네 안에서 살아갈 것이다. 강인한 네가 삶을 이어 가며 우리의 눈과 우리의 기억이 될 것이다, 내 아들아. 이자크 우쳐는 부모의 끔찍한 합리화를 수백 번 넘게 되새겨 보았다. 누구에게, 신이시여, 누구에게 지옥을 탈출할 기회를 주는 것입니까. 누가 우리의 오르페우스가 되어야 합니까. 미리암은 망설이지 않고 절대 자신이 아닌 다른 누군가가 살아 나가야 한다고 했고, 요세프의 반응도 다르지 않았다. 둘 다 자식들을 먼저 생각했다. 그리고 늙은 모이세스가 팔을 벌려 얼마 남지 않은 것이 확실한 자신의 생애를 다른 이가 살아가도록 하자, 가장 참혹한 것은 두 아이 중 누가 죽어야 할지 결정하는 것이라는 사실이 선명해졌다. 미리암은 세상에 어떻게 그러한 악이 존재하는지 이해할 수 없었다. 요세프는 의사로 활동하며 몸에 밴 침착함을 안고, 여러 가지 근거를 동원해 보았다. 둘 중 누가 살아 나가든 상관없다는 것에서부터, 주사위의 결과에 아이들의 운명을 맡길 수 없다는 것이나, 아이들의 운명을 결정하는 것은 아이들의 권리라는 것까지, 그리고 본인도 알 수 없는 이유로 이자크가 살아야 한다고 말했다. 에디트가 죽을 수밖에 없다는 말이 미리암에게 들려왔다. 결정이 내려지자, 성스러운 침묵이 이어졌다. 요세프는 이자크를 깨워, 아홉 살이면 진정한 남자라고 말했다. 어둠 속 가족들은 서로를 껴안았고, 그날 이후 이자크는 밤잠을 설치게 되었다.

* * *

육일 전쟁 동안 이자크는 골란고원의 참모로서 새롭게 획득한 영토를 공식적으로 편입하는 팀에서 일하게 되었다. 그는 암호 해독부의 최고 책임자가 되었다. 효율성을 최우선으로 두고 일했으며, 아버지가 곤경에 처했을 때 유지했던 침착함을 몸에 익히고 실행하고자 노력했다. 하지만 잘되지 않았고, 그로 인해 죽음에 이르렀던 어머니의 나이가 된 서른세 살의 자신은, 아주 약한 남자에 불과하다는 사실을 받아들여야 했다. 왜냐하면 그는 자기 자신으로부터 멀리 도망치고 싶었고, 미 대륙이나 호주에 정착한다면 모든 것이 수월해지리라 생각했다. 도르에 다시 돌아와 바다를 바라보며 이 같은 집착을 바로잡으려 했지만, 어부들의 수는 갈수록 적어졌고, 그곳을 잠시 스쳐 하이파항으로 향하는 배들이 도르를 구제 불가능한 무기력으로 몰아넣자, 그는 이스라엘을 떠나기로 결심하기도 했다. 두 번이나 이주 희망자 리스트에 이름을 올렸으나, 그 두 번 모두 아버지의 목소리에 마음을 접고 말았다. 부드러운 아버지의 목소리, 그 아버지는 친위대 군인들이 문을 닫고 안전하게 방 안을 관찰하기 위해 중앙의 창문을 열자, 모든 것이 하나의 놀이인 것처럼 자리에서 일어나 군인들이 문 옆에 두고 간 권총으로 향했다. 나는 쉬지 않고 그에게 아버지, 아니, 안 돼요, 싫어요, 아니에요, 못 하겠어요라고 말했고 아버지는 네가 해야 한다, 네가 살 수 있는 조건이란다라고 설득했다. 그런 뒤 문을 가리키며, 반대편에 있던 그들이 알아듣지 못하도록 이디시어로, 저 개들이 원하는 건 네가 겁쟁이인 걸 확인하고 아무런 변명도 필요 없이 모두를 죽여 버리는 거라고 말했다. 안 돼요, 정말 그렇다면, 나도 차라리 죽어 버릴래요. 아버지가 그냥 우리 모두를 죽여요. 아버지는 세상 모든 사랑을 담아 나를 꼭 안더니, 나에게 귓속말로, 내 사랑, 내가 도와주마라고 말했다. 두 사람 중 누구도 그들의 전능하신 주가, 동맹을 맺었음에도 불구하고, 아브라함을 시험에 들게 하기 위해 아들 이삭을 모리아 고개에서 희생시키도록 명령한 날 이후 열린 기막힌 운명의 순환 고리를 완성하고 있음을 몰랐다. 그 고리는 트레블링카라는 지옥의 습하고 어둡고 추운 방에서, 악이 이자크 우처로 하여금 아버지, 어머니, 여동생, 할아버지를 희생시키도록 시험에 들게 함으로써 닫히고 있었다. 요세프 우처 씨는 수술용 메스를 다루듯 부드럽게 아들의 손에 총을 쥐어 주었다. 아들의 손에는 매우 큰 총이었지만, 우처 씨는 모든 게 놀이의 일종이란 듯 자신감과, 소름이 돋을 정도의 차분함으로, 자신의 손을 아들의 손에 포갰다. 그리고 아직 자고 있는 에디트를 안고 있는 어머니에게로 이자크를 데려갔다. 미리암은 남편과 사형 집행인 이자크에게 진심을 담아 키스한 후, 에디트를 꼭 끌어안았다. 아이는 두 명의 군인, 대장 하나와 대머리 의사 하나가 문밖에서 지켜보는 아주 재미있는 놀이에 참여하는지도 모른 채 숨을 거두었다. 에디트를 죽인 총알에 미리암이 상처를 입자, 우처 씨는 망설임 없이 이자크가 쥔 권총을 미리암으로 향하게 한 후, 사랑한다네, 나의 사랑이라고 말했고, 그렇게 두 번째 총성이 차가운 방에 울려 퍼졌다. 할아버지는 이마가 거의 바닥에 닿을 듯 말 듯 고개를 숙여, 홀로코스트라는 제의에 바쳐진 반지와 유사한 체념으로, 그의 뒷목을 바쳤다. 세 번째 총성이 터졌다. 그리고 아버지는 나에게, 이자크, 내 아들아, 너는 살아 나갈 것이다. 우리를 위해 살 것이다. 네가 우리의 눈과 우리의 기억이 될 것이다. 팔레스타인으로 가거라, 그곳에 뿌리를 내리거라, 그리하여 우리 모두는 이스라엘에서 너를 위해 살 것이다. 결혼을 하고 자손을 낳거라, 그리하여 우리 모두는 너를 통해 살 것이다. 그리고 아버지는 이자크의 손을 잡아 권총을 입안에 넣고 아들에게 미소를 지으며 말했다. 알겠지? 그냥 놀이일 뿐이란다. 이전과 마찬가지로, 축 처진 이자크의 손과 함께, 그는 방아쇠를 당겼다. 손에 루거를 든 이자크는 이제 자신을 죽일 차례라는 생각을 해내지 못했다. 아홉 살의 아이가 그 아무것도 아닌 것을 생각해 내기란 불가능했던 것이다. 감시병들은 승리의 웃음을 지으며 방 안에 들어왔고, 대머리 의사는 여러분이 방금 보신 것은 열등 인종들이 취하는 방어적인 행동의 전형으로서, 이들은 고결한 자살을 생각하는 대신 자신들의 아들과 부모를 죽이는 끔찍한 범죄를 저지를 수 있다고 다른 병사들에게 설명했다. 그는 이자크의 손에 여전히 들려 있던 권총을 쥐고 아이의 머리를 애정을 담아 쓸어 내리더니, 너는 무사할 거야라고 말했다. 간호부에 달린 골방에 살면서, 가끔씩 나와 만나 이야기나 하자꾸나. 그리고 뒤따라오던 군인들에게 아이를 데려가라고 손짓했다. 이자크에게는 에디트, 어머니, 아버지, 그리고 할아버지를 마지막으로 볼 시간마저 주어지지 않았다. 얼음장같이 차갑고, 살갗을 벗기는 바깥의 추위에 이자크는 자기가 끔찍한 범죄를 저질렀음을, 그들은 트레블링카에 있었지만, 자신의 기침 때문에, 자신의 악으로 인해 그러한 살인을 저질렀음을 깨달았다. 그러한 생각은 대머리 의사로 인해 더욱 강화되었다. 그는 나의 친구가 되어, 스스로를 살리기 위해 가족들을 죽여 버린 저주받은 아이라고 계속 이야기해 주었고, 끝없는 인내심을 갖고 나의 혼란스러운 침묵을 관찰했으며, 내 앞에 앉아 부지런히 무언가를 기록했고, 내 친구라는 이유로 계속 사탕을 주었다. 그리고 내가 무슨 생각을 하는지, 무슨 꿈을 꾸는지 물어보았다. 무슨 대답을 했는지 기억나지는 않지만, 그 기침에 관한 이야기만큼은 절대 하지 않았다. 그러던 어느 날, 내 친구 대머리 의사는 나에게 말도 없이 사라졌고, 두 시간쯤 후에 붉은 군대가 트레블링카로 들어왔다.

* * *

두 번째로 자신의 이름을 이민자 목록에서 지웠을 때, 그는 자신에게 남겨진 죽은 자들의 기억으로 인해 이스라엘을 영원히 떠날 수 없으리라는 사실을 받아들여야 했다. 수년이 지난 다음 날, 그는 제2의 고향과 같은 지중해를 지긋이 바라보며, 이제는 수용소의 기록이 보관되어 있는 지하 문서실을 방문해 보기로 결심했고, 사람이 가장 적게 몰리는 날을 골라 예루살렘을 방문했으며, 그가 파괴한 가족들의 삶인 야드 바셈의 불꽃을 두 시간 동안 묵묵히 바라보았다. 바닥에 새겨진 트레블링카라는 이름은 그에게 그 기침, 적에게 가족의 위치를 들통나게 한 그 기침을 상기시키며 두통을 불러왔다. 그의 책임이었다. 그리고 아버지와의 약속 중 일부만을 지켰다. 이스라엘에 남았다. 하지만 자식도 없었고 결혼도 하지 않았다. 자신의 가족들이 자손들을 통해 계속 살아갈 수 있도록 열심히 노력하지 않았다. 그런 것들을 생각하기에는 너무 늦은 나이였다. 불꽃을 바라보는 그의 영혼은 울고 있었다. 그는 단 한시도 자애로운 신에 대해 생각하고 싶지 않았다. 그와 신 사이에는 사십 년째 대화가 없었다. 모범 시민 이자크 우처는 도르로 돌아와 발코니에 서서 바다를 바라보며, 정규군이 사용하는 권총을 집어 들었다. 그는 자기 나이에는 그 아무것도 아닌 것에 대해 생각하는 것이 가능하다고 확신하며, 침대에 누워, 이해심 많은 어둠이, 신중을 기해 모든 것을 가려 주기를, 인내심을 갖고 기다렸다. 그리고 아버지의 모습을 기억하며 총구를 입안에 집어넣었다. 하지만 그는 웃지 않았다. 왜냐하면 상황을 속일 아들이 없었기 때문이었다. 그때의 약속을 완전히 지키지 못한다면, 적어도 그들과 함께하는 것은 가능하지 않을까. 금속의 차가움 때문인지, 아니면 자기 행위에 대한 두려움 때문인지, 그에게 격한 기침, 참을 수 없는 기침 세례가 다시 찾아왔다. 하지만 이제는 지옥이 그 소리를 듣지 못하도록 얼굴을 파묻을 어머니의 육신도 없었다. 이상한 양심의 가책 때문에 그는 기침이 멎기를 기다렸다. 위대한 사건을 예비하는 침묵이 다시 찾아왔다. 그리고 그는 더 이상의 고통은 없을 것이라는 희망을 안고, 방아쇠를 당겼다. 처음 기침을 한지 사십 년 만의 일이었다.

결과가 모든 것을 좌우한다

다음 이야기를 서술하자니 공포로 몸서리가 쳐지는군.(라틴어) 일곱 번째 봉인의 해제를 앞둔 성 요한이 말했으니 나 또한 반복해서 말하네, 형제들이여, 고된 수련을 마친 지금, 나는 지금 그리고 여기에 존재하는 진실에 정착하고자 한다네. 아주 적절한 시기, 아주 적절한 공간 속, 최고의 장소야. 새똥과 지독한 냄새에 둘러싸여, 신께서 전적으로 나를 위해, 귀환자인 나를 위해 예비하신 곳이지. 신은 바로 앞 40여 미터의 간격을 두고, 그들과 나 사이에 굉장한 교통 소음을 발생시켜 나를 보호하려 하셨어. 그리고 요즘의 끈적끈적한 더운 날씨를 달래기 위해 산들바람도 불어 넣어 주셨지.

몇 주간만 돌아가 있을 생각이야, 바르셀로나의 형제들. 미키가 정말 식은 죽 먹기라고 하면서 모든 것이 시작되었어. 정말 그렇게 말했거든. 식은 죽 먹기야, 키킨. 그토록 견딜 수 없는 고통을 맞닥뜨릴 줄 알았다면, 이스라엘 풍의 바닷가 마을 살로우[1])에 있는 별장으로 미키를 찾아가, 강제로라도 그를 이곳으로 잡아끌고 왔을 텐데. 내가 어떤 고통을 겪고 있는지 보라고. 그는 죽음을 두려워하는 족속 중 하나이기 때문에 잔뜩 겁을 먹었을 거야. 모든 것은 그 마조히스트 욥의 역할을 수긍하며, 오후 내내 그걸 위한 준비에 매진하면서 시작되었어. 그렇게 억지로 스스로를 설득하는 건 별로 바람직한 일이 아닌데 말이야. 나쁘고말고. 마음속으로 일관성 있게 계획 짜는 법을 알려 주지, 염병할 놈들이라고 기도처럼 중얼거리겠지. 그러나 이미 상처가 생겨 버린걸. 그 정도가 너무 심해, 이제는 어떠한 출구 전략도 남지 않았어.

여자를 꼬시는 건 식은 죽 먹기야, 그 머저리 미키가 나에게 말했어. 그럼 가 보지 뭐, 그래서 '지선'이라는 카페에 들어가 두리번거리며 좌우를 살폈지, 시끌벅적하게 한번 놀아 보자는 그런 좋은 의도로 말이야, 그 왜 있잖아, 끝내주는 하룻밤 같은 것. 가장 먼저 눈에 들어온 여자는 약간 통통하고 짧은 치마를 입은 여자였는데, 음식인지 뭔지도 모를 것들이 잔뜩 쌓인 쟁반을 들고도 어찌나 일을 잘하는지, 그 울퉁불퉁한 바닥에서도 기적처럼 한 번도 넘어지지 않더군.

크림슨이 들려오는군요, 신이시여, 이것이 진정으로 지금 이곳의 삶에 내려 주실 수 있는 가장 큰 기쁨이란 말인가요. 나의 축복받은 청력 덕에 크림슨을 들을 수 있고, 워크맨 덕택에 세상 모든 이들이 이곳에는 없

---

1) 카탈루냐 타라고나주의 지중해를 낀 해변가 마을.

는 연인들이 되기도 하고, 파리를 운전하며 구경 중인 케루악과 캐시디가 되기도 하지.[2] 인생은 아름다우니 나는 그냥 이유 없이 만세를 외치고 싶어. 저 여자야. 자 지금이야, 키킨, 실패하면 안 돼. 첫걸음을 어떻게 떼느냐가 그다음을 결정해. 턱을 덜덜 떨지 말라고. 거의 됐다, 낚였어, 낚였어. 빙고. 완전 빙고야, 키킨, 십 초가 지났고 아무도 눈치채지 못했어. 완벽한 솜씨야. 내가 아주 자리를 잘 잡았어. 미키, 엄마가 봤어야 하는데.

　나야말로 계단 첫 번째 칸에 걸려 넘어지고 말았어. 돈을 아끼려고 그랬는지, 주변이 컴컴했던 거야. 통통한 여자는 작은 목소리로, 호칭 기도라도 하는 듯, 토스트 세 개, 세븐 업 하나, 생맥주 둘, 속을 채운 가지 세 개, 우리를 위해 기도하소서, 양념된 앤초비, 우리를 위해 기도하소서, 상아탑이여(라틴어), 맥주 네 병을 외우며 내 앞을 지나가더라고. 나에겐 눈길 한번 주지 않았어. 이건 마음에 안 드는데, 봤지. 이 때문에 벌써 짜증이 솟구쳤지만 내가 참아야지. 가만히 아무 짓도 안 했다고, 고작 미키에 대한 욕이나 하고 치웠지. 일단 이 정도로만. 하지만 날 투명 인간 취급하는 건 정말 참기 힘들었어.

　처음 눈에 들어온 테이블에 자리를 잡고 앉자마자, 너무 화가 났어. 펍의 분위기를 책임지는 불법 체류자 놈이 여길 공장이라 착각했는지 망할 헤로인을 주사한 것 같았고, 우리 모

---

2) 킹 크림슨의 1982년 앨범 '비트'는 밴드 멤버들이 비트세대의 영감을 받아 쓴 곡들이 수록되어 있다. 그 중 '닐과 잭과 나(Neal and Jack and Me)'는 비트 세대의 대표 인물 잭 케루악과 닐 캐시디가 파리의 길거리를 운전하며 돌아다니는 상상을 기초로 가사가 쓰여졌다. 작중 인물 키킨은 이 곡의 가사를 떠올리는 중이다.

두에게 정맥 주사를 놓으라고 하는 것 같았거든. 벨벳 언더그
라운드가 나오자 토하고 싶었어. 시작이 정말 별로였고, 형제
들, 너무 1970년대스러웠던 말이지. 이제 그만 그곳을 나가야
할 때였어. 하지만 난 남기로 했지. 그래서 내가 그곳에 남기
로 하면서 모든 게 시작됐어. 벨벳 언더그라운드는 내 귀에 주
술을 부리고 있었지. 대체 왜, 신이시여, 저는 그저 여자를 꼬
시러 온 것뿐인데 왜 이런 고통을 주십니까? 더 심한 고통을
주시기 위한 것인지, 소위 음악이라는 그것의 소리가 너무 컸
어, 제기랄. 소리가 너무 커서 화가 났어. 왜냐하면 음악에 정
신이 팔리면 여자를 꼬실 수가 없잖아. 나는 디스코텍이라면
그 안에 있는 공산주의자들, 십 대들, 유리창 닦는 청소부, 디
스크자키, 그리고 보스니아인들 전부를 불태워 버리고 싶어.
전부 다. 그렇게 오래 머물 거면 음악 소리를 좀 낮춰도 되잖
아, 안 그래? 음악 좀 꺼 버리라고, 제기랄, 머리가 지끈거리잖
아, 내 귀가 얼마나 예민한데, 하루 종일 휴대폰을 본 것처럼
높은 데시벨이 머리를 뚫어 버릴 것 같았어. 나는 배경 음악
에 매우 민감해서, 모차르트를 틀면 엘리베이터에서 내려, 비
행기를 타기가 싫어진다고. 음, 좋아, 비행기라면 약속의 땅으
로 여행할 때만 타 봤지. 끝날 것 같지 않던 벨벳 언더그라운
드를 질리도록 들었을 때, 대조 효과를 위한 건지 갑자기 시벨
리우스의 「핀란디아」가 나왔는데, 레트로로 나가 보려 작정한
건가 싶더군. 지하철처럼 말이야. 마치 그 펍이 묵은내 나는
그 머리 아픈 음악을 듣기에 최적의 장소이며 최선의 시간이
라도 되는 듯 말이야, 그 자리에서 디스크자키와 펍 지배인을

그냥 죽여 버릴 뻔했어. 뭐 지배인 역할이라는 게 있다면 말이지, 가끔은 그냥 기준도 없고 이해도 안 되는 일이 그냥 일어나기도 하잖아. 이런 생각을 하면 너무 열받아서 몸까지 피곤해져. 너무 거슬린다고, 카페 시선처럼 새롭게 생긴 펍이라면, 장소의 일관성을 위해 킹 크림슨 같은 음악이 어울릴 텐데, 그걸 모른다는 게 진짜 거슬리더란 말이야. 심지어 사람들은 음악이 들리지도 않는 듯, 아무런 신경도 쓰지 않더라고. 진짜 어이가 없더라니까, 배경 음악이 흘러나오는데, 관심도 없고, 그냥 그러려니 하는 거야. 잠깐 동안 이 사람들도 죽여 버려야 하나 하는 생각이 들었어. 그래도 날 다스렸지. 펍에 들어온 지 사 분 십삼 초밖에 지나지 않았는데, 주변 모든 게 일시에 급속도로 나빠지고 있었어. 화를 다스리는 게 보통 힘든 일이 아니더라고. 왜냐하면, 펍에는 늙은이들, 보스니아인들, 히피들, 노르웨이인들, 그리고 스쿼터[3]들이 가득했기 때문이지. 나

---

3) 허가없이 타인이 소유한 부동산을 무단으로 점거하는 행위를 스쿼팅(squatting), 점거에 참여하는 사람들을 스쿼터(squatter)라고 한다. 주로 주인이 오랫동안 비워 둔 집에 집단으로 들어가 거주지를 꾸미고 무기한으로 거주하는 형태가 스쿼팅의 대부분을 차지하며, 역사상 시대를 불문하고 찾아볼 수 있는 인류의 관행이다. 유럽에서 이러한 행위는 대부분 불법이며 공권력의 개입을 낳지만, 무정부주의자 및 사회주의자들의 오래된 사회운동 형식이기도 하다. 이들은 주로 자본가들이 소유한 빈 집 혹은 빈 건물을 점거한다. 이같은 점거는 소수의 부유 계층에게 부동산이 집중되어 그렇지 못한 사람들의 거주권이 박탈되는 상황에 대한 항의이다. 때때로 점유한 공간을 물물교환 혹은 노동교환을 토대로 한 대안 경제의 장으로 꾸미며, 모든 것이 화폐교환을 중심으로 구성되는 자본주의 경제체제를 비판하기도 한다. 키킨은 히피, 보스니아인들 등 다른 소수자들과 함께 스쿼터들을 '반사

같은 정상인은 한 사람도 없었어. 그때 그녀가 나타난 거야. 날씬하고, 적당한 눈화장에, 굳이 말하자면 금발에 속하고, 입술에는 미소를 장착한 데다, 입에 즐거움을 주는 껌을 이 사이에 물고, 아 당장 입술을 덮치려다가, 유혹의 용 앞에 선 성 조르디처럼 참고 또 참았지. 왜냐하면 내가 착할 땐, 진짜 착하거든. 이 여자는 아직도 내가 논리로 무장하고 있다는 사실을 모르는 것 같더라고. 한 손에는 쟁반을, 한 손에는 행주를 들고 왔다 갔다 하면서 몸을 기울여, 아주 희망적인 가슴골을 슬쩍 비추길래 생각했지, 젠장, 미키, 네 말이 맞았어, 진짜 식은 죽 먹기야, 그리고 여자의 미소에 홀려서 내가 어이, 같이 한번 놀아 볼까 하니까 그 여자가 윙크를 하며 그러더군. 그래야죠, 선생님. 뭘 주문하시겠어요.

그러니까, 웨이트리스들과 좀 시시덕거리기도 하고 그러는 이런 펍에서, 선생님이라니, 날 욕보이는 거잖아. 이 여자의 말을 해석하자면 이런 거 아냐? 이 멍청아, 넌 서른일곱 살에다가 머리도 벗겨지기 시작했어, 바보야, 안 그래? 세 번이나 이별하고, 여자라면 뵈는 게 없는 모양인데, 직업 학교도 못 끝낸 주제에 여긴 뭐 하러 온 거야? 타잔 흉내라도 내려고? 하지만 나는 좀 더 자신감을 가지고 참았지, 그리고 선생님이라니, 자기야, 이렇게 좋게 말했어. 그런데 「차일드 인 타임」이 나오는 거 아니겠어? 말도 안 되는 리듬에다가 말도 안 되는 가사에, 또다시 기분이 나빠지데, 이럴 때 또 자신감이 샘솟는단

_____

회적'으로 여겨 반감을 가지고 있다.

말이야, 그리고 그 계집애 같은 카스트라토 목소리의 길란인지 뭐시기인지 하는 놈, 파리넬리는 양호한 편이더라니까, 모든 호모들, 보스니아 놈들을 잡아다가 압력밥솥에 넣고 끓여 버리고 싶었어. 오, 딥 퍼플이여, 언제쯤 우리의 인내에 대한 시험을 끝내려 하는가?(라틴어)라고 1322년 전도사 마태오가 말했고, 이제 내가 반복해서 내 말로 만들어 버렸지. 내가 항상 첫술에 배를 불리고 싶은 건 아니야…….

크림슨의 노래가 들리지 않았거나, 닐과 잭과 함께 파리의 거리를 여행하고 있지 않았다면, 제기랄, 난 견딜 수 없었을 거야. 지금 그리고 여기에서조차 그 자식이 명령을 내리는 것 같군. 지금 그리고 여기에 눈독을 들이는 것 같은데, 절대 용납할 수 없는 일이야. 왜냐하면, 내가 바로 신이거든. 누굴 죽이고 싶을 땐 마음대로 죽이고, 누구에게 변명을 할 필요도 없다고. 그리고, 여기 멀리 떨어져서 볼 때, 저 자식은 페푸스의 얼굴을 하고 있단 말이야. 그의 목을 좀 봤으면 좋겠는데, 그게 꼭 조끼의 팔소매처럼 짧단 말이지. 잠깐, 페푸스, 기타가 다시 말도 안 되는 리듬을 연주하는데, 오, 오, 진실로부터 들려오는 진실의 소리야. 성 로버트 프립[4]이여 우리를 위해 기도하소서……. 어디까지 얘기했더라? 페푸스. 개자식 페푸스. 이제 자네 차례야. 페푸스가 됐다고 상상해 봐. 그렇지. 침착해. 어디 보자고……. 빙고. 거의 있는지 없는지 모르겠는 목의 중간에 꽂아. 자넨 정말 굉장해. 키킨.

……하지만 말이야, 난 여자가 뻣뻣하게 굴면, 이봐, 진정하라고, 난 너무 바빠서 단 오 분도 너한테 시간을 내줄 수 없어

---

4) 킹 크림슨 밴드의 창립 멤버 중 한 명이자 가장 오래된 멤버다.

라고 말한다고. 그제야 대부분은 좀 유하게 구는데, 그럼 나는 엿이나 드시지, 난 다른 여자를 찾아볼게, 이렇게 말하는 거야. 그 여자가 껌을 씹는 이를 바꿔 가며, 볼품없는 웃음을 띠고 날 바라보더라고. 그러면서 말하는 거야. 뭘 드시겠어요. 내가 선생님 대우 좀 하지 말아요, 자기야라고 한 적 없다는 듯이 또 그렇게 물어보는 거야. 좀 더 자신감 있는 태도로, 더 이상 어깨에 바람을 넣는 게 가능한지는 모르겠지만, 어쨌든 친절하게 굴기로 했어.

"시원한 에스트레야 맥주 하나랑 퇴근 시간을 부탁해요, 제인." 웃으며 말했지.

난 정말 그렇다니까. 누가 전쟁을 원하잖아? 그럼 난 대나무처럼 고개를 숙이고 항복한다고. 다투지 아니하니, 천하에 아무도 그와 다투는 자가 없다라고 노자가 말했지. 그리고 나도 똑같이 볼품없는 웃음을 지으며 그 여자를 바라봤지.

그제야 무슨 일이 일어나는지 눈치를 채는 것 같더군. 사람들은 역시 둔해. 길도 살필 줄 모르고, 행인들에게는 관심도 없지. 마치 그가 인간 모두를 무시하듯 말이야.

마침 주기도문이 끝나는 동시에 길란의 괴성도 끝났고, 바버의 「현을 위한 아다지오」를 들으라는 거야. 인간의 마음이 출산한 발명품 중 가장 닭살 돋는 것 아니겠어. 나는 폭약이 터지려는 걸 억지로 누르고, 볼품없는 웃음을 웨이트리스에게 지었다고. 그리고 안 그래도 더운 날, 카페 디제이의 형편없는 안목 때문에 더 심해진 더위가 느껴지기 시작하더군. 그 디제이는 구린 안목 협회의 돈을 받고 일하는 게 틀림없어.

"에스트레야가 없어요. 볼 담밖에 없군요."

"에스트레야가 없다니 제기랄 무슨 말이야?" 진심에서 우러난 말이었어. 그렇게 말하면 안 된다는 걸 알았지만, 용서하세요, 이미 엎질러진 물인걸. 새뮤얼 바버가 쉬지 않고 벽에 기름칠을 하고 있는데도 사람들은 너무 평온한 거야. 어쩌면 최악은 이거였을지도. 루 리드가 나오든, 저질의 보스니아 교향시가 나오든 사람들이 그저 가만히 있었다는 거지, 제기랄.

"다 떨어졌다고요. 볼 담을 드시든가, 아니면 내일 다시 오세요."

이 여자가 아직도 나를 선생 취급하면서 꺼지라고 하더군. 그것도 껌을 쫙쫙 씹으면서. 폭발하는 대신, 여우보다 더한 창녀가 되고, 창녀보다 더 영악해지라는 「루가의 복음서」 2장 27절[5]을 떠올리며, 마음을 가라앉혔지. 좋아요, 이쁜이, 볼 담으로 하죠. 일은 몇 시에 끝나요?

"꺼져 버려."

봤습니까, 형제들? 그제야 나에게 말을 놓는 거 아니겠어. 몇 시에 꺼져 버려야 되는지 물어볼 틈도 주지 않더라고. 10시? 11시? 11시 23분? 응? 그 여자는 작대기처럼 뻣뻣하게 맥주를 가지러 가 버렸어. 머리를 얼마나 심하게 굴렸던지, 바버의 닭살 돋는 노래가 아니었다면 내 해골이 삐걱거리는 소리가 들렸을지도 몰라. 세 개의 기둥 뒤에는 그 통통한

---

5) 루가의 복음서 실제 내용이 아니다. 키킨은 성경과 성경에 얽힌 이야기들을 겉핥기식으로 알고 있으며, 자신에게 유리한 방식으로 엉터리 인용을 일삼는다.

웨이트리스가 아주 상냥해 보이는 남자 두 명이 앉은 테이블 앞에서 완전히 미친 듯이 웃고 있었어. 욕심 많은 여자가 두 사람과 한꺼번에 뭘 해 보려는게 분명해, 꼭 기억해 둬야겠어. 바버는 아직도 안 끝났고, 제인이 앞에 와 있더군. 쿵쿵 냉정하게 두 번 소리를 내며 맥주병과 맥주잔을 앞에 놓았어.

"4유로예요."

동네잔치에 쓰는 색종이 조각처럼 계산서를 던져, 병의 습기 때문에 생긴 물웅덩이에 빠져 버렸지. 맥주 하나에 4유로라니, 젠장, 아무리 인기가 많은 펍이라도 그렇지. 아무리 생긴 지 얼마 되지 않았다고 해도 그렇지. 맥주 한 병에 4유로나 받는 건 구린 짓이야. 제인의 새하얀 이를 닦아 내는 껌 소리가 들리는 것 같았어.

"지금 돈을 내라고?"

동전 지갑에 연료가 충분치 않은 게 방금 생각나서 물어본 것뿐이었어. 그리고 그 여자가 뭐라고 한 줄 알아? 네도 아니고 아니오도 아니었어. 내 앞에 서서 가만히 기다리는 거야. 그래서 내가 가슴을 볼 수밖에 없었지. 죽여 주던걸, 인정해. 동전 지갑을 닫고 물었지. 얼마라고 했지, 자기야?

제인은 코웃음을 치더니, 좀 더 맘에 드는 손님을 찾으려는 건지 두리번거리더라고. 그리고선 정말 못 참겠다는 듯 날 보면서, 나에게 왜 화가 났는지 모르겠지만 화가 나다 못해 거의 떨리는 목소리로 말하는 거야.

"4유로 35센트요." 교회 서기관 같은 미소로 그 망할 창녀가 말했어.

"4유로라고 하지 않았어!" 아주 성질이 나서 소리 질렀지.

"그럼 뭣 하러 물어본 거예요?"

빈틈이 없는 여자야. 약간 화가 난 나 자신을 정비하려 볼 담 한 모금을 삼켰어. 그리고 반쯤 젖은 계산서를 들고 살펴보았더니, 거기 뭐라고 써 있는지 알아, 형제들? 2유로 85센트. 2유로 85센트라고 써 있더라 말이야. 너무 열받았지. 하도 열이 올라서 다시는 생각하고 싶지도 않다고. 벌써 심장이 두근거린다니까.

"여기는 2유로 85센트라고 되어 있잖아!" 공정함을 최우선으로 두고 말했지. 내가 옳다는 근거가 사방에 흘러넘친다는 확신이 있었거든. 함무라비와 찰스 린치의 아들 뺨 치는 내가, 아주 엄격한 정의 구현의 정신을 장착하고, 다시 동전 지갑을 열어 휘적거린 다음, 망할 2유로를 복수하듯 테이블 위에 놓았어.

"꺼져 버려." 드디어, 젠장, 드디어 바버의 음악이 과거가 되고, 어떤 아마추어 조상님이 제스로 툴[6]로 우리의 신경을 싱그럽게 해 주려 하는 바로 그때, 내가 공손하게 말했지. 제인은 그 2유로 때문에 혀, 입술, 이, 껌이 마비되는 걸 느낀 것 같아. 툴 때문은 아니야, 왜냐하면 그 여자도 음악을 전혀 듣지 않고 사는 거의 대부분의 군상 중 하나였으니까. 몇 초 후

---

6) 영국 랑카서 지방에서 1967년 결성된 프로그레시브 록 밴드. 록과 재즈를 기반으로 하면서도 영국의 포크적 요소를 가미한 곡을 주로 연주하며 평단의 호응을 얻었을 뿐만 아니라, 역사상 가장 큰 상업적 성공을 거둔 프로그레시브 록 밴드 중 하나이기도 하다.

에, 작고 말라비틀어진 풍선을 하나 불더니 뻥 터뜨리며 말하더군.

"페푸스한테 말해 줄까?"

난 페푸스란 사람을 들어 본 적도, 만나 본 적도 없었어. 음, 이제는 누군지 잘 알지. 하지만 제인을 만나기 전엔 페푸스란 사람에 대해 들어 본 적도, 만나 본 적도 없었어. 그러니 모두가 페푸스라는 자를 잘 안다는 듯, 페푸스한테 말해 줄까라고 말하는 건 옳지 않아 보였어. 뭣보다도 내가 대학에 다닐 때 분위기가 어땠냐면, 풍선껌이나 불어 대는 어떤 여자가 페푸스한테 말해 줄까라고 하면, 나는 페푸스라는 자가 곤봉 같은 주먹에, 목, 인내심, 머리 길이 모두가 짧은 땅딸보라고 생각했을 거야. 그래서 나는 일보 후퇴했지만, 바로 내 기억의 공책에 이 사실을 적어 두고, 이방인의 사도가 보즈니아인들은 사탄에 보내져 지옥에서 불타 버려야 한다고 했던 「고린토인들에게 보낸 첫째 편지」 5장 2절을 생각했지. 그리고 주머니에서 장지갑을 꺼내, 가지고 있던 지폐 중 가장 큰 숫자의 지폐를, 탁자 위의 가장 젖은 곳으로 던져 버렸지.

"자, 우리 쌍년 정말 수고했어요." 그녀를 축복했다마다.

제인은 지폐를 집어 들고, 나의 도발에 대꾸 없이 사라지더군. 쌍년 중의 쌍년이라는 증거 아니겠어.

아니, 아니, 저 흰머리 남자가 걱정이 너무 많은 건지 자기가 다 해치우려 하네……. 날 건들지 말라고 젠장, 이놈아, 나는…… 오…… 네 번째이자 마지막으로 나오는 기타 소리들은 성 프립에 따르면, 범죄 중 가장 큰 범죄, 영원한 범죄이자, 핵심이고, 크림슨의 DNA와 같은 것이지……. 이

쪽으로 보지 말라고 했잖아. 왜 모두가 위험에 처했다는 사실을 모르는지 알 수가 없어. 오 신이시여, 사람들이 신의 움직임을 이해하지 못할 때, 신의 눈에 그들은 동물로 변해 버립니다. 풍뎅이, 개미처럼 되는 것이죠, 가여운 것들. 숨을 깊게 들이쉬어요. 흰머리 선생, 잘 가시게. 이제는 셋이군, 키킨, 이제는 모두가 정말 긴장하는 것 같아. 이렇게나 오래 걸렸다니.

제스로 툴. 음, 좀 낫네. 좀약 냄새가 좀 나긴 하지만, 그래도 들어 줄 만해. 그런데 말이지, 옆자리 사람들은 코보스를 들으면서도, 이 펍을 망치지 않고 얘기를 잘 나눈단 말이야. 정말 사람들의 무감각함이 도를 넘은 거야. 생각하기 싫어서 하루 종일 히히덕거리다가, 밤이 되면 피곤하다며, 혹시나 모르니 알약 하나를 먹어 두는 거지. 그러면 기억의 공책을 열 필요도, 소화 불량에 시달릴 일도 없으니까.

제인은 작은 접시에다가 거스름돈을 정확히 담아 가져다주더군. 테이블 위에 하도 공손하게 접시를 두길래, 맥주를 삼키며, 툴 멤버들이 인류를 구원하는 데 동참하고 있는 중에 놀라서 눈을 들어 그 여자를 보았지.

"11시 5분." 그렇게 말하더군.

"네?" 또 다른 전쟁의 시작이었어.

"11시 5분에 마친다고." 부엌 쪽을 가리키는 것 같았어. "그럼 뒤쪽 길로 나가는 문에서 보는 걸로, 오케이?"

형제들이여, 난 완전 얼어붙었지. 그러니까, 그 뻣뻣한 태도가 다 연극이었단 말이야. 그렇게 아닌 척을 해 댄 건 다른 사람들이 모르게 하려 그랬던 거고, 진짜 원하는 건 체액을 교환하는 그런 관계였던 거 아니겠어. 미키, 자넨 정말 대단해.

그런 생각을 했던 것 같군. 손목시계를 보았지. 11시 5분까지는 삼십 분이 남았더라고.

"늦지 않을게, 제인." 당당히 말했어. 잠시 동안, 아주 잠시 잠시 동안, 멍하게 있다가, 정신을 차려 보니 픽시스가 나오는 게 아니겠어. 네, 기적입니다. 마치, 취향 같은 건 없는 음악의 천치들이 나의 기쁨을 함께 누리고 싶어 하는 것 같았어. 인간이 5라면, 악마는 6이며, 신은 7이고, 픽시스가 반복하고 있었어. 내 지갑 어딨지, 잔돈을 넣어 둬야지. 픽시스, 바버, 벨벳 언더그라운드, 시벨리우스, 툴…… 이것이 어떤 자의 음악적 취향이라면, 신이시여, 내려와 그자를 벌하소서.

뒤쪽 길은 길이 아니라 아주 좁고 더럽지만 불은 환한 골목이더군. 문이 보일 때마다 열어 보았어. 대체 펍으로 통하는 문이 어떤 문인지 모르겠더라고. 마침내 초록색 페인트칠어 된 문에 '카페 시선'이라고 적힌 걸 보았어. 바로 거기였지. 기분이 들떠서 벽에 기대고, 제인의 껌을 생각했어. 보자마자 제일 먼저 달라고 해야지, 그렇게 생각했지. 위로, 별을 향해, 친절한 별 무리들을 향해 고개를 들어 올렸어. 하지만, 내 바로 위에는 상상의 길을 가로막는 가로등이 있더군. 그리고 휘파람 소리가 들려왔지.

아니, 아니었어. 그리고 휘파람 소리는 들리지 않았어. 그 여자는 사람을 기다리게 만드는 그런 종류의 인간이었거든. 11시가 되었고. 물론 내가 십오 분이나 일찍 도착한 것도 있지만, 11시, 그리고 11시 5분, 그리고 11시 7분이 됐는데도 여자가 코빼기도 안 내미는 거야. 그래서 난 세르비아인처럼 화가 나기 시작했어. 내가 분명 엄청 바쁜 사람이라고 했는데, 이렇게 기다리게 하다니 참을 수 없었지. 12시 15분, 15분 전! 마치 누군가가 날 부르는 듯 휘파람 소리가 들려오더군.

드디어 무슨 일이 일어나고 있는지 좀 알아차린 것 같군. 그저 차분하게 결정만 하면 돼. 자, 이건 늙은 여자인 죄. 너, 보스니아 놈인 죄. 그리고 너, 공산주의자 놈이니까. 젠장, 놓쳤군. 키킨, 너무 어렵게 생각할 것 없어. 지금이야, 자! ……원래 공산주의자들이 제일 죽이기 어렵다니까. 성 바울이 「디모테오에게 보낸 두 번째 편지」 3장 12절에서 말한 내용이야. 크림슨의 곡들이 네 번 연속으로 나오니, 형제들, 나는 내 기억에 구멍을 뚫어 대는 데다가 다른 생각을 못 하게 하는 음악에 너무 집착해서 미쳐 버리고 싶지 않았어. 그래서 FR50을 살포시 바닥에 내려놓고, 예언자 프립의 카세트테이프를 꺼내 키스를 한 후 공터에 던져 불을 질러 버렸지. 인류의 안녕을 위한 거라고 생각해 줘. 나는 크림슨이 경찰의 머리를 뚫고 들어가, 압제자들의 뇌수에 영원히 박혀 버렸으면 좋겠다고 생각했지. 그리고 형제들이여, 나는 기계에 성스러운 테이프이자, 세기의 음악적 발견이라 할 수 있는, 페레 브로스의 최후의 독주회 두 번째 파트를 틀었어. 오스테르하우스가테 거리의 작은 가게에서 건진 물건으로, 알려지지 않고, 정직하며, 진실되고, 활기를 주고, 상상력이 풍부하며, 생생하고, 매우 현대적이며, 이미 고전이 되어 버린 피셔의 대위법은 아주 청명하고, 깨어 있으며, 창의적인 나 같은 사람의 마음을 위한 음악 이야기라고 할 수 있지. 첫 번째 주제를 듣는 순간, 바로 눈물이 흘러내리며, 거의, 정말 거의, 정의를 집행하고자 하는 내 마음을 꺾어 버렸지 뭐야. 페레 브로스라는 그 개자식의 연주는 정말 훌륭해. 너무나 훌륭해서 형제들, 나, 바르셀로나 출신 키킨은 그만큼의 아름다움을 창조해 낸 이후, 그를 자살로 이끌었던 처절함의 정도를 이해하고 수용할 수 있었지.

다른 쪽으로는 출구가 없다고 생각했는데, 있더군, 왜냐하면 사륜구동 자동차의 앞머리가 보이더니 갓길에서 차를 돌려 내 앞에 서더라고. 자동차를 탄 제인. 차 안에서 나를 부르더군. 나는 그녀가 나를 완벽하게 볼 수 있는 가로등 앞에 서서, 화가 난 표정으로, 내 손목시계를 세 번, 아니 네 번, 아닌가 다섯 번, 아니 여섯 번, 일곱 번인가, 여덟 번인가, 아홉 번인가 톡톡 쳤어. 그러고 나서야, 바로 내 인간으로서의 존엄이 어디에 서 있는지를 확실히 알린 후에야, 난 제인의 껌을 생각하며 차로 가까이 갔지. 그 껌을 씹고 나서는…… 하지만 껌을 달라고 한 다음에 제인과 뭘 할지 생각해 보지 못했다고 말할 틈조차 없었어. 그녀가 내 말을 끊었거든.

"자, 타라고." 나에게 말하더군. 그리고 기적처럼, 나는 그 목소리를 듣자마자, 그녀의 가슴을 보고 나자, 역시 인생은 아름답다는 생각밖에 들지 않았어. 십이 년 만에 하는 생각이었지. 정확히는 십이 년 오 개월. 어쩌면, 리디아와 헤어진 지 559개월, 잡년 메르세데스와 깨진 지는 팔십육 개월, 소니아로부터 도망친 지는 822일이라는 걸 생각하고 있었는지도 몰라. 그리고 마치 영화처럼, 저 북쪽을 향해 펼쳐진 내 앞의 세상을 생각하느라, 네 발 달린 차 안에는 껌도 없고, 제인도 없는 대신 머리가 짧고, 목이 거의 없으며, 경적 울리는 횟수로 짐작해 보건대, 인내심이 아주 짧은 땅딸보 한 마리가 들어 있는 것 아니겠어. 예술은 길고, 인생은 짧다, 성 야고보가 그의 편지에서 말했지. 나는 정말, 인생이 짧아질 뻔한 순간을 눈앞에 두고 있었어. 왜냐하면 페푸스가 내 셔츠를 들어 나를 잡더니, 골목길의 울퉁불퉁한 벽에 나를 둘러쳤거든. 그가 차에서 내리지도 않았는데 벌어진 일이었어. 그러니 생각해 봐, 형제들, 그가 차에서 나왔을 땐 무슨 일이 벌어졌을지. 그는 내 머리채를 잡고 바닥에서 일으켜, 그 고약한 입냄새가 나는 높이까지 끌어 올렸어. 그리고 주먹으로 해결을 보더군. 내 이가 세 개 부러졌고, 내 간장은 녹아내렸으며, 갈비뼈 세 대가 부러졌어. 나는 그때 나의 독백을 두 명이 참여할 수 있는 좀 더 건설적인 대화의 형식으로 바꿔 보려 했지만, 나는 필요한 만큼 그에게 제대로 대답을 할 수 없었어. 나는 어머니의 큰 기쁨 아래, 아마 아버지의 기쁨도 들어가긴 할 거야, 신학교를 마치고 살아온 나의 길고 유익하며 놀라운 인생에 대해 생각하고 있었기 때문이지. 졸업 이후, 나는 데일까 걱정되어 여자들을 집게발을 쓴 듯 다루었고, 예언자 로버트 프림의 말, 너 자신을 알라(라틴어)를 인생의 지침으로 삼기로 결심했어. 그는 귀신에라도 쓴 듯 나를 흠씬 두들겨 패고선 피곤했는지 자리에서 떠나려 했고, 나에게 결정타를 날렸어. 그 황홀한 빛의 향연 같은 것이 보이더니, 갑자기 온 세상이 내 안으로 사라지더군.

일주일 정도 회복 기간이 지났을 때 어렴풋이 떠올릴 수 있었던 것은, 페푸스가 나를 자동차 안에 구겨 넣은 후, 카페에서 꽤 멀리 떨어진 곳까지 차를 몰고 가, 나를 내리게 한 뒤 정확하게 어떻게 한 건지는 모르겠지만 날 눈곱만큼도 봐주지 않은 것 같아. 내 옷이 온통 진흙과 풀떼기로 범벅이 되어 있었거든. 해가 뜰 무렵 머리가 깨질 것 같은 두통을 안고 발비

드레라[7]의 고속 도로 부근에서 깨어났을 때는 숨 쉴 때마다 온몸에 가시가 박히는 것 같았고, 입안에는 피가 한 가득인데다가, 틀니는 복구 불가능할 정도로 비뚤어져서 대충 성 라자로의 모습과 흡사해져 있었어. 욥이 된 기분이었는데 내 역할이 전혀 맘에 들지 않아서 그냥 집으로 가기로 했지. 광활한 사막의 횡단길, 지혜로 가득 찬 다마스쿠스로 가는 길[8]을 거쳐 집으로 가는 데는 세 시간이나 걸렸어. 매우 유익한 신비주의적 계시였다고 생각해. 영혼에는 영혼으로, 눈에는 눈으로, 이에는 이로라고 우리 주 예수 그리스도가 말하셨지. 난 이 복음의 잠언을 내 걸로 만들고, 내 영혼과 육신이 재건되었을 때, 세르다냐 집의 벽에 아빠가 걸어 둔 멧돼지 사냥총을 훔치러 갔어. 오랫동안 끓여 낸 수프나 초콜릿을 넣은 스튜 말고선, 멧돼지를 볼 일이 없는 지역이긴 해. 훔쳤다고 한 건 그곳에 도착했을 때 아버지가 집을 육 년인가 칠 년 전에 팔았다는 사실이 생각났기 때문이야. 죄책감이 들었지만, 그래도 거기까지 갔는데 빈손으로 올 수는 없고, 심지어 새 집 주인은 자물쇠도 안 바꿨더라고. 게다가, 그 주인의 총은 스웨덴제 FR50 진품이었고, 망원 조준경까지 달린 놈이었는데, 그럼 누구 책임이겠어, 다 그가 부끄러움도 모른 채 되는대로 살았기 때문이지. 게다가, 새 주인은 총알 상자를 아버지가 넣어

---

7) 바르셀로나의 북부 외곽에 위치하는 행정구역. 집이 거의 없고, 작은 언덕과 동산이 많아 다소 외진 곳이다.
8)「사도행전」에서 사울이 다마스쿠스로 가던 중 예수를 만나는 영적인 체험을 한 후, 회개하고 바울이 된 여정을 가리킨다.

됐던 곳에 똑같이 보관하고 있는 것 아니겠어. 그래서 난 그의 총알로 소총을 채우고 차분함을 장전한 채, 천천히 찾기 시작했지. 신이 답을 내려 줄 것이라 생각하며, 그리고 우리 주 프립이 복음서에서, 보이느냐 새들이 어떻게 날아오르는지, 그리고 아무 걱정 없이 짝짓기를 하는지, 제기랄이라고 말했던 걸 생각하며 말이야. 그렇게 신이 보호하며, 모든 창조물을 감시하는 것이지. 하지만 어떻게 해서, 바르셀로나의 키킨, 신이 자네를 좋아한다면서도, 자네를 지켜 주지 않는다고 생각하는 거지? 이러한 생각에 화가 나, 나는 계속 찾고 또 찾아 마침내 완벽한 장소, 내가 해야 할 일을 완벽하게 해낼 수 있는 공간, 최적의 빌딩 꼭대기 층과 옥상 사이, 무인 지대라는 이름이 어울리는 구간을 발견했지. 와우, 세 번째인가 네 번째 변주곡이 흘러나오는군, 사성으로 편곡한 건가, 아이디어가 넘치는군. 신이시여, 왜 피셔는 여태껏 알려지지 못했을까요? 왜 사도 사람 낚는 어부[9]는 그의 예술 중 핵심을 우리로부터 숨겼을까요?

새똥과 죽은 비둘기가 가득하고, 병에 걸릴 것 같은 말도 안 되는 냄새가 나는 비둘기 집에서 하루 종일 있었지. 몸을 숙이지 않고, 가끔 생각 없이 몸을 뻗었다가는 뒷목을 쾅쾅 박아 버리는 문제도 있었어. 벌써 피가 나는 것 같네. 하지만 마술적이고 완벽한 위장술을 자랑하는 성 비둘기 집의 그 틈

---

9) 「마태오의 복음서」 4장 18~22절에서 예수가 그물을 던지고 있는 어부 베드로와 안드레아를 보고 "나를 따라오너라. 내가 너희를 사람 낚는 어부로 만들겠다."라고 말한 내용을 가리킨다. 이 대목에서 '사람을 낚는다'라는 것은 진리, 복음, 종교, 선행을 전파한다는 의미다.

은 바로 내 목표물을 향해 바로 트여 있었지. 그것이 바로 신의 의지라는 것이며, 그래서 난 이 성 비둘기 집의 세례명을 진실이라고 붙였지. 더러는 지금 그리고 여기라고 부르는 사람도 있기는 하지만 말이야. 성 비둘기 집의 또 다른 단점은 죽을 정도로 덥다는 거야. 하지만 이 완벽한 은신처를 발견하기 위해, 우선 건물의 경비원을 제압해야 했던 건, 신의 뜻이었던 것 같아. 뭐가 그리 걱정되는지, 아주 거만하게 못돼 먹은 태도로 그 총을 들고 어디에 가는지 캐묻더라고. 이 발견 속에 그러한 장애물들이 있었다는 것은, 신의 눈에, 인류의 눈에, 역사의 눈에, 그 발견을 더욱 값지게 하는 것이라고 생각해. 거의 움직이지도 못하겠고, 가끔 다리에 쥐가 나는 상태지만, 나에게 이 장소를 보여 주시고, 앱센트 러버, 앱센트 러버, 앱센트 러버, 그리고 닐, 잭, 나로만 가득한 카세트테이프의 불편함을 피하게 해 주신 주를 나는 여전히 찬양한다고. 그리고 신이 이제 됐다고 하실 때까지 성 피셔의 일곱 번째, 여덟 번째 변주곡이 나와 함께할 거야……. 제기랄, 지금이야, 됐어, 얏호! 오래도 걸렸네! 신이 방금 이제 됐다고 하셨어. 십팔 분이십구 초 전부터 기다리던 게 나타났어. 시끌벅적함을 뚫고, 드디어, 참견하기 좋아하는 제인이 놀란 모습을 하고 거리 밖으로 코빼기를 내미는 게 아니겠어. 못 참겠던 거지. 한 번 더 기회를 주는, 그런 건 없어. 그렇지, 거기 가만히 있어, 자기야. 됐다. 그녀가 받아 마땅한 붉은 메달을 심장에 방금 걸어 줬어. 이상한 데로 껌이 날아가지 않아야 할 텐데, 가엾은 것. 수치스러운 삶보다 명예로운 죽음이 낫도다.(라틴어) 아멘.

오 바르셀로나의 형제들이여, 형벌을 균형 있게 나누어 집행하도록 노력해 보겠네, 특히 보스니아인들, 스쿼터들, 노르웨이인들, 늙은이들, 그리고 공산주의자들 사이에 말이지. 내 정신이 유지되고 내 땀방울이 눈앞을 가리지 않는 한 노력해 볼 거야. 그리고 마지막 총알은 남겨 둘 생각이야. 지금 그리고 여기 나의 기억 노트를 지워 버려야 하거든. 조금 전 두 번째 편지를 시작하며 이미 말했듯이 말이지. 다음 이야기를 서술하자니 공포로 몸서리가 쳐지는군.

발라드

    유일하게 사랑하는 존재였던 아들을 그들이 데려간 이후 조르카는 웃음을 잃었다. 아들은 스무 살이 넘었지만 아이처럼 침을 흘렸고, 눈과 머리가 너무나 복잡하게 꼬여 버려 읽는 법조차 배우지 못했다. 하지만 그들은 전쟁에 쓸모가 있다며 아이를 데려갔다.

    조르카는 언제나 자신의 블라다를 생각했다. 수천 발의 총알이 아무것도 모르는 머리를 관통하거나, 영혼도 종교도 없는 군인들이 그를 비웃을 걸 생각하면 비통한 심정이 되어 자주 눈물이 났다. 왜냐하면 아이는 입속의 흉한 목구멍을 내보이며 웃는 것을 멈추지 않았기 때문이다. 조르카는 거실에 앉아 꽃무늬가 빽빽이 들어선 식탁보에 손을 올리고, 불빛이 내리쬐는 곳을 바라보며, 몇 시간이고 자식의 바보 같은 웃음을 생각하며 시간을 보내는 버릇이 생겼다. 어느 오후에는 기억이 급물살을 타고 밀려와, 그 누구도 아이에게 말이 짧네요, 지능이 부족하군요라고 하지 않던 때, 그녀 역시 평범한 아이로 키워 낼 수 있을 것이라는 희망에 차 있던 때가 떠올랐다. 생각은 더 과거로 넘어가, 말 뒷발질에 차여 페타르, 그의 존경하는 페타르 스티코비치, 마을에서 가장 강한 남자인 그가 죽고 혼자가 된 지 얼마 되지 않았던 날들을 회상했다. 그녀는 블라다를 임신한 상태였고, 그녀 앞에 펼쳐진 인생에 어찌할 바를 모르고 있었다. 그리고 아직 결혼하기 전이었던 시절, 검은 집의 인물 좋은 딸이었던 시절과, 사교성이라고는 없던 오빠들이 어떻게 해서든 그 공동 영지를 꾸려 나가 보려 했던 시절, 그녀의 인생에 더 바랄 것이 없던 시절을 상기해 보았다. 검은 집의 조르카는 블라다가 짓는 절반의 미소가 주는 아픔을 잠깐이라도 잊으려 행복했던 순간을 이따금 떠올렸다. 시간이 갈수록 그 아픔이 무게를 더해 되돌아왔기 때문이었다. 이런 식으로라도 해야 하루가 빨리 가는 듯했다.

시간이 흘러도 자꾸 과거로 기어 올라가는 생각 때문에 그녀는 사람들과 이야기하는 법도 잊어버렸고, 그저 포도주 통과 말라비틀어진 대구에 의존해 몸을 지탱해 나갔다. 요리도, 아무것도 하지 않은 채, 종교도 가족도 없는 군인들이 데려간 그의 아들에 대해 좀 더 오랫동안 생각하기 위해서였다. 매일 늦은 오후 무렵 집 밖에 나가기는 했지만, 그것은 발끝의 먼지를 지친 듯 툭툭 차며 마을의 끝자락에 위치한 집 너머까지 걸어가 아들을 끌고 간 길을 떠올리기 위해서였다. 그림자가 길어지고 희미해지는 밤의 입구까지 그녀가 그러고 있으면, 사람들은 조르카가 지나가네, 저녁 거리를 고민할 시간이군이라 말하며 수군대기 시작했다. 이웃집 여자들은 그녀에게 직접 말을 거는 것조차 꺼렸다. 왜냐하면 그녀의 눈빛이 신맛 나는 식초처럼 변해 버렸기 때문이었다.

검은 집에 속한 부지와 그 주변은 언제나 조용했다. 마치 집의 벽들이 몇 년 사이 그들에게 닥친 죽음을 예견하거나 기억하는 듯했다. 그래서인지 이웃들은 탁상으로부터 흘러나오는 조르카의 흐느낌을 알아채지 못했고, 몇몇 이웃 여자들은 불쌍한 저 여자가 저렇게 오랫동안 집에서 나오지도 않고 뭘 하는지 스스로에게 물어보기도 했으며, 돌덩이처럼 눈물 속 씁쓸함만으로 매일 배를 채우고, 어떻게 그렇게 큰 인생의 충격을 견뎌 낼 수 있는지 그저 십자가를 그을 뿐이었다. 조르카는 탁상 앞에서 꿈쩍도 않은 채 그렇게 시간을 흘려보냈고, 아들을 데려간 지 정확히 석 달이 되던 날, 구십 일 동안의 분노로 가득 채운 나쁜 피를 토해 내기 위해 크게, 아주 크게 울고 싶은 생각이 들었다. 이웃들이 들을 수 없도록 그녀는 화로에 얼굴을 파묻고, 한밤중 기절할 때까지 엉엉 울었다.

총성이 점차 가까워지고 있다는 소문이 돌고, 상처로 뒤덮인 시체들이 르자브강¹⁾ 하류로 떠내려오기 시작할 때, 조르카는 비통함을 견디며 억지로 힘을 내어 매일 12시 정각 얼음

---

1) 세르비아의 서쪽에서 보스니아 헤르체고비나의 동쪽을 걸쳐 흐르는 강. 발칸반도의 강들 중 아름답기로 유명한 드리나강의 동쪽 지류 중 하나다.

다리로 향했다. 그녀는 강가의 뾰족한 바위에 앉아 몇 시간이고 떠내려오는 죽은 자들을 살피며, 그녀의 어린 시절, 강이 잉어와 기쁨을 선물했던 그 시절을 생각했다. 처음에는 혹시 아들을 찾지 않을까 초조해하며 그때를 떠올렸다. 하지만 정작 그녀가 한 것은 익사한 이들의 눈에서 어두운 죽음을 읽으며, 손을 들고 작별 인사를 하는 것이었다. 안녕, 내 아들들아, 얼마 전까지만 해도 숨바꼭질을 했을 너희들이 왜 죽어 있느냐, 아무런 대답이 없었지만 대부분의 아이들은 여전히 공포에 질린 눈을 하고 그녀를 바라보고 있었다. 그러면 사람들은 집 문 앞에 서서, 저기 봐, 조르카가 또 강가로 가네, 가엾은 여자야, 점심 먹을 시간이군이라고 했다. 전능하신 주께서 그를 보호하시길, 그리고 그들은 집 안으로 들어가 버렸다. 르자브강에 시체가 떠내려오기 시작한 후, 마을에는 정오 이후에 통금이 내려졌다.

어느 날, 조르카는 아주 철저히 무장한 한 무리의 군인들과 마주쳤다. 군장에 비해 군복은 해지고 더러웠으며, 숲속에서 며칠을 보냈는지 형편없는 면도 상태에다가 일부러 시빗거리를 찾는 것 같았다. 그들은 자신들이 그곳을 통제하는 한, 지금 이 시간이든 언제든 통행이 금지되어 있다고 시빗조로 그녀에게 말했다. 그녀가 그들을 쳐다보지도 그들의 말에 놀라지도 않자, 상병은 신이든 알라든 그의 말을 허투루 듣지 않는다며 움직이는 것은 고양이든 개든 쏴 죽이라는 명령이 있었다고 경고했다. 그녀는 그들의 말에 아랑곳하지 않고, 강으로 향했다. 왜냐하면 시간이 이미 12시가 되어, 그녀의 죽은 자들을 보러 가야 했기 때문이었다. 상병은 그녀를 다시 한 번 불렀고, 그의 고함은 집 벽에 반향을 일으키며 튀어나와 겁에 질린 이웃들의 귀청에 박혔다. 조르카는 여전히 눈 하나 깜짝하지 않은 채, 발걸음을 옮겨 먼지를 일으키며 갈 길을 갔다. 상병은 저주를 퍼부으며 총을 쏘라는 명령을 토해 냈다. 영혼도 종교도 없는 군인들이 망설이는 동안, 그녀는 점점 멀어졌고, 군인 중 한 사람은, 안 돼, 그럴 수 없어, 그냥 넋 나간 늙은 여자일 뿐인걸이라고 생각했다. 분노에 갈라진 목소리로 상병은 명령을 반복했다. 그러자 한 병사가 전쟁 전 어떤 운 좋은 이가 멧돼지를 사냥하는 데 사용하던 아주 멋진 FR50을 장전하고선, 망원 조준경의 십자 안에 들어온 여자의 등을 겨냥해 방아쇠를 당겼다. 검은 집의 조르카는 헌 옷 꾸러미처럼 주저앉았다. 병사는 자신의 정확함에 흡족한 듯, 그녀에게로 다가가 놀라움을 감추지 않으며 그녀를 자세히 관찰했다. 그리고 고개를 들어 소리쳤다.

"이것 보십시오, 총알이 깊게 박혔는데도 아직 움직입니다!"

심하게 다친 조르카는 영혼이 좀 더 쉽게 빠져나가도록 하늘을 향해 고개를 돌려 피곤한 숨을 몰아쉬었다. 오래전 모든 눈물을 이미 쏟아 냈기 때문인지 하나도 아프지 않았다. 그리고 병사의 얼굴을 바라보며, 눈을 크게 뜬 채로 손을 뻗었다. 오랜 고통으로 무겁고 검어진 그녀의 피가 끓어오르는 소리에, 그녀의 마지막 말을 들은 것은 돌멩이들뿐이었다. 그리고 그녀는 가엾은 것, 이 하나가 더 빠졌네, 제대로 돌봐주지 않나 보네라고 생각했다. 병사는 시커멓게 끓어오르는 피가 신기했는지 웃음을 멈추지 않고, 조르카의 이마에 총구를 갖다 댔다. 그녀는 절망하며 심하게 떨었다. 그것은 결코 공포심 때문이 아니라, 피가 솟구침에도 무언가 말하고 싶은 것이 있었기 때문이었다. 총알은 그녀의 두개골을 박살내 버렸고, 병사는 승리와 기쁨에 찬 고함을 질렀다.

"이제는 움직이지 않아요! 이제는!"

그리고 그는 셔츠의 소매로 입에서 흐른 침을 닦아 내며, 가족도 없이, 영혼도 없이, 바보처럼 웃으며 병사들의 무리로 돌아갔다.

빵!

I (2)

    열 명이 엘리베이터에 올랐다. 꽃다발을 든 사람은 그 혼자가 아니었다. 경호원 같아 보이는 남자가 2층에서 합류했는데, 엘리베이터에 타기 전 끝내주게 예쁜 간호사에게 윙크를 했다. 꽃다발을 들고 있던 세 명은 4층에서 내렸다. 병원을 잘 안다는 듯, 그는 복도를 따라 439호로 향했다. 옆방에서는 보닛을 쓴 여자가 뭔지 잘 알아볼 수 없는 자질구레한 것들을 가득 담은 쟁반을 들고 나오는 중이었다. 찾고 있던 병실 문 앞에 도착했을 때, 그는 잠시 멈추었다. 그리고 항상 긴장 상태의 입술에 떨어진 땀방울을 닦고, 숨을 크게 들이쉰 뒤, 조심스럽게 노크를 했다. 들어오세요라고 약간은 호기심이 섞인 기력 없는 여자의 목소리가 들려왔다. 그 들어오세요에는 약간의 희망도 섞여 있는 것 같다고 그는 생각했다. 명함처럼 장미 다발을 앞으로 내밀며 당당하게 들어갔다. 곧, 고대부터 전해지는 피곤하지만 상기된 전형적인 산모의 자세를 한 그녀가 소파에 앉아 있는 모습이 들어왔다. 방금 아기에게 젖을 물린 게 분명했다. 아기는 이제 요람에서 쉬고 있었다. 그는 조용히 문을 닫고, 여자에게 다가갔다. 그녀는 소파에서 움직이지 않은 채, 그의 눈을 바라보았고, 곧 윗입술에 맺힌 땀방울을 알아차렸다. 그녀는 갈라진 목소리로 물었다.

"누구세요?"

남자는 아주 공손하게 미소 지으며, 꽃다발을 건네려 고개를 숙였다. 그녀는 본능적으로 꽃다발을 받더니 냄새를 맡으려는 듯 재빨리 코에 가져갔다. 이 때문에 그녀는 장미 사이에서 솟아난 권총 소음기의 검은 눈을 보지 못했다. 총알은 그녀의 열린 입으로 날아들었다. 그저 '빵!'이라는 죽음의 소리, 거의 달콤하기까지 한 소리밖에 들리지 않았다. 여자는 고대로부터 전해진 자신의 피로가 이제 영원할 것이라는 듯, 소파에서 부드럽게 미끄러져 내렸다. 신음 소리 하나 없었다. 그는 여자의 치마 위에 조심스럽게 꽃다발을 내려놓았다. 그리고 요람으로 고개를 돌려, 머리를 흔들더니, 권총을 쥔 손으로 입술의 땀을 훔쳤다. 그리고 엄지손가락을 움직이는 아기를 살펴보았다. 2는 아주 부드럽게, 거의 사랑을 담아, 총구를 아이의 뒷목에 갖다댔다. '빵!' 권총의 소리였다. 르부르제 공항에 도착해, 지탄 담배 반 갑을 피우고 나서야 심장이 정상적으로 작동했다. 이건 시작에 불과했다.

빵!   197

II (1)

1은 마치 앞좌석에 붙어 있는 식사대에 무척이나 관심이 있다는 듯, 정면에 시선을 고정한 채 파리로 향하는 비행을 계속했다. 한 번도 창밖 풍경에 눈길을 주지 않았다. 단 일 초도 집중력을 빼앗길 수 없다는 듯, 식사도, 음료도, 승무원의 눈을 보지 않은 채 거절했다. 일이 끝나면 딱 정해 놓은 바로 그 시간과 그 장소에 시가와 위스키를 들고 존재하기 위해 자신의 모든 것을 건 사람 같았다. 딱 두 번, 제거하라는, 음 그러니까 살인하라는 명령을 받은 남자의 벌게진 뒷목을 바라보았다. 그를 부르는 암호명은 0이었고, 밝은 머리색 덕분에 그를 놓치지 않고 따라가기는 매우 쉬웠다. 목표물을 두 번째로 바라보았을 때, 반대편 몇 줄 앞의 좌석에 앉은 0은 단단한 수갑으로 그의 손목에 작은 가방을 묶어 놨다는 사실을 더 이상 숨기지 않고 있었다. 신문 《프랑스 수아》를 읽고 있는 그는 1이 슬쩍 자신의 뒷목을 보았다는 것을 눈치채지 못했다.

다섯 줄 뒤에 앉아 있던 2는 어딘지 모르지만 정면을 보고 있는 1을 뚫어지게 쳐다보고 있었다. 3이 1을 따라 기다리라는 명령을 내린 것이 좀 이상했다. 심장이 정상적으로 뛰기 시작했던 공항 화장실에서 그를 끝내 버렸을 수도 있었다. 그는 등을 뒤로 기댔다. 그는 명령대로 바르셀로나에 도착해 일을 처리하리라 생각했다. 질문을 하거나 요구를 하는 대신, 복종하는 게 더 수월했다. 나탈리가 매우 좋아할 거야. 일이 끝나자마자 파리로 돌아가, 평생 못 잊을 저녁을 사 줘야지. 가장 화가 나는 건 흡연 구역도 없는 비행기 안에서 몇 시간을 견뎌야 하는 상황이었다. 모욕감마저 들 정도였지만 체념할 수밖에 없었다. 사실, 그는 이런 일 처리 방식에 이미 익숙했다. 항상 2가 되어 1을 쫓아가 죽이는 것. 한번은 1이 여자인 적도 있었다. 심지어 마음이 아프기까지 했다. 음, 그가 그 병원에서 마음이 아팠던 것처럼 말이다. 하지만 일은 일이었다. 분명, 가장 그걸 느꼈을……, 뭐라고요?

"커피나 음료……."

"위스키로 주세요."

승무원에 가려 1이 보이지 않자, 그는 갑자기 당황했다. 하지만 마음을 가라앉히며 얼굴에 미소를 지었다. 가 봐야 어디로 도망가겠어? 게다가, 3의 복잡한 게임 법칙에 의하면, 1은 2가 누군지도 몰랐다. 저런. 보이지 않지만 어디에나 있는 죽음을 인간들이 무시하듯, 1은 2의 존재조차 몰랐다.

"1의 죽음은 2가 되지." 조심성 없이 큰 소리로 말했다.

"네?" 승무원은 위스키 잔을 건넸다.

"아, 아닙니다……. 저는 그냥……." 그는 자신을 가만히 두라는 것인지 아닌지 모를 이상한 제스처를 했다. 승무원은 가던 길을 계속 갔고, 2는 마치 다른 승객을 관찰하는 듯, 여전히 앞을 바라보고 있는 1의 위치를 확인할 수 있었다.

자신이 0이라고 불리는지도 모르는 0은 커피나 음료나 아니면…… 하고 말하는 승무원에게 거절 비슷한 손짓을 했다. 가방과 연결된 수갑이 약간 불편했지만, 지금까지 여든두 번의 여행을 하는 동안 지켜 왔던 원칙들을 철저히 지키는 중이었

다. 그는 언제나 이런저런 브랜드의 제조법과 샘플을 들고 여행
해야 하는 향수 제조자 행세를 했다. 그래야 만일의 경우, 어딜
가든 늘 가방을 들고 돌아다녀야 한다는 변명을 할 수 있기 때
문이었다. 실은 내용물에 관심을 갖는 세관원들을 좀 즐겁게
해 주기 위해 특이 사항이 없는 것 같은 서류 몇 개 외에도, 방
금 3에게서 훔친 공책이 가방에 들어 있었다. 거기에는 지난
오 년간 그가 사업의 수금을 담당하며 남긴 은행 입출금 기록
이 적혀 있었고, 그는 아직 모르겠지만 그 기록은 그와 그 가
족 모두를 골로 보내 버릴 만한 내용들이었다. 그 공책의 처음
다섯 장만으로도 3을 평생 매장시키기에 충분했다.

0은 당연히 겁이 났다. 그것도 아주 많이. 왜냐하면 그 일에
는 마감 기한이 있었기 때문이다. 돈을 지불하고, 책을 바르셀
로나의 경찰서에 가져다주고, 자신의 알리바이를 위해 일부러
시스템의 접근을 지연시켜야 했고, 그녀가 해야 할 일에 대한
지시 사항을 전하기 위해 병원에 전화를 하고, 여덟 시간 후
리우로 향하는 비행기에서 둘이 만나는 것이 계획이었다. 아
니 이제는 셋이군. 예정에 없던 세 번째 사람이 바로 그와 그
의 부인으로 하여금, 0이 이제는 다른 인생을 꾸려 나가야 한
다고 마음먹도록 했다. 당연히 그의 아내도 0이 0이라 불리는
지 모르고 있었다. 그녀가 0-0으로, 그의 아들은 꼬마 0으로
불리는지도. 우리는 언제나 신의 계획을 무시해 버린다. 0은
겁에 질려 있었다. 하지만 그렇게 철저하게 계획된 대로 일이
마무리되어야 했다. 그는 상황에 대한 걱정으로 속이 뒤집힌
나머지, 승무원의 음료 제안도 거절했다.

III (0)

2는 호텔 레스토랑에 있는 창가의 일인용 식탁이 아주 마음에 들었다. 그 호텔에 머무르지 않아야 할 1이, 그곳에서 저녁 식사를 한다는 사실이 조금 이상했다. 1이 알아서 할 문제지 뭐, 하고 생각했다. 그는 명령을 따르기만 하면 되었다. 썩 내키지는 않았지만, 자신의 희생자와 레스토랑을 나눠 쓸 준비가 된 그는, 연기 뒤에 숨기 위해 담배에 불을 붙였다. 나쁜 생각을 털어 내기 위해서였을까, 그는 조심성 없이 레스토랑 지배인에게 1864와 미디엄 레어의 스테이크를 시켰다. 지배인은 그가 이 년 만에 병을 통째로 주문하자 눈이 오렌지처럼 둥그레졌다. 1은 창가에서 허겁지겁 식사를 하고 있는 신사가 주문한 병을 쳐다보다가, 자신도 주문을 넣은 것이 틀림없었다. 지배인은 매우 신나서, 수석 웨이터에게 인생은 정말 모를 일이라고 얘기했다. 그렇다 마다, 모를 일이지, 인생이란. 특히 3이 그렇게 계획한 것이라면 말이다.

1은 환상적이고, 보관이 잘된, 아주 잘 익은 포도주를 맛보다가 자신이 매우 싫어하는 광경을 목격하게 되었다. 0이 신원을 알 수 없는 여자와 함께 레스토랑에 들어오고 있었다. 계획에 들어 있지 않던 일이었다. 0은 호텔에서 저녁을 먹고 바로 잠자리에 들어야 했다. 왜냐하면 돈을 가진 연락책과 다음 날 아침 일찍 만나기로 되어 있었기 때문이다. 그런데도, 저 음흉한 자식은……. 이런, 움직임이나 말하는 모양새를 볼 때, 처음 만난 사이가 아니군. 그러니까 0은 바르셀로나에 애인을

빵!

두고 있었다.

아니면 그것은……. 1이 알기로는 0의 부인은 파리에 살고 있었다. 0이 새로운 사업 연락책들을 만나러 여행을 할 때마다 애인과 만나는 것이 틀림없었다. 그는 그 순간에도 손가방을 다른 데 놓지 않는 그의 모습을 지켜보았다.

"저 테이블로 하면 어때?" 0이 아무것도 들지 않은 손으로 가리켰다.

"좋아." 여자는 테이블 쪽으로 가며, 옆자리에 앉아 아주 큰 스테이크를 썰고 있는 남자에게 공손히 인사한 뒤, 0이 의자를 빼 주기를 기다렸다. 그 모습을 자세히 관찰한 1은, 그 껄렁한 여자가 콜걸일 것이라 생각했다. 커플이 자리에 앉자, 지배인은 메뉴를 들고 와 그들을 유심히 살폈다. 메뉴를 훑어보며 그녀는 그를 죽음으로 데려갈 손가방과 여행 가방을 가리켰다.

"이건 뭐야? 약혼 팔찌라도 되는 거야?"

"아니야." 주변을 살피는 그의 시선은 1을 스쳐 지나갔고, 2는 여자 쪽으로 고개를 기울이며 지배인에게 가까이 오라는 손짓을 했다. "포도주를 먼저 시킬까, 마리?"

"카티."

지배인이 가까이 오자, 0은 그에게 미소를 지었다.

"레드와인으로 부탁해요. 젤 좋은 걸로요."

"1864 어떠십니까?"

지배인은 0의 시야에서 벗어나자마자 여자에게 윙크를 했고, 고개를 좌우로 두리번거리며 멀어졌다. 믿을 수 없는 일이었다. 여자는 공격을 다시 시작했다.

"왜 그렇게 차고 다녀야 하는 거야?"

"비밀 제조법이거든."

"와. 그럼 당신 스파이야?"

"아니, 반대야. 누가 나를 감시하는 걸 원치 않지." 그녀의 입을 다물게 하기 위해 말했다. "향수야."

"그럼 그렇게 차고 이따가 침대로 가야 되겠네?"

0은 웃음을 터뜨렸다. 그녀의 농담이 맘에 들었다. 처음으로 일하는 방식에 약간의 변화를 준 것이었다. 보통은 일이 마무리될 때까지 섹스를 하지 않는 게 원칙이었다. 하지만, 이번에는 일이 끝나는 즉시 도망을 가야 했기에, 순서를 바꾸었다. 그들은 와인을 잔뜩 마시고 음식은 먹는 둥 마는 둥 한 채, 저녁 식사를 마무리했다.

IV (2)

슬픈 개들이 주인들을 데리고 나가 산책시킬 시간이 되었을 때, 1은 0이 방으로 들어가 여자와 손가방과 함께 다소 불편한 스리섬을 할 것이라는 사실을 확인한 후 자신의 호텔로 돌아갔고, 2는 그를 따라가고 싶은 것을 참고 자신의 방으로 들어갔다. 10층 복도에서, 우리 호텔에서의 숙박이 아주 편안할 수 있도록 최선을 다해 주는 작은 어메니티들을 가득 실은 카트를 끄는 청소원과 마주쳤다. 그녀는 시간을 거슬러 올라가는 듯한 금니로 수놓인 미소를 그에게 보내더니 자신의 가던 길을 계속 갔다. 2는 창가에 서서 삼십 분 넘게 바깥의 조명과 람블라 데 카탈루냐를 지나는 차들의 불빛을 멍하니 바라보며, 이 정도 수입에 일 년에 몇 번 나서지 않아도 된다면, 살인 청부업자로서의 삶도 나쁘지 않다고 생각했다. 그리고 항상 뒤가 든든하다고 생각했는데, 무엇보다도 베일에 싸여 있는 3은 언제나 무슨 일이 있기 전 이미 해결을 해 놓는 스타일이었기 때문이었다. 그는 무거운 발걸음을 질질 끌며 극장 앞을 지나는 콧수염의 남자가 1임을 알아보지 못했다. 그를 알아보기에는 너무나 거리가 멀었다. 호텔로 이미 발걸음을 옮기고 있던 1도, 고개를 들어 2가 자기를 보고 있는지 확인할 생각을 못 했는데, 왜냐하면 3이 자신을 3이라 부르는 것을 모르듯, 1도 2의 존재를 몰랐기 때문이다. 그걸 알았다가는 창가에 서서 몸의 실루엣만 드러낸 채 그를 보지 않는 듯 보고 있는 2의 존재도 의심했을 것이다. 2가 또 몰랐던 것은, 자신과 같은 호텔에서, 아직 아내와 아이가 죽은 사실을 모르는 0이 어떤 여자와 가방과 함께 열심히 무엇에 몰두해 있으며, 0이 자신의 희생자로 인해 발생한 희생자지만, 내 친구의 친구가 나의 친구가 되듯, 그도 나의 희생자가 되리라는 사실이었다.

V (1)

약속된 장소에서 돈이 지불되었다. 티비다보가 위치한 산의 전망대였다. 1은 여전히 손가방을 차고 있는 0이 비밀번호를 입력하여 가방을 열고, 신원을 알 수 없는 자가 건네는 꾸러미를 집어넣은 후, 덤불 속에 잘 숨어 있는 공중전화 부스로 걸어가는 모습을 바라보았다. 이른 아침 바르셀로나의 복잡한 풍경에는 전혀 관심이 없는 듯했다. 1은 0이 전화를 걸 때까지 기다려야 했다. 역시 예정에 없던 일이지만, 그를 쫓기 위해서는 어쩔 수 없었다.

"아니, 439호 병실과 연결 부탁한다고요." 병원 직원의 서툰 응대에 화를 내며 0이 소리쳤다.

"성함이요?"

"뭐라고요?"

"전화 거신 분 성함이 어떻게 되는지 물었습니다."

그는 잠시 망설이며 약간의 수상함을 느꼈지만, 자신의 이름을 말해 주었고, 산모의 남편이라고 덧붙였다. 전화를 받는 직원이 마이크를 덮고 뭐라고 뭐라고 알 수 없는 대화를 하는 것이 이상했다. 뭔가 지시 사항이라도 내려온 듯, 잠시 후 직원이 물었다.

"어디서 전화하시는 겁니까, 선생님?"

"그게 당신과 무슨 상관입니까?"

직원의 또다시 망설이는 소리에 그는 화가 솟구쳤다. 직원은 뭔가 숨기는 듯한 목소리로 말했다.

"잠시만 기다리세요. 원장님을 바꿔 드리겠습니다."

그는 파리에서 발신지를 추적하는 건 절대 불가능하다고 생각하며 전화를 끊지 않았다. 하지만 그의 직감은 무언가

빵!

가 틀어졌다고 이야기하고 있었다. 그러나 그의 직감이 말해 주지 않은 것은, 그의 바로 뒤에서, 1이 전화 부스의 문을 열고, 그의 귀에 소음기를 장착한 총을 갔다 대더니, 빵!, 그리하여 애정 넘치던 가족의 고리를 완성시키고, 그렇게 전문성을 갖고 일하던 사람을 그 자리에서 내려오게 한 것이었다. 연결된 전화 속에서, 1은 원장이 여보세요, 여보세요, 선생님?(프랑스어)라고, 선생님이 이미 고인이 된 줄도 모른 채 소리치는 것을 들었다. 그는 시신이 바닥으로 미끄러져 내리도록 둔후, 아주 빠른 동작으로 비밀 코드를 입력하며 비밀이 비밀이 아니라는 것을 만천하에 알렸다. 가방 안에는 95만 프랑이 든 봉투와 파리가 목적지로 표시되어 봉인된 작은 꾸러미 하나가 들어 있었다. 그는 물건들을 주머니에 넣은 뒤, 조심스럽게 서류 가방을 닫았다. 계획을 행동으로 옮긴 지 이십이 초 만의 일이었지만, 병원장은 여전히 시신의 귀에다가 여보세요, 여보세요, 선생님?(프랑스어)라고 말하고 있었다. 이 순간 이후부터 0은 진짜 0이 되었고, 1은 뒤도 돌아보지 않은 채, 명령에 따라 그의 이름으로 예약된 형편없는 호스텔로 돌아가, 누군가가 문을 두드리고 들어와 그를 살해한 후, 봉투 두 개를 가지고 나가기를 기다렸다. 실은 그때 누군가가 2의 열쇠 통에, 1이 묵는 숙소의 주소와 방 번호를 적어 넣어두었다.

VI (2)

가볍게 두 번 노크하는 소리가 났고, 1은 자신도 모르게 들어오세요라고 프랑스어로 말했다. 자신의 연락책이 누구인지도 궁금했고, 프랑으로 받게 될 두둑한 사례금에 대한 기대도 컸다. 침대를 정리하는 동안, 그 누군가는 문이 잠겨 여전히 들어오지 못하고 있었다. 그는 문을 열었고, 자신이 2인지도 모르는 2가 웃으며 그에게 들여 보내 달라는 손짓을 하는 모습을 볼 수 있었다.

"샤를 보들레르라고 합니다." 그가 말했다.

1은 그를 들어오게 했고, 방에 들어온 2는 문을 닫고 자리에 서서 기다렸다. 1은 그 뜻을 이해하고선, 서류 가방에 다가가 봉투 두 개를 꺼냈다.

"담배 있습니까?" 그가 물었다.

2는 아, 물론이지요라고 대답한 후, 반쯤 빈 담뱃갑을 꺼내, 자신의 제물에게 담배 한 개비를 건넸다. 심지에 불까지 붙여 줬다. 흡족한 1이 인생의 마지막 모금을 뻑뻑 빨아 대고 있을 때, 2는 봉투를 찢어 안의 내용물을 살펴보았다. 1은 그러한 행동이 썩 맘에 들지 않았다. 2는 됐어요, 정확하군요라는 의미의 윙크를 하더니, 주머니에 손을 넣어 권총을 꺼낸 후, 그에게 빵! 총알을 발사했다. 1이 상상할 수도 없는 깔끔한 솜씨였다. 아, 아까운 담배.

빵!

VII (3)

끝이 보이고 있었다. 수신지는 여전히 파리였지만 주소가 바뀌고, 돈과 비밀을 담아 새롭게 포장한 꾸러미를 호텔 우편 서비스에 맡기는 동안, 그는 약간의 비밀 조사가 필요하다고 생각했다. 책상 앞에 앉아 있는 직원들 중 가장 경험이 많아 보이는 직원에게 다가가 자신의 요구 사항을 이야기하자, 그는 알겠다는 듯 고개를 끄덕였다. 해결됐습니다, 그가 말했다. 방으로 돌아가서 기다려 주십시오. 2는 뭔가 약간 부족한 듯한 만족감을 안고 방으로 돌아와, 죽음을 기다리던 1처럼 침대에 드러누웠다. 시간을 때우기 위해, 그는 셔츠의 주머니를 뒤적거렸다. 마지막 남은 담배 한 개비가 있었다. 그는 당장 달려 나가 담배를 좀 더……. 아니다. 그는 불을 붙이고, 언제 나가서 담배를 사 올 수 있을지 모르니, 지금의 한 모금을 즐기는 편이 낫다고 생각했다. 똑똑, 노크 소리가 들렸고, 그는 자신의 운명을 시험해 보기 위해, 들어오세요!(프랑스어)라고 말했다. 문은 열려 있었다. 아, 실망이군. 아, 아니야. 10층의 청소를 맡고 있는 그 여자가, 금니를 드러내며, 냉장고를 향해 고갯짓을 했다.

"음료를 채워 넣겠습니다. 아무도 없는 줄 알았네요……"

"들어와요, 들어와.(프랑스어)" 그는 체념한 듯 말했다. 그리고 위스키병을 가리키며, 손가락으로 3을 만들어 보였다. 자신은 2임에도 불구하고 말이다.

청소원은 이상했지만 별말 없이, 테이블 위에 위스키 세 병을 올려 두고, 냉장고에 다른 음료를 채워 넣었다. 그리고 아주 단단한 허벅지를 자랑한 후, 최후의 금빛 미소를 2에게 남긴 후 재빨리 방을 떠났다. 몇 초 후 누군가 다시 문을 두드리는 소리가 났다.

키가 큰 검은색 머리의 여자였다……. 어디서 본 여잔데, 뭣 때문이었더라. 아, 그렇지.

"들어오세요, 들어와."

이제 기억이 났다. 지난밤 호텔 식당에서 본 그 여자였다. 그러니까 그 호텔에서 일하는 모양이었다. 얼굴 하나는 끝내 줬다. 사실이었다.

그는 침대에서 일어나 앉았다. 담뱃불을 끄고, 그녀가 입고 있던 초미니 재킷을 벗도록 도와주었다. 뭘 원하는지 물어보지도 않고, 그는 위스키 두 잔을 따르고 얼음을 넣으며, 그녀의 나체를 상상했다. 그는 기분이 좋은 듯 싱글벙글 웃었다.

"이름이 뭐예요?"

"카티."

"여기, 한잔해요."

그녀는 별말 없이 잔을 받아 들었다. 그녀는 한 모금 마시는 척하며 미소를 지었다. 본론으로 바로 들어가고 싶어 하는 것 같았다. 반대로, 그는 좀 천천히 진도를 빼고 싶었다. 그는 그녀의 손가방을 가리켰다.

"이봐, 혹시 담배 없어요?"

"난 담배 안 피워요."

"그래요, 뭐 중요한 일이라고."

뺑!

손에 권총을 들었을 때, 2는 매우 자신감이 넘치는 남자였다. 하지만 그렇지 않은 상황에서는 모든 것이 서툴렀다. 어찌됐든 그는 즐거운 시간을 보냈다. 그녀도 같은 생각이었는지는 궁금하지도 않았다. 그들은 잠시 동안 발가벗은 채 누워, 조용히, 기억에 잠겨, 꿈을 꾸듯 시간을 보냈다. 그리고 2는 더이상 못 참겠다는 듯 말했다. 기다려, 금방 돌아올게요.

　"어디 가는데요?"

　"담배 사러. 금방 올게요. 밖에 바로 자판기가 있더라고……."

　맨발에, 잠옷 바지와 팔이 짧은 티셔츠만 걸친 채, 여러 종류의 동전을 한 움큼 쥐고, 그는 벌써 밖에 나와 있었다. 침대에 누워 있던 카티는 절제라고는 모르는 세상 모든 흡연가들을 향해 얼굴을 찌푸렸다. 복도 반대쪽에서 동전과 사투를 벌이느라, 2는 그 모습을 보지 못했다. 뭐, 오늘은 그냥 연한 미제로 해야겠군, 별다른 게 없으니……. 이런, 딱 맞네. 믿기 힘들지만, 그가 한 움큼 쥔 동전이 마침맞게 딱 떨어졌다. 자판기에 마지막 동전을 넣고, 담뱃갑이 똑 떨어지도록 버튼을 누르려는 순간, 뭔가 알 수 없는 힘이 그를 기계 반대쪽으로 밀쳐 냈다. 몇 초 후, 그는 굉음에 귀가 먹먹해졌다. 놀라서 뒤를 돌아보았을 때, 그에게 보이는 건 연기가 자욱히 구름을 이루고 있는 모습뿐이었다. 하지만 금세 무슨 일이 일어났는지 알아차렸다. 2는 계단을 타고 아래층으로 도망가기 시작했다. 정신이 좀 돌아오자, 그는 잠옷만을 걸친 채 맨발로, 담배도 없이, 낯선 도시에 서 있는 자신을 발견했다. 그의 미래, 냉장고,

호텔 방, 그리고 카티를 날려 버린 폭발의 소리는 빵!이 아니라 붐!이었다.

흔적

인간이 5라면,
악마는 6이며,
악마가 6이라면,
신은 7이지.
이 원숭이는 천국으로 가 버렸지.
— 블랙 프랜시스

그렇게 큰 슬픔에 잠겨 본 적이 없었어. 내 인생에서는 아주 중요한 순간이었지. 기차가 굉음을 내며 터널을 지나자, 승객들은 뭔가를 간절히 갈구하는 개미들처럼 출구를 향해 걸어 나갔고, 나는 마요르스투엔역의 아무도 없는 승강장에 혼자 남겨졌어. 누군가가 휘파람을 부는 소리가 들려오더군. 처음에는 멜로디의 정체를 분별하기 어려웠어. 하지만, 곧 시벨리우스의 「핀란디아」에 나오는 주제 중 하나라는 것을 알았지. 시벨리우스를 지하철에서? 휘파람으로? 첫 번째 개미 통로에 들어가 보았더니, 아무것도, 개미 한 마리도 없더군. 쓸데없이 불을 밝힌 통로에, 화장실에서나 볼 수 있는 흰색 타일이 깔려 있었어. 음악이 어디에서 나오는 거지? 나는 십 분 후 있을 인터뷰는 완전히 잊은 채, 몇 걸음을 더 옮겨 보았지. 그 인터뷰는 내 인생을 제자리로 돌려놓을 수 있는 결정적인 것이었어. 만일 가능하기만 하다면 말이야. 집을 도망치듯 나온 지 삼 년이 됐구나. 손을 놓고 있으면, 일주일 후 내 삶에 아무 관심도 없는 여자와 결혼해야 한다는 사실을 불현듯 깨달았을 때였어. 숨도 쉬지 않고, 뒤도 돌아보지 않고, 엄마 생각도 하지 않은 채, 기차를 탔지. 정신을 차려 보니 나는 이미 코펜하겐에서 그곳 사람들의 고집스러울 정도로 체계가 잡힌 일상을 한껏 부러워하고 있었고, 생활비가 지독히도 높은 곳에서 살아남는 방법을 몸으로 부딪쳐 배우는 중이더군. 그래서 노르웨이로 가는 페리를 탄 것 같기도 해, 잘은 모르겠지만. 그러니까 형제들, 도망친다는 건 가족이든 소니아이든 그들의 불만과 저주로부터 벗어나는 걸 의미했지. 첫 번째 시도가 오슬로였던 거야. 배에서 내려 중심부에 있는 아주 비싸고 낡아빠진 숙소를 찾았지. 그 이후로 나는 꿈쩍도 하지 않았어. 노르웨이어든, 덴마크어든, 스웨덴어든, 아니면 영어든 한마디도 못하면서 오슬로에 발을 내딛는다는 게 쉬운 일은 아니거든. 조개처럼 문을 꼭 닫고 처박히고 싶은 마음이 들게 한단 말이야. 그래서 늘 사람들을 기분 좋게 하는 환한 웃음을 띠고, 사랑꾼 라틴 남자 티를 팍팍 내면서 살아가기로 했지. 여자들이 좋아하더군. 그리고 남자들도. 두 달 동안 피자헛에서 설거지를 하고, 석 달 동안 이탈리아 식당 흉내를 내는 곳에서 주방 보조로 일했어. 돈 때문에 일한 건 아니고. 조개처럼 계속 문을 닫고 살까 봐 그랬던 거지. 일을 하고 조금 지나니까, 정말 한심한 수준의 노르웨이어를 할 수 있게 되더라고. 노르웨이 사람들로부터 더 큰 동정심을 사는 데 도움이 됐지.

그런데 형제들, 노르웨이 사람들은 진짜 기가 막혀. 얼굴에 알 수 없지만, 기분을 좋게 하는 그 순진함이 늘 묻어 있어. 그리고 전부 자기들 같은 줄 알지. 남의 인생에 간섭 안 하고, 이웃에 해를 안 끼치고. 그들은 내가 어떤 사람인지 모르는 거야. 내가 음흉하다든가 그런 건 아니지만, 뭉크 미술관 현관에 지갑, 신분증, 열쇠가 가득 든 서른 개쯤 되는 가방이 날 좀 데려가 주세요 하고 있으면, 일단은 안 돼, 키킨, 하지 마, 그러고는 포기한다고. 하지만 젠장, 매일 그 가방들을 보고, 매일 하지 마, 그렇게 생각하다가, 어느 날 도저히 참을 수 없어서 그걸 했더니, 와, 노르웨이에서는 도둑질이 그렇게 쉬운 일인 줄 누가 알았겠어. 뭐가 필요해서 훔친 건 아니고, 기술의 완성을 위해, 노르웨이 남자들과 여자들을 이해하기 위해서 했다고 해 두지. 그들은 북쪽에 너무 오래 살아서 뇌가 꽁꽁 얼어 버린 것 같거든.

그 아첨꾼 페레 브로스가 피아노를 관둔다고 하기 며칠 전 오슬로 대학 홀에 왔던 날은 또 어땠는지 알아, 형제들? 멍청한 기돈 크레머의 바이올린에, 소나타 「봄」(느끼함), 「크로이처」(잘난 척 심함), 그리고 프랑크 소나타(완벽함)를 연주하던 날, 난 아주 돈을 많이 벌었다는 거지. 말 그대로야, 형제들. 이 노르웨이인들은, 정말 노르웨이인들다워서 오슬로 대학 홀의 코트 보관소는 우리가 생각하는 그런 곳이 아니라, 복도에 그냥 행거 몇 개를 갖다 놨다고 생각하면 돼. 어때, 형제들. 그 사람들은 불평할 자격이 없다니까. 왜냐하면 크레머와 브로스가 작품 번호 24의 안단테 악장에 몰입하고 있을 때, 난 키킨, 이 건 너무 지겨우니까 그냥 오줌이나 싸러 가자고 생각했지. 그 래서 나갔더니 끝없이 걸린 외투들이 나에게, 키킨, 젠장, 지 금이라고라고 말하고 있는 거 아니겠어. 크로이처 소나타가 절 반쯤 지났을 때, 나는 싱글벙글 콘서트홀로 다시 돌아왔지. 도둑들에게 일자리를 구해 주는 데 있어서, 노르웨이인들은 정말 진심이야.

집을 그리워해 본 적이 단 하루도 없었던 것 같아, 형제들. 엄마가 매달 몰래 용돈을 좀 보내 줬는데도 말이지. 엄마의 사랑이란 그런 거더라고. 아빠는 내가 오슬로에 있다는 사실 을 몰랐어. 하루는 엄마가 혼자 있을 것 같은 시간에 집에 전 화를 해서, 내 인생의 설명할 수 있는 부분을 설명하고, 마치 바르셀로나에 있는 것처럼 한 달에 한 번 용돈을 좀 보내 달 라고 부탁했지. 엄마한테는 공연도 보러 가야 되고, 뭐도 해야 되고, 대학 교육을 받았다는 사람들의 삶이 그렇잖아. 좀 오 버를 한 것 같긴 해. 왜냐하면 엄마가 콰드라스 집 사람들이 얼마나 좋은데 왜 소니아를 버린 거냐고 물었을 때, 우는 척 을 했거든. 내가 뭐라고 할 수 있었겠어? 엄마, 내 거시기가 작 다고 비웃는 여자하고 결혼하기 싫어요, 이렇게 말해야 했을 까? 엄마, 롤링 스톤스도, 제스로 툴도, 몬테베르디도, 그리고 그냥 음악이라면 다 싫다는 교양 없는 여자랑 어떻게 결혼해 요라고 설명할 수 있었을까? 차라리 그냥 우는 게 낫다고 생 각했지. 그래, 키킨, 잘했어, 왜냐하면 계속해 봐야 소용없는 그 대화 이후로, 엄마는 진짜 매달 돈을 두둑하게 보내 줬거든. 결론적으로는 말이야. 그래, 가끔 엄마를 생각한다는 말이 맞아. 엄마를. 하지만 엄마 말고도 더 있어. 내가 소니아나 아빠, 그리고 다른 가족들을 생각하기 시작하면, 원치 않는데도 모두에 대한 기억이 한꺼번에 밀려온단 말이지. 그럴 때면 난 북쪽을 바라봐. 마치 가족에 대한 기억을 영원히 얼려 버리기 위해 라플란드나, 필요하면 북극에라도 가 버릴 거라고 운명에게 협박이라도 하듯 말이야. 이 터널 끝에 어쩌면 굽이진 길이 있을까…… 아니다. 터널의 끝은 여전히 곧은 길에, 사람 흔적 없는 흰색의 무균 타일만 깔려 있는걸. 광고판에 서 있는 브래드 피트만이 음흉한 미소를 띠고 나를 바라보면서 들려오는 멜로디의 비밀을 숨기고 있었어. 하지만 멀리서든 가까이에서든 지하철 아래에서 들리는 시벨리우스 소리는 크게 다르지 않더군. 브래드 피트 옆에는 살로우 같아 보이는 해변 사진이 붙어 있었지. 마치 이스라엘의 자랑스러운 효율성이 보장하는 절대적 안전 속에, 휴가를 보내기에 아주 이상적인 곳이라고 오슬로 시민들에게 홍보하는 것 같았어. 사진을 좀 더 자세히 살펴보았지. 왜냐하면 정말 살로우 같았거든. 이런 걸로 속이는 건 아주 쉽단 말이야. 정말 미키 사가라의 별장[1]이 보이는 것 같군! 살로우를 이스라엘이라고 속이는 걸 상상해 본 적 있어? 그 사기꾼들은 살로우를 이스라엘의 관광 명소인 도르라는 곳으로 둔갑시켜 놓고선, 작은 배들, 그물, 행복한 어부

---

1) 앞의 이야기 「결과가 모든 것을 좌우한다」에 나오는 미키의 별장을 가리킨다.

들, 불가사리, 그리고 카지노가 있는 곳이라는 거야. 명화 같은 풍경에, 해변과 항구에는 야생의 환경, 어부들의 전형적인 삶과 전통 음식들이 여전히 보존되어 있는 곳이라고. 이스라엘의 친절한 모습을 발견하러 오세요. 아주 매력적이랍니다. 저런 사기에 화가 나 뒤로 돌아왔더니, 방금 전철에서 내린 같은 승강장이었어. 「핀란디아」는 마치 조롱하듯, 여전히 혼자 남겨진 바닥 타일을 호령하고 있었지. 또 다른 열차가 도착해 세상의 모든 멜로디를 집어삼키고, 지하철의 열린 문이 갈 길 바쁘지만 시벨리우스에게는 눈곱만큼의 관심도 없는 게 분명한 시민들을 토해 낼 때까지. 내가 특별히 시벨리우스에 관심이 있다는 소리는 아니야. 하지만 거의 고문처럼 괴로운 수준으로 음악에 대한 재능을 타고난 게 문제라면 문제지, 젠장. 어떤 음악이든 들리기만 하면, 다른 걸 못 하고 그 음악을 들어야만 하거든. 그리고 그걸 바로 암기하고 영원히 외워 버린단 말이야. 내 안에는 음악이 너무 많아 웬만하면 그걸 위장 속에 보관해 두려 하지. 하지만 그 음악들이 머릿속에서 멜로디로 변해 튀어나올 때면, 난 정말 미쳐 버리는 것밖에 할 수 있는 게 없어. 그래서 전철역에서 다시 혼자가 되기를 기다렸는데, 날 약 올리려는 건지, 음악이 사라졌지 뭐야. 내가 보기에는, 확실하지 않지만, 누군가가 그 미로 속 어디엔가 닿지 않는 구석진 곳에서, 오페라의 유령처럼 웃음소리를 질식사시켜 버린 것 같았어. 그 영혼 비슷한 환영의 출현에 정신이 너무 팔렸던 나머지, 난 시계를 보고 놀라지도 않았지. 베렌시올 선생과의 진료 시간에 심각하게 늦어버린 거야, 형제들. 지하

흔적　　　　　　　　　　　　　　　　　　　　　　　　217

30미터에서 시벨리우스를 생각하느라. 지각 때문이 아니라, 그 웃음소리 때문에 반쯤 혼란스럽고, 반쯤 부끄러운 마음으로 출구를 향해 줄을 섰어. 그리고 나의 모든 물질적, 영적 문제에 대한 구원을 찾아야 할 정부 건물로 향해 갔지. 형제들, 맹세컨대, 정말 그 웃음소리의 목을 졸라 버리고 싶었다고.

바깥은 8월인데도 뼈가 녹을 것같이 추웠어. 정부 청사의 거대한 건물을 보고 있자니 내가 한없이 작아지더군. 좀 더 주술적인 시대에 살았던 성당 앞에 서게 된 신자들과 같은 느낌을 나도 받은 거지. 아니면 국립 갤러리(마구 뒤적여진 네 개의 가방, 380크로네, 말썽을 좀 부렸지만 곧 애정을 갖게 된 귀여운 다마고치, 며칠 후 짭짤한 크로네로 변신한 세 개의 운전면허증)에 가서 그림을 감상할 때 느꼈던, 그 마비 효과와 좀 비슷하다고 해야 하나. 특히, 아무 그림도 없는 빈자리의 상태가 인상 깊었지. 34번 방, 살아 있는 한 나는 영원히 그 방 번호를 잊을 수 없을 거야. 왜냐하면 도로를 마주한 창문으로 D현의 튜닝이 엉망인 바이올린이 바흐 무반주 파르티타 2번의 사라방드를 연주하는 소리가 혐오스럽게 들려왔거든. 마치 내가 싫어하는 쓴 음료를 들이켠 느낌이었어. 신성한 성전에 그렇게 모욕적인 소리가 울려 퍼지게 두다니, 30번에서 36번 사이의 방을 관리하는 여자에게 잔소리를 할 뻔했지. 하지만 참았어. 그냥 찌푸린 얼굴을 하고 그 여자를 쳐다봤더니, 나에게 미소로 화답하더군. 내 상냥한 라틴 남자 분위기가 부리는 마법이 그런 거야. 34번 방, 그리고 그림 없음. 나는 삼십 분 동안 벽 한쪽에 서서, 그렇게 크지 않은 렘브란트 판레인의 그림이 남긴 흔적을 바라보았지. 유럽 순회전으로 그의 그림이 출타 중이신 것 같았어. 하지만 그림 없는 빈자리를 감상하는 것이 진정으로 영혼을 살찌우는 법. 렘브란트에 의해 감춰졌던 벽과 그렇지 않은 벽의 색깔 차이가 세월의 흐름을 여과 없이 드러내더군. 시간은 기다려 주지 않으며, 시간은 모든 것을 집어삼키는구나.(라틴어) 수없이 거쳐 가며 눌어붙었을 노르웨이인들의 시선들, 양파 껍질처럼 들러붙었을 거리의 매연들. 뭐, 노르웨이산 자동차나 난로가 그런 매연을 뿜어낼 일은 없을 것 같지만 말이야. 벽은 전시된 작품 같은 건 개의치 않는다는 듯, 푸르죽죽한 색을 띠고 있었어. 그 반대로, 그림에 가려졌다 이제는 노출된 벽은 용감하고, 생생하며, 좀 더 밝고, 긍정적인, 이젠 좀 물러서세요, 내 차례예요 같은 종류의 색상을 띠고 있었지. 그리고 경계, 두 초록 사이의 경계는 렘브란트의 정확한 실루엣을 표시하고 있더란 말이야. 브라보. 훌륭해. 렘브란트의 빈자리 옆에 어떤 그림들이 있었는지는 기억나지 않아. 이런 엄청난 경험을 한 후, 난 또 다른 그림의 빈자리를 찾아 오슬로의 모든 박물관을 찾아다녔지. 서너 군데가 아주 맘에 들었어.

여러 대의 에스컬레이터가 돌아가는 정부 청사의 거대한 로비에 들어섰을 때, 거친 에어컨 바람이 얼굴을 쓸고 가더군. 노르웨이인들은 해가 나면 더위에 쪄 죽는다고 생각하거든. 건물 내부를 안내하는 한가한 공무원에게 몇 가지를 물어보고, 가장 긴 에스컬레이터에 올랐어. 바로 옆에는 하행 에스컬레이터가 있어서, 흡족하거나 그렇지 못하거나 볼일을 다 본 시민들이 내 옆을 아주 가까이 지나고 있었지. 바로 그때, 그녀를 보았던 거야.

사실, 난 노르웨이에 별 마음이 없어. 그냥 하나의 도구일 뿐이었지. 하지만 형제들, 바르셀로나로 다시 돌아가지 않아도 된다면, 노르웨이 시민권을 따는 건 가치가 있다고 생각했다고. 뭣보다도 엄마가 계속 돈을 넉넉히 보내 준다면 말이야. 이 모든 건 베렌시울의 손에 달려 있었어. 시민 여러분이 나에 대해 제기한 수많은 불공정한 불평들을 검토하고, 아니 대체 이 착한 키킨과 무슨 상관이 있습니까라고 결정을 내려 주어야 하는 건 그였지. 왜냐하면 아무리 내가 노르웨이에 정이 가지 않는다 해도, 난 여기에 남고 싶었거든. 어떤 고약한 보스니아 놈하고 담배를 밀수하는 사업을 시작한 지 얼마 안 됐단 말이야. 꽤 큰돈을 벌 수 있을 텐데, 생각만으로도 어질어질하구먼. 그리고 팬티 속에 1000크로네짜리 지폐를 두둑히 넣고 나타난다면, 소니아도 더 이상 거시기가 작다고 하지 않을 거야.

그 정부 청사 로비에서 내 인생 처음으로 그녀를 봤어. 그녀는 나에게로, 나는 그녀에게로, 에스컬레이터라는 마법의 벨트를 타고서 서로에게로 다가갔지. 그녀의 눈동자는 폭포 아래 있는 물웅덩이 색을 띠며 나를 바라봤고, 오직 나를 위해서만, 하늘을 나는 양탄자를 타고 가듯 머리카락을 흩날려 주었어. 길이가 짧고 심플한 원피스를 입고 있었는데, 거짓말 하나도 안 보태고 몸매가 완벽하더군. 그리고 그녀 역시, 형제들, 내가 입이 벌어진 채 그녀를 바라보는 것과 거의 같은 강도로 나를 바라봤다고. 처음으로 내 마음을 완전히 빼앗아 간 노르웨이 여자였지. 굉장한 여자였어. 굉장한 여신이었지. 서로에게 아주 가까워졌을 때, 우리는 미동도 없이 서로를 지나쳤어. 그때 나는 그녀의 향수, 피부, 옷에서 퍼져 나오는 향기와 그녀의 기억에서 샘솟는 은은한 냄새를 맡을 수 있었지. 아주 짧은 순간 지속된, 순식간에 사라져 버린 느낌이었지만, 평생 잊을 수 없는 것이었어. 더 이상 그 에스컬레이터에 사람들이 타고 있는지, 아니면 여신이 혼자서 강림하는 중인지 눈에 들어오지 않더군. 그리고 나는 입이 벌어진 채, 경외심 가득하며, 아주 급하게 솟는 욕구에 홀려 넘어지고 말았어. 크게 이야깃거리가 없는 베렌시올 선생을 찾아 에스컬레이터를 타고 위로 날아가다가 말이야. 그는 아마 십오 분 전부터 화가 나 책상을 톡톡 두드리며, 세 번째이자 마지막 검토 기회에 늦는 나에 대해 나쁘게 생각하고 있을 거야. 그녀도 몸을 돌려 나를 바라봤는데, 내가 그녀를 자세히 보는 것처럼 강렬하게 나를 바라본다는 느낌을 받았어. 발키리[2]의 느낌이 났다고. 그리고 우리는 도둑도, 노르웨이인들도, 우리를 괴롭히는 악인들도, 마녀들도, 지겨운 싸움들도, 잔인한 소니아들도 없이 온 우주 속에 우리 둘만 존재한다는, 복제 불가능의 감정을 느꼈어. 우리 둘은 그런 감정을 동시에 느꼈고 같은 생각을 했기에, 에스컬레이터의 끝에서, 나는 다시 내려가는 길을 그

---

2) 북유럽 신화에 등장하는 여전사들. 오딘신을 모시며, 죽은 자들 중 적합한 자들을 가려내어 오딘신이 머무는 발할라 궁에 데려오는 역할을 한다.

녀는 다시 올라가는 길을 택했지. 나는 충동적인 편이라, 만일 그녀와 내가 똑같은 지점에서 서로를 다시 스친다면 그게 얼마나 말도 안 되게 웃기지만 좋은 상황인지 가늠할 수도 없을 지경이었어. 하지만 그녀도 결국은 똑똑하기 그지없는 노르웨이 여자였던지라 발걸음을 멈추더니 에스컬레이터에서 내리더군. 형제들, 그녀가 페넬로페의 정절로 그 느려 터진 에스컬레이터에서 우리의 관심 밖인 사람들과 한데 섞여 있는 내가 내려오기를 몇 날, 몇 달, 몇 년이고 기다리더란 말이지. 그리고 우리가 서로를 마주하고 섰을 때, 나는 그녀가 나보다 손가락 두 마디 정도 더 큰 것이 확실하고, 역시 폭포 아래 웅덩이 같은 색의 눈을 가져 잘못했다가는 풍덩 빠져 버릴 수도 있겠다는 생각이 들더라고. 나는 웃으며 그녀에게 내 이름은 아베라르드[3]입니다. 당신은요라고 말했어.

"드디어 만났군요."

우리는 자리를 구석으로 옮겼고, 그녀는 손가락 끝으로 내 손을 쓸어내리며 마치 새로운 사람의 새로운 이름을 불러 보는 듯 아베라르드라고 되뇌더군. 이름이 마음에 드는 것 같았어.

"정말 예쁘군요."

"베렌시올 선생과의 인터뷰는 잘 끝났나요?"

---

3) 피에르 아벨라르(Pierre Abélard, 1079~1142)를 카탈루냐식으로 부르는 이름. 중세 프랑스 철학을 대표하는 철학자이자 신학자다. 스콜라 철학의 대가로 명성을 떨치던 중 로마 가톨릭 수녀 엘로이즈(카탈루냐식으로 엘로이자)와 만나 사랑에 빠진다. 키킨은 자신과 노르웨이 이민 변호사의 관계를 아벨라르와 엘로이즈의 관계에 빗대어 상상하고 있다.

“물론! 노르웨이가 엄청 넓기는 하지만, 결국 당신을 찾아 낼 줄 알았죠.”

그녀는 웃으며, 마치 이런 눈은 처음 본다는 듯 내 얼굴을 가리켰어. 내게 가까이 다가와 벨벳처럼 부드러운 목소리로 말했지.

“당신에게 더 이상 해 줄 수 있는 건 없어요, 마즈데샤샤르 트 씨. 이제는 정부가 결정할 일입니다.”

“나도 당신과 같은 눈을 본 적 없어요.” 부드럽게 그녀의 팔을 잡으며 말했어. “당신은 나에게 일어난 가장 중요한 일이오. 어떻게 그동안 우리가 서로를 몰랐을까?”

“나를 놓지 않으면, 아무리 당신의 변호사라도, 경찰을 부를 수밖에 없어요.”

“아니, 난 이탈리아 사람이 아니라고요.” 약간 당황하여 팔을 풀며, 좀 삐진 듯이 말했지.

“최종 결정까지는 일주일 정도 걸릴 겁니다. 저도 참석할 거예요.”

“그러지 않아도 되는데.”

“노르웨이어를 잘하신다는 걸 압니다, 하지만 그래도 원하신다면……”

“고마워요.” 그녀의 말을 끊었어. 그리고 단호하게 말했지. “당신도 노르웨이어를 아주 잘하잖소.” 나는 아주 중요한 주제의 대화를 이어 갔어. “하나도 중요하지 않아요, 내가 어디 출신인지는.”

그녀는 뿌리를 부정하는 내 모습이 어리석다고 생각했을

거야. 조용하게 아래만 바라보더라고. 나는 겁이 났고, 그녀를 더 사랑하게 됐어. 그녀가 중요하다면 중요하다는 거니까! 왜 나는 이탈리아 사람이 아닌 걸까, 젠장? 응? 왜 바르셀로나에 태어났단 말인가? 몬테스칼리오소에 날 낳아 주지 못한 저주 받을 아빠 그리고 엄마(아 엄마는 아니다, 엄마는 즉시 구제했다.). 발키리를 깊이 사랑한 지 너무나 오랜 세월이 지나, 이탈리아에 관한 문제들을 금방 잊어버렸어. 그녀의 손을 잡았다가 너무 뜨겁길래 얼른 놓아주었지. 그녀는 마치 뭔가 맛을 보듯, 손가락 끝으로 나의 피부를 건드리더군. 그리고 웃으며 말했어.

"쉽지는 않을 거예요." 목소리가 낮아졌어, "간단한 케이스는 아닙니다. 건강 검진 기록까지 요구하니까요."

"당신이 옆에 있으니 밤이 두렵지 않습니다, 주여."

"이제 일어나시죠. 원하면 제 택시를 같이 타셔도 됩니다."

나는 기쁨 앞에 섰고, 그 기쁨을 온몸의 구멍으로 흡수했지. 그제야 왜 나의 운명이, 내가 사막에서 도망쳐, 평화와 즐거움의 도시 오슬로에 도착할 때까지 나를 멈추게 하지 않았는지 깨달았어. 이졸데가 나를 기다리고 있었던 거야.

"당신 침대로 날 데려가 줘요, 여신이여."

벌어진 입, 처녀의 입, 소심한 입, 거절의 입을 하고 그녀가 아무 말도 하지 않길래 나는 조금 도와줘야겠다고 생각했지.

"좋아, 엘로이자. 우리의 휴가지로 좋은 곳이 어딘지 알아요?"

"저쪽 문으로 내리세요."

"도르가 좋아 보여요. 이스라엘의 아주 작고 고요한 마을인데, 살로우와 아주 가까워요. 텔아비브로부터 북쪽으로 50킬로미터, 하이파로부터는 남쪽으로 20킬로미터 정도 가면 나와요. 명화 같은 풍경에, 해변과 항구에는 야생의 환경, 어부들의 전형적인 삶과 전통 음식들이 지금까지 보존되어 있는 곳이라고요. 이스라엘의 친절한 모습을 발견하러 오세요. 아주 매력적일 겁니다. 엘알 항공으로 두 장 예약하면 되겠죠? 2000년 새해를 거기에서 맞이하면 되겠네요."

그녀는 주의 깊게 내 말을 들어 주었고, 나는 속을 터놓고 싶었어.

"좋아요." 그녀에게 말했지. "그럼 내가 노르웨이인이 되고 난 뒤에 도르에 갑시다."

그때 베렌시올 선생이 서류에 사인을 하고, 나에게 여권을 내주고, 나는 노르웨이 발키리 옆에서 평화롭고 고요하게 몇 년을 보내는 모습이 흐릿하게 머릿속을 스쳐 지나갔어. 그리고 갑자기, 내 얼굴은 창백해졌어. 망할 베렌시올 선생! 아직 아무 서류에도 사인을 안 했잖아! 나는 곧 식은땀을 흘리기 시작했어.

"날 좀 기다려 줘야겠어요, 엘로이자. 급한 일이 있는 걸 깜빡했어."

"하지만 나는……"

"잠깐이면 돼요." 그녀의 말을 끊었지. "내 사랑, 여기서 기다릴 거죠?"

그리고 나는 섬세하지 못하게 손목시계를 보고 말았어. 그녀는 고갯짓으로 어떻게 할 건지 물은 후, 내가 멀어지는 모습을 지켜보았지. 한참이 지나서야 폭포수 아래 웅덩이 색이 진흙빛이 된 것을 알아차렸지. 나는 중세의 기사처럼 힘차게 위층으로 향하는 에스컬레이터에 올라, 엘로이자를 만나 보지 못한 불행한 중생들을 이리저리 밀쳐 내며 최선을 다해 의사 선생 앞에 도착한 후 국적 변경의 조건을 수용하며, 최대한 빨리 끝내기 위해 흥정도 반항도 소란도 없이 사인을 하고, 기쁨을 안은 채 돌아왔어.

하지만 일은 늘 뜻대로 되지 않는 법. 그건 노르웨이에서도 마찬가지였지. 베렌시올 선생, 발키리 엘로이자가 선생이 일하는 정부 청사의 산자락에서 폭포수 아래 웅덩이 같은 눈을 하고 날 기다리고 있다는 사실을 모르는 건가요? 네, 베렌시올 선생? 결국 그는 수치스럽고 불확실한 칠 분을 기다리게 한 거야. 일, 이, 삼, 사, 오, 육, 칠 분의 말도 안 되는 시간 속에서 어쩌면 나는 내 사랑으로부터 영원히 멀어지고 있었지. 사탕발림 가득한 라틴족의 미소를 띠고 그 앞에 앉았을 때, 의사 선생은 거의 두 시간 동안 안경을 닦는 것 같더니, 나를 아무 말 없이 바라보더군. 아빠가 그 말을 할 때 표정과 완전 똑같았지. 애를 대체 어떻게 하지, 어떻게 하냐고, 응, 엄마? 자동차도, 말도, 엽총도, 아무것도 물려주지 않을 거야. 넌 그럴 자격이 없어. 아버지는 날 사람 취급한 적이 없었지……. 이제 그만, 너무 역겹고 토하고 싶지 않으니까.

"당신은 아직 안정된 직업을 가졌다고 볼 수 없습니다, 마스데샤샤르트 씨."

좋아요. 팔에 일련번호를 찍어 주시죠. 노르웨이 만세. 좀 바쁘거든요. 빨리 가 봐야 합니다.

"하지만 안정적이고 정기적인 소득이 있어요."

"전 직업을 얘기하고 있습니다, 마스데샤샤르트 씨."

주변에 사람들만 많지 않았다면, 이 종이칼로 교구의 성직자처럼 살찐 네 목을 그어 버리는 건데. 난 엘로이자를 사랑하기 때문에 그냥 노르웨이인이 되고 싶은 거라고.

"내일 면접이 하나 있어요. 가정에 방문해 세탁기를 고치는 수리공 일입니다."

"잘됐군요……." 삼십 분 동안 생각하더니. "당신에게 적합한 일 같습니다."

"빵이 나는 곳이, 내 조국이다.(라틴어)"

"뭐라 했습니까?" 성직자는 내가 어떤 비밀 메시지라도 전할까, 의심의 눈초리를 거두지 않았다.

"전 진심으로 노르웨이를 사랑합니다, 베렌시올 선생."

"전 당신의 시민권을 심사할 자격이 없습니다만, 많은 시민들이 당신을 좋아하는 것 같진 않아요. 석 달치 연금이 여전히 밀려 있고, 공공질서를 훼손한 당신의 행동에 대해 열여섯 건의 신고가 들어와 있습니다."

개자식들, 노르웨이 구직자들은 내가 금발도 아니고, 키도 크지 않고, 거시기도 작다고, 날 괴롭히려고만 해.

"분명 오해가 있을 거예요, 베렌시올 선생."

"열여섯 건의 오해란 말인가요."

의사 양반의 짧은 대답은 모욕적이었지. 하지만 그는 안방에서 경기를 하는 중이었고, 나는 군중의 지속적인 도발에 넘어갈 수는 없었어. 그러니 형제들, 나는 그냥 미소만 지었지. 나는 운명의 손에 놓인 사랑의 징표로, 내가 원하는 건 나의 폭포수 웅덩이 곁으로 돌아가는 것뿐이었으니까. 나는 그렇게 인터뷰를 끝냈어.

로비로 향해 발걸음을 옮기며 나는 세상에서 가장 행복한 남자라고 소리를 지를 뻔했지. 사람들 무리가 이리저리 뭉쳐져 있어, 에스컬레이터에서 누굴 앞지르기는 힘들었어. 그래서 나는 그녀가 날 기다리고 있는 축복받은 벽 쪽으로 고개를 내밀었고, 온전한 기쁨만을 담은 미소를 활짝 지어 보였어. 하지만 얼마 지나지 않아, 그 미소는 무너져 내렸지. 엘로이자가 그곳에 없었거든. 그래, 어쩌면 저기…… 아니면 좀 더 앞에…… 혹시 휴지통을 찾으러…… 아님 누굴 잠깐 보러…… 아래층에 도착했을 때, 엘로이자의 소멸을 설명하는 시나리오는 내가 가진 것만 2000개였어. 주변을 둘러봤어. 낯선 얼굴들만 가득한 가운데, 내 발키리의 얼굴만 없더군. 나는 실망했고, 내 영혼은 엘로이자여, 나의 폭포수 웅덩이여, 어디 있나이까?(라틴어)라고 말했지.

두 시간인지 세 시간인지, 온 동네를 찾아다녔어. 샅샅이. 수십 명의 사람들에게 물어보고, 젠장, 젠장, 젠장, 차에 치였으면 어쩌나, 납치라도 됐을까, 아니면 살해라도 당했을까 생각하며 오십 번이나 거리에 나가 봤어. 동네를 살펴보고 또 살펴봤고, 폭포수 아래 물웅덩이 색의 눈을 가진 여인의 작은 흔적이라도 찾으려 쓰레기통도 몽땅 뒤졌지. 하지만 세상은 끝났고, 엘로이자를 절대 다시 볼 수 없을 거라는 생각이 들더군. 늦은 오후, 지치고, 배고프고, 땀에 젖어, 목이 마른 채, 나는 정부 청사로 돌아왔고, 킹 크림슨의 소리 세계에 문을 걸어 잠그고, 그저 당신들 모두가 폭발로 사라져 버렸으면 좋겠다고 생각했어. 아, 형제들, 자네들 말고. 저 사람들 말이야. 크림슨의 노래가 너무 듣고 싶어서, 오스테르하우스가테의 음반 가게에 가, 예를 들면, 「인 더 웨이크 오브 포세이돈」을 사고 싶은 척하는 게 가장 좋은 방법이 아닐까 하는 생각이 들더군. 그리고 한 시간 후에, 내 지중해식 미소로, 당직을 서는 지그리드에게 아, 아니다, 그러면 안 되지. 크림슨을 들으며 모든 걸 잊기에는 오스테르하우스가테의 가게가 제일 낫다고 생각하며 지하철에서 내렸지. 비참한 기분이었지만 지하철 통로의 흰색 타일을 보니 몇 시간 동안 숨어 잠잠했던 멜로디가 다시 떠올랐고, 심지어 크림슨을 버리고, 급히 시벨리우스나 한 방 맞고 싶은 생각이 들었어. 나는 슬펐거든, 형제들. 정말 슬펐다고. 도시에 존재하는 것은 얼마나 외로운지, 얼마나 황량한지!(라틴어) 최초의 순교자 성 스테파노가 나와 비슷한 상황에 처해 말했었지. 그 이상한 장소에서 음악의 휘파람 소리가 다시 들려오리라는 희망을 안고 지하철 세 대를 그냥 보냈지만, 나는 운이 없었어. 오히려 반대로, 거만한 자세가 몸에 밴 검은색 머리와 푸른 눈의 어떤 여자가 내 옆에 스피커와 사탄의 기계를 설치하고 미소로 협박하더니, 카세트테이프 반주에 맞추어, 가장 대중적이고 부르기 힘든 오페라의 아리아로 구성된 부끄럽기 그지없는 목록들을 불러 나가지 않겠어. 가짜 소프라노가 아리아로 공기를 가득 채우는 동안, 나는 여자의

혼적

머리통을 깨 버려야 할지 아니면 성대 줄을 끊어야 할지 헷갈리더군. 하지만 난 여전히 적진에서 경기 중이라는 사실을 기억하고 참기로 했어. 참을성이 한계에 도달했을 때, 나는 바로 다음 열차를 타고 그곳에서 달아나기로 마음먹었지. 그렇게 열차가 도착했고, 여자는 나의 출발에 경의를 표하며 조용해지더군. 열차 칸은 거의 비어 있었어. 열차의 문이 한숨을 내쉬며 닫히는 순간, 아주 깨끗하고 정확한, 그리고 거의 비웃는 듯한 「핀란디아」의 그 주제가 들려오는 거야. 승강장에서 나는 소리였어. 나는 절망적으로 문을 멈추려 문 사이에 억지로 손을 집어넣었지. 하지만 개의치 않는다는 듯 두 문짝은 나의 요청을 두 동강 내고는 출발해 버리더군. 내 의지와는 반대로, 꿈을 향한 어떤 희망에서도 나는 멀어지고 있었어.

호텔에 도착했을 때 나, 바르셀로냐와 키킨은 오스테르하우스가테에서의 실수를 벌써 깨닫고 있었지. 근무 중이었던 지그리드가, 나에게 포세이돈을 주려 했지만, 진열대 위에 쌓여 있는 페레 브로스의 마지막 독주회 앨범이 궁금증을 자아내더군. 그게 정말 마지막 독주회였다면, 그는 죽어 마땅해. 왜냐하면, 얼마 전 오슬로에서 기돈 크레머와 연주를 해서 날 부자로 만들어 줬던 그 연주회는 뭐냐는 거지. 궁금해진 나는 시디를 틀어 달라고 했지. 슈베르트, 언제나 그렇듯, 내림나장조로 울어. 하지만 피셔 머시기라고 하는 놈은 제기랄……. 맙소사, 뭐 이렇게 이상하고 프립[4]스러운 게 있지. 나는 다섯 번

---

4) 앞의 이야기 「결과가 모든 것을 좌우한다」에서부터 키킨이 계속 듣던 킹

이나 들어 보고, 시디 한 장을 훔치기로 했어. 왜냐하면 그 대단한 음악을 내가 소유하는 것만이 정의를 실현하는 방법이었으니까. 그런데 가죽 재킷의 주머니에 시디를 넣고 나의 다마스쿠스에서 돌아오는 길에 나는 호텔 앞에서 실실 웃고 있는 베렌시올 선생을 만났지. 양옆에 제복을 입은 뚱뚱한 공무원 두 명을 대동하고 왔더군. 그는 나에게 대체 어디 그렇게 오랫동안 처박혀 있다 나온 거냐고 물으며, 날 두 명 중 한 명의 고릴라에 넘기고는, 그가 꽤 높은 계급의 누구누구 경위라고 알려 주더군. 이름은 기억나지 않지만. 알고 보니, 내 변호사가 발키리를 추행하려 했단 이유로 날 고발했고, 그 보스니아 개자식은 날 신고하며 내가 무슨 밀수한 담배를 반값에 공급하는 불법 조직의 대장이라고 해 놨더란 말이지. 그런 두 가지 거짓 고발에 난 너무 화가 났지만, 두 공무원은 저항해 봐야 소용없다는 손짓을 했어.

이 모든 내용을 기록할 수만 있다면, 형제들, 이건 바르셀로나인들에게 보내는 바르셀로나 출신 키킨의 첫 번째 편지가 될 테지. 하지만 경찰의 닭장차가 노르웨이스럽지 않게 너무나 흔들려 그건 힘들 것 같군. 이제 그만 꿈에서 깨어나, 키킨, 실용적인 접근을 해야 할 때야. 지금 당장 우유와 치즈로 채워진 바이킹족들에게 말해야지. 엄마 없이는 아무 진술도 하지 않을 거라고.

크림슨 밴드의 창립 멤버다.

협상

그제야 그가 늙어 가고 있다는 사실이 눈에 들어왔다. 이브 솔니에르의 얼굴에는 시간의 흐름이 가느다란 실선으로 새겨지기 시작했고, 기한 없는 피곤함의 기운이 감돌고 있었다. 그들은 조용히 책상 앞에 앉았다. 반대편에는 흠잡을 데 없는 회색 정장 차림의 변호사들이 앉아 있었다. 그들은 발처 주교만큼 기대에 차, 그와 솔니에르를 번갈아 바라보며, 매우 놀라워하는 것 같았다. 바티칸에서 온 변호사 람베르티니만이 흠잡을 데 없는 회색이 아닌, 흠잡을 데가 더더욱 없는 검은색 정장을 입고 첫 줄에 앉아, 겁에 질린 눈빛 대신 기도를 준비하는 사람처럼 눈을 감고 있었다. 아니면 낮잠을 자려는 사람처럼.

"그럼 어쩔 수 없지요." 강한 어조로 이브 솔니에르가 말했다. "교회 측의 거짓 고발이라고 볼 수밖에 없으니, 아주 강력하게 항소할 겁니다."

가우스 주교는 솔니에르를 물끄러미 바라보더니, 자신의 변호사처럼 졸음에 빠진 듯 한참 후에 대답했다.

"여러분들은 잘 모르시나 봅니다만," 잠에서 깨어나며 그가 말했다. "거짓 고발이 절대 아닙니다. 증거가 뒷받침된 고발이에요."

"재판까지 가야 한다면 가는 거죠." 잠에서 깨어난 바티칸의 변호사가 말했다. "끝까지 가 보는 겁니다." 그리고 다시 열반 비슷한 상태로 돌아갔다.

"그 증거라는 게, 어디 있습니까?"

"피에르 그로스만 씨가 합의를 원치 않는다면, 재판에 가서 알게 되겠지요."

솔니에르는 화가 나 자리에서 벌떡 일어났다.

"거짓이 분명해!"

가우스 주교가 그의 충동을 모방하듯 자리에서 일어섰다.

"그만 됐소. 설명은 재판에 가서 하시오." 그는 얼어붙었다. "여러분……."

"내겐 그런 권한이 없습……" 자리에서 일어난 솔니에르는 정회를 요청했다. "내게 거짓말하는 게 아니라는 증거를 보여 주시오."

가우스 주교는 잠시 생각했다. 종이를 한 장 꺼내더니 볼펜으로 무언가를 적어 내려갔다. 종이 위를 후후 조심스럽게 불고 반으로 접어, 가장 가까운 사람에게 건넸다. 세심하게 접힌 종이는 손에서 손으로 전해져 솔니에르에게 도착했다. 그는 자리에 앉아 접힌 종이를 펴 내용을 읽은 후, 이해할 수 없다는 듯 책상 앞의 다른 이들을 바라보았다. 가우스 주교는 그의 그런 얼굴이 좀 우스꽝스럽다고 생각했다. 그는 솔니에르가 물어보지도 않은 질문에 답했다.

"피에르 그로스만 씨는 이해할 것입니다."

"하지만……." 솔니에르는 좌우를 살피며 대답했다.

가우스 주교는 예배 때처럼 성유를 바른 손을 들어 올리더니 이제 됐으니 다음 단계를 진행시키라는 손짓을 했다. 그가 버튼을 누르자, 즉시 안내원 하나가 들어와 솔니에르와 그의 두 변호사를 데리고, 비밀 사무실로 통하는 측면의 문을 통해 사라졌다. 두 명의 신부와 말수가 적은 변호사는 자리에 남아 조용히 움직이지 않은 채, 기다릴 준비를 했다. 갑자기 가우스 주교가 전화기를 가리켰다.

"그로스만과 무슨 얘기를 나누는지 들어 보고 싶군."

"그렇게 멍청하지 않아요." 발처 주교가 말했다. "그들은 개인 휴대폰을 사용합니다."

"아닐지도 몰라." 위압적인 태도로 말했다. "한번 확인해 보게."

발처 주교는 마지못해 일어서더니 전화기 앞으로 갔다. 버튼을 눌렀다. 조심스럽게 낮은 목소리로 말했다.

"끝 방에 연결되는지 좀 확인해 주시오. 듣기만 할 거요."

몇 초 후 그는 수화기를 내려놓고, 만족한 듯한 표정을 감추지 않은 채, 자신의 상사에게 말했다.

"바티칸 폰을 쓰지 않는답니다."

"그로스만은 전화상으로 타협하지 않을 겁니다." 변호사 람베르티니가 눈을 뜨더니 빈 의자를 바라보며 말했다. "예 아니면 아니오로만 대답할 거예요."

"예라고 할 거요." 주교 가우스가 말했다.

"그 종이에 뭐라고 적은 겁니까?" 발처가 참지 못하고 물었다.

주교는 웃더니 자신의 부하가 참을성 없다는 사실을 고려하지 못했다는 듯한 표정을 지었다. 그 불편한 상황을 벗어나고자, 발처는 공격을 택했다.

"범죄자들을 고발하는 것보다 그들과 협상하는 것을 더 좋아하시나 봅니다."

"적을 만드는 것을 좋아하지 않는다고 해 두지."

둘 중 누구도 변호사를 바라보지 않았다. 그는 자신의 생각에 잠겨, 아무도 눈치채지 못한 동의의 고갯짓을 했다.

"도둑과 협상하는 것은 도둑질하는 것과 같습니다." 발처가 말했다.

"발처 신부……." 이번에는 가우스가 평소보다 더 차가운 눈빛으로 그를 바라보았다. "이제 그런 어조로 얘기하는 건 그만두지. 우리가 어린애도 아니고."

무표정의 변호사는 최소한의 몸짓으로 이야기의 출구가 맘에 든다는 표시를 했다. 반대로 발처는 충격으로 입이 벌어진 채 얼어붙었다. 목소리의 톤을 고쳐 말했다.

"뭐가 됐든 그들의 약점을 잡았다면, 지금이 바로 그들을 없애야 할 때입니다. 움베르토 데 루카처럼 말입니다."

"움베르토는 적이 아니었어."

"하지만 철저히 무너뜨리셨죠."

"논란이 심해지는 걸 피하기 위해서였지."

변호사 람베르티니는 다시 잠에 빠졌다. 발처 주교는 항의하듯 손가락 하나를 펴 보였다.

"좋아요, 알겠습니다. 하지만 이자들은 적이 맞습니다."

"적의 목을 그렇게 조여서는 안 돼. 자네에게 해를 입히지 않고 도망가게 하려면 말일세."

"하지만 범죄자를 어떻게 도망가도록 둡니까……?" 그는 더 나은 설득 방법을 찾지 못하자 말했다. "카이사르의 것은 카이사르에게 돌리고, 하느님의 것은……."[1]

"주교여." 가우스 주교는 차갑고, 날카롭게, 화가 났다는 듯 그의 말을 끊었다. "수십억이 걸린 협상의 기술을 배우고 싶거든, 일단 혀는 주머니에, 도덕은 엉덩이에 처넣으시오."

파프리카처럼 벌게진 발처 주교는 잃어버린 원칙이라도 찾겠다는 듯 자신의 지갑을 열고 뒤적였다.

무거운 침묵이 흐른지 육 분이 지나자, 세 명의 협상가들이 다시 방으로 돌아왔다. 솔니에르 씨는 억지로 자연스러운 척을 하고선, 자리에 앉으며 말했다.

"좋습니다. 그로스만 씨가 협상하겠다고 합니다."

---

[1] 「루가의 복음서」 20장 25절 "그러면 카이사르의 것은 카이사르에게 돌리고 하느님의 것은 하느님께 돌려라."에서 기원한 표현이다. 바리사이파 사람들이 예수를 곤경에 빠뜨리기 위해 했던 질문("우리가 카이사르에게 세금을 바치는 것이 옳습니까? 옳지 않습니까?")에 대한 예수의 대답이다. 흔히, 각자에게 적합한 몫을 주어야 한다는 뜻으로 쓰인다.

＊＊＊

"그러니까 이제 네가 이브 솔니에르 역할을 한다는 거지."

"그리고 너는 사제 역할을 맡으면 돼."

"난 주교야, 잊지 말라고."

"내 맘대로 할 수 있는 게 아니야. 자네의 뭐시기 성인의 이름을 걸고 말하는데, 내 소관이 아니라고."

"미안하지만, 난 내 의무를 다할 필요가 있어."

"널 죽여 버렸어야 했는데."

"대체 어떤 수렁에 빠진 거야, 솔니에르 씨?"

웨이터가 둘을 번갈아 바라본 뒤 접시를 치우려 하자 그들은 대화를 멈췄다.

"영, 일, 이, 삼 대체 이게 뭐야?"

"내가 지금 그걸 너한테 말할 거라 생각한다면 넌 대단한 착각에 빠져 있어."

"내가 어떻게…… 그로스만이 왜 그러는지도 모르는데 내가 어떻게 협상이란 걸 할 수……."

"넌 그냥 훔친 그림들을 어떻게 교회로 돌려줄지 나하고만 협상을 하면 돼."

솔니에르는 아주 맛있어 보이는 민대구와 감자를 서빙하는 웨이터에게 웃음을 지었다. 그가 자리를 뜨자, 솔니에르는 접시 쪽으로 몸을 기울인 후 조용히 말했다.

"그 만남에서 내 잘못으로 아무 소득 없이 나오게 된다면, 날 죽일지도 몰라."

협상   237

침묵이 흘렀다. 민대구는 식어 가는 중이었다. 민대구와 살짝 탄 쪽마늘들, 껍질이 잘 벗겨진 작은 감자들, 아주 맛있는 냄새가 났다. 그들은 서로의 시선을 피하고 있었다. 얼마나 시간이 흘렀을까, 너와 나의 거리는 얼마나 될까, 그리고 지금 너에게 주어진 일은 너의 생사를 가르는 일이라니.

이브 솔니에르는 주교에게 식사를 시작하라는 신호를 보냈다. 그리고 스스로 시범을 보이듯, 그도 식사를 시작했다. 조금 전, 우리가 죽을 수도 있다는 말을 하지 않은 듯 행동했다. 반대로 주교는 식욕이 멀리 달아나 버린 상태였다. 그는 포크와 나이프를 한쪽에 두더니, 상대를 바라보았다.

"아무 소득이 없을 거야. 하지만 상황에서 빠져나올 수는 있을 거야, 확실해."

"영, 일, 이, 삼이라니 대체 무슨 뜻이야."

"말할 수 없어."

"개소리하지 말고. 네가 나한테 못 할 말이 뭐가 있어."

"우리가 속한 팀이 달라. 어떻게 바르셀로나 순회전에 나온 작품 총 스물여섯 점 중에서, 도둑들은 교회가 오슬로에 보관하고 있던 세 작품만 훔쳐 달아날 수가 있지?"

"말해 뭐 해. 다른 작품들보다 훨씬 비싼 걸 가져간 거지."

주교는 생선 한 조각을 집어, 맛을 모르겠다는 듯 씹었다.

"정말 자네를 죽이려 들까?"

"우리가 서로를 도우면 돼. 영, 일, 이, 삼이 무슨 뜻이야?"

"그로스만을 박살 내고 싶지. 그렇지?"

솔니에르는 웃더니, 포크를 공중에 들어 올렸다. 그리고 다시 음식에 집중했다. 가우스 주교는 근처에 웨이터들이 모여들지 않는지 확인하더니, 재킷 주머니에서 봉투 하나를 꺼냈다. 그리고 솔니에르 앞에 내밀었다. 그는 냅킨으로 입술을 닦은 후 내려놓더니, 손을 봉투로 옮겼다. 그것을 열어 보자 사진 몇 장이 나왔다. 네 장이었다. 그는 사진들이 의미하는 바가 무엇인지 알아차리자마자, 재빨리 봉투에 집어넣었다. 보지 말아야 할 것들을 캐내려는 눈들이 있을지 모를 일이었다. 가우스 주교가 보기에 솔니에르가 약간 창백해진 듯했다. 솔니에르는 봉투를 주머니에 집어넣었다. 그리고 몇 초가 지나기를 기다렸다. 물론 그가 본 것에 대해 매우 놀라워하는 중이었다. 수 세기 정도가 지난 후, 그는 주머니를 톡톡 두드리며 말했다.

"어떻게 안 거야? 어떻게 그 인간이라고 확신할 수 있지?"

* * *

산타클라라실에서는 파티가 열렸다. 미술관 및 갤러리를 관할하는 사무실에서 이루어진 협상은, 결국 놀랍게도 모두가 예상한 것보다 빨리 끝났다. 교황 자선소의 추기경 그리말디는 공중인 두 명과 시시껄렁한 이야기로 시간을 때우며, 기뻐서 어쩔 줄 모르는 눈빛을 뿜어내고 있었다. 한 사람은 바티칸의 동의하에 오슬로 국립 갤러리가 고용했고, 또 다른 사람은 바티칸시의 대표 공중인이었다. 무표정한 가우스 주교가 말 없는 발처, 그리고 침묵을 금으로 여기는 변호사 람베르티니를 대동하고 들어오는 걸 보았을 때, 추기경은 그를 포옹하러 달려갔다. 지난 십팔 년간 이렇게 기뻤던 적이 없다고 그가 말했다. 가우스가 얼추 계산한 바에 따르면, 십팔 년 전의 그날은 교황이 그를 추기경으로 임명하겠다는 이야기를 전한 날인 것 같았다. 그리말디 추기경은 팀의 다른 멤버들에게 형식적인 것보다 조금 나은 축하 인사를 건넸고, 모두는 조용해졌다. 축하 행사는 짧게 끝낼 수밖에 없었는데, 왜냐하면 쇼팽과 몇몇 다른 곡들을 쳐 주기로 계약한 피아니스트가 전체 수고료의 5퍼센트를 선금으로 받고 난 뒤, 일방적으로, 그리고 아주 비극적인 방식으로 계약을 취소해 버렸기 때문이었다. 행사 자체에 소요된 시간은 얼마 되지 않았다. 왜냐하면 노르웨이인 공증인과 바티칸 대표 공증인이 적법한 소유주에게 세 개의 작품을 반환한다는 것을 확인해 주기만 하면 됐기 때문이다. 그 세 작품은 핀투리키오의 「성모 대관식」, 카라바조의 「십자가에서 내려오심」, 그리고 암시장에 나왔다면 그 값을 도저히 매길 수 없을 가장 상징적 작품인 렘브란트의 「철학자」였다. 일주일 전, 바티칸의 전문가들이 그림들이 진품일뿐만 아니라, 상태가 최상이라고 보증해 주었다.

"주교여, 우리가 만일," 위대하신 전하가 그에게 고백했다. "우리의 배만 불리기 위해 일할 수 없고 물질적 풍요를 좇을 수 없는 그런 곳이 아니라면, 바티칸의 귀중품을 위해 힘써 준 당신의 노고에 아주 큰 보상을 내리라고 제가 나서서 요청했을 것입니다."

가우스 주교는 겸손하게 고개를 끄덕였다. 보상을 논하는 자리가 아니었다. 하지만 그는, 세속 세계에 속한 자신의 협력자, 변호사 람베르티니에게 높은 자리로의 이동, 승진, 혹은 수고료의 무조건적인 인상과 같은 형식으로 그를 잊지 않아야 한다고, 아주 조심스럽게 추기경에게 암시했다.

* * *

피에르 그로스만을 직접 대면한 것은 처음이었다. 여태껏 사진조차 본 적이 없었다. 피에르 그로스만은 조심성의 육화 그 자체였다. 유럽에서 손꼽히는 거부로, 자발적인 은둔 비슷한 형태의 삶을 유지했으며, 자신의 부를 유지하는 일에 일생을 바쳤다. 그는 그것을 가능케 하는 수많은 사업을 관리하고, 부인이 열정은 넘치지만 잘못된 경영으로 발생시킨 미술 중개업의 자잘한 손실을 돌보는 데 힘을 쏟았다.

생각한 것과는 많이 달랐다. 그로스만은 이상한 붉은색 재킷을 입고 나타났는데, 제법 잘 어울렸다. 흰색의 짧은 머리에, 해에도 눈에도 그을리지 않은 얼굴색은 고르지 않게 창백했다. 도무지 나이를 짐작하기 어려웠다.

그들은 급히 개조된 듯한 제네바의 한 호텔 스위트룸에서 만났다. 두 남자는 책상 모서리를 하나씩 끼고 동시에 앉았다. 주교는 눈을 똑바로 쳐다보기 힘든 이자와의 만남을 최대한 짧게 끝내고 싶었다. 왜냐하면 그는 자신의 앞에 놓인 것들을 다이아몬드를 갈아 내듯 뚫어지게 쳐다보는 눈빛을 하고 있었기 때문이다. 그래서 그는 곧장 본론으로 들어가 봉투를 꺼냈다. 그로스만은 봉투를 집어 들고, 사진을 꺼냈다. 숨기려 하지도 않는 아주 거리낌 없는 태도였다. 어떤 표정도 새어 나가지 않도록 평정심을 유지한 채, 그는 사진을 하나하나 살펴보았다.

"네거티브들은요?"

"봉투에 있습니다. 하지만 오늘 보여 드린 이것들로는 아무런 보장을 못 합니다."

"그럼 원하는 게 뭐요?"

"이 사진들과 관련된 일은 고해 성사의 비밀에나 나올 것들입니다."

"당신이 들은 고해 성사의 비밀 따위는 궁금하지 않아요, 신부."

"전 주교의 직책을 맡고 있습니다. 제가 지금 말씀드리는 것들의 중요성에 대해서는 들으신 적이 있겠지요."

"고해 성사의 비밀들이라······." 그는 참을성을 갖고 그를 바라보았다. "관심 따위는 쥐뿔도 없습니다. 좀 더 명확히 말해 드릴까요?"

"그럼 이제 당장 절 죽여도 좋습니다."

"몇 명이나 알고 있습니까?"

"제가 고용한 탐정과 제가 전부죠."

"탐정은 누구입니까?"

"죽었어요."

"진짜 죽었는지 어떻게 압니까?"

"확인 가능합니다. 그가 머물던 호텔에서 폭발이 있었습니다." 그에게 종이 한 장을 건넸다. "여기에 자세히 나와 있어요."

피에르 그로스만은 종이를 건네받고, 무표정한 눈빛으로 훑어보더니, 종이를 접어 주머니에 집어넣었다.

"다른 사람은 더 없단 말이죠?" 그가 말했다.

"더 없습니다."

악수를 하거나 작별 인사 같은 건 없었다. 그저 영원히 각자 갈 길을 갔을 뿐이다. 제네바의 추위는 매서웠고, 도시를 둘러볼 마음이 싹 가신 주교는 바티칸으로 곧장 돌아왔다. 게다가 집을 오래 비우면 안 되는 중요한 이유가 있었다.

* * *

짙은 황토색이 방 전체를 감싸고, 오른쪽에는 아름다운 빛이 깃들어 있었다. 창에서 반사된 눈부신 햇살이었다. 내가 저 평온한 남자라면 얼마나 좋을까. 책을 읽으며, 공부하며, 사색하고, 한 번은 신에 대해 생각했다가, 또 한번은 거대한 질문들, 아주 거대한 질문으로 예를 들면, 나는 누구이고, 나는 어디에서 왔고, 어디로 가며, 검소한 식사를 한 후, 책을 다시 펴고, 숨겨진 지혜를 습득하고, 그리고 작은 가로등, 작지만 불을 밝히는 가로등이 되어, 교회의 좋은 길잡이가 된다면 얼마나 좋겠냐 말이다. 하지만 반대로 나는 교회의 재산을 관리하는 역할을 맡게 되었고, 검소하게 식사를 한 적이 거의 없으며, 두꺼운 책을 읽으며 즐거운 시간을 보내기란 전혀 불가능하니 전혀 행복하지 않구나. 나도 저 철학자가 되고 싶습니다,

신이시여.

그렇게 살 수 없는 가우스 주교는, 자신의 미술 수장고 벽에 그 그림을 걸어 두는 것만으로 만족해야 했다. 처음 삼십일 동안, 신부는 매일 한 시간 렘브란트의 작품 앞에 앉아, 그림을 세밀하게 살피며, 세월에 쓸려 나간 붓 향기를 맡을 수 있을까 헛된 숨을 들이쉬었다. 「철학자」와 같은 벽면의 바로 옆에는 레오나르도의 미완성작 「광야의 성 제롬」이, 같은 방 맞은편 벽에는 아주 크고, 구슬프며, 완벽한, 십오 년 전 달리 박물관에서 몇 달간 사라졌던 때부터 경외했던 모데스트 우르젤의 「무덤」이 걸려 있었다. 다른 방에 걸린, 작품 중의 작품은 필리포 리피 형제의 「성모 대관식」으로, 색감이 대체적으로 연하지만 놀라울 정도로 따뜻함이 느껴지는 매력적인 작품이었다. 그는 충만감, 만족감, 그리고 거의 행복감을 느끼며 숨을 들이쉬었다. 그의 깊은 사랑들 중 몇몇이 그의 벽에서 영원한 휴식을 취하고 있기 때문이었다. 이 기쁨의 순간은 갑자기 성의 없지만 미묘하게 친숙한 세 번의 노크 소리가 들리며 오래가지 못했다.

이브 솔니에르는 책으로 가득한 서재에 들어왔다. 그는 사제가 커피를 가득 담은 쟁반을 들고 올 때까지 차분히 기다렸다. 모락모락 나는 연기에 향이 풍부한 커피가 매우 마음에 들었다. 첫 모금을 들이켠 그는 주머니 속 봉투를 꺼내 커피 테이블에 놓았다.

"이건 네 거야." 그가 말했다.

가우스 주교는 봉투를 집어 들고 내용물을 살펴보았다. 가장 소름 끼쳤던 첫 번째 사진에는, 요람에 담긴 신생아의 얼굴이 얼마 안 되는 거리에서 총을 쏜 것인지 완전히 망가져 있었다. 하늘색의 공갈 젖꼭지만이 그 끔찍한 범죄의 유일하고 쓸모없는 목격자였다. 너무나 적나라했지만, 주교는 사진을 모두 봐야 한다고 생각했다. 신생아 사진이 두 장 더 있었고, 그다음에는 산모로 보이는 여자가 고개가 뒤로 젖혀진 채, 소파에 앉아 있는 사진이었다. 마찬가지로 총알 때문에 입이 형체를 알아볼 수 없을 지경이었다. 산모는 집에서 입는 편한 복장을 하고 있었다. 그녀의 치마 위에는 그녀의 굳고 죽어 버린 손이 아주 예쁘고 희망에 찬 꽃다발을 잡고 있었다. 그다음에는 모자 병동의 병실에서 두 번의 소름 돋는 살인을 저지른 살인자의 모습을 자세히 보여 주는 사진이 두세 장 더 들어 있었다.

"그게 다야."

"그로스만을 조심해. 네가 안다는 사실을 몰라. 이걸 봤다는 걸 모른다고."

"그게 낫지. 만일을 대비해서." 솔니에르는 커피를 한 모금 마시고, 담뱃불을 붙여도 되는지 조심스러운 손짓으로 허락을 구하더니, 소파에 몸을 기댔다.

"어떻게," 그가 말했다. "피에르 그로스만 밑에서 일하는 내가, 그 일을……, 그가 하는 일들을 모를 수가, 그런데 넌……."

"난 항상 너보다 똑똑했지."

주교는 사진을 봉투에 넣어 솔니에르에게 주었다.

"무슨 말이야?" 놀라서 말했다. "내가 보관해도 되는 거야?"

"너에게 구원이 될지, 파멸이 될지는 그걸로 뭘 하느냐에 달렸지." 뭔가 큰 비밀이라도 말해 줄 듯 그를 향해 고개를 기울였다. "강물이 어디로 흐르는지 가장 먼저 아는 자가, 그 물의 주인이 될 수 있다." 그는 미소 지었다. "히브리 전통에서 전해지는 말이야."

이브 솔니에르는 단숨에 커피 잔을 비웠다. 맛이 너무 좋았다. 탁자 위에 커피 잔을 조심스럽게 내려놓으며, 물이 흐르는 강과 피가 흐르는 강을 생각했다. 그리고 가우스의 눈을 보았다.

"영, 일, 이, 삼, 이게 무슨 뜻이야……?"

바티칸 평의회의 고위 성직자 가우스는 인내심으로 무장하고, 솔니에르에게 청부 살인이란 굉장히 돈이 되는 사업이며, 영, 일, 이는 자신의 임무를 흔적 없이 처리해야 하는 여러 요원들을 부르는 이름이고, 일이 하나부터 열까지 너무 지저분해서 그런 구체적인 것들까지 알게 되는 상황 자체에서 너무나 도망치고 싶다고 얘기했다. 솔니에르는 이런 불만에 아무런 동정도 느끼지 않았다.

"네 작품 수장고를 보여 줘."

그것은 계약의 일부였다. 가우스 주교는 비밀의 문으로 그를 안내했고, 그와의 신의가 정말 두터운 사람들만이 감상할 수 있는 그림들을 한 시간 정도 안내해 주었다. 솔니에르의 가슴이 벅차올랐다.

"정말 아무도 모를까?"

"절대. 내가 여기 있는 한, 모든 일은 날 거쳐 가지. 나중에 내가 없을 땐, 그때도 날 찾아야 할 거야."

솔니에르는 「철학자」 옆에 서서 주교를 바라보았다.

"우리 둘 중 누가 원작이고 누가 복제품인지 혹시 생각해 본 적 있나?"

"엄마는 내가 오 분 더 빨리 태어났으니 네가 먼저 수정이 된 것이라 네가 형이라고 했지……." 주교는 기억을 더듬으며 미소 지었다. "하지만 난 확신해." 그의 눈을 바라보며 계속했다. "넌 언제나 나의 질 나쁜 복제품이었지."

두 협상가는 아름다움으로 가득 찬 벽의 한가운데에서 포옹했다. 이브 솔니에르는 여권을 챙기듯 사진을 챙겨, 단 한 번도 돌아보지 않은 채 떠났다. 그와 주교는 어쩌면 앞으로 이십 년간 서로를 만날 일이 없을 것이라 생각했다. 반대로, 마음 여린 가우스 주교는 그가 문밖으로 나갈 때까지 시선을 떼지 못했다. 그리고 그는 조용히 커피를 다 마셨다.

* * *

"주교여, 내가 잘못 안 게 아니라면, 이 굉장한 방의 그림 열네 점은 열네 개의 진품입니다."

수장고 문에 선 주교는 얼굴이 창백해져, 변호사 람베르티니를 바라보았다. 그는 위엄 있는 검은색 정장을 입고 주교가 「철학자」를 감상할 때 쓰는 아주 편안한 의자에 앉아 있었다. 그의 옆에는 이 년 전 그를 도와주었던 탐정이 입에 담배를 물고 앉아 있었다. 모든 증거들은 어떤 호텔의 폭발에서도 그가 먼지가 되어 날아간 적이 없다는 사실을 가리키고 있었다. 망할, 그의 수장고에 어떻게 들어간 거지? 그림의 존재를 어떻게 알게 된 거야, 제길?

람베르티니는 자리에 앉아 눈을 아래로 깔고 늘 그랬듯 잠을 자고 있는 모습이었다. 꿈속 깊은 곳 한편에서는 그의 매우 값진 도움이 아니었다면…… 탐정에게 공손한 고갯짓을 했다. 당신이 증인도 없이 아주 철저하게 일들을 꾸미며, 진품은 당신이 갖고, 그 자리를 위조품으로 바꿔치기하는 짓을 모를 뻔했습니다.

"이 모든 작품은……" 주교는 떨리는 손으로 자신의 전시물을 가리켰다. "베껴 그린 것이오."

"헛소리 마시오, 주교." 람베르티니는 목소리를 높이지 않고, 언제나처럼 공손한 어조로 말했다. 그는 아주 천천히 그림을 향해 고개를 돌렸다. "당신 혼자만의 감상을 위해 이 작품들이 존재하는 겁니까?" 그리고 치솟는 짜증을 억지로 참고 있는 듯 말했다. "국립 갤러리에 전시된 작품들이 위조품이라는 결론이 내려지기까지 얼마나 긴 시간이 걸렸는지 알아요?"

"잠시 자리를 비켜 주시겠습니까?" 주교는 배신자인 탐정에게 말했다. 그리고 비꼬듯 말했다. "이쯤 되면 내가 커피를 어디에 두는지도 알겠군요."

람베르티니는 탐정이 거의 알아채지 못하게 그렇다고 고개를 끄덕였다. 탐정은 방을 나갔다. 둘만 남게 되자, 주교는 반대편 안락의자에 자리를 잡았다.

"적절하게 보상하겠소." 꿍꿍이를 살피는 듯 그가 말했다.

"아니요. 당신이 날 먼저 죽이지 않는 한, 당신을 고발할 겁니다."

"난 살인자가 아닙니다. 원하는 게 뭐요? 카라바조?" 심장 속 고통에 거의 멈출 것처럼 숨을 내쉬며, 그가 계속했다. "레오나르도를 갖고 싶소?"

"위작 솜씨가 대단합니다. 어떻게 단 한 명의 바티칸 전문가도……" 그는 입을 다물었다. 그의 눈은 감탄에 커졌다. "하긴 그렇죠. 바로 그자들이니까, 그림을 베껴 그리는 자들이…….."

"소문일 뿐입니다. 당신은 아무것도 증명할 수 없소."

"렘브란트를 주시오."

"뭐라고?"

침묵이 흘렀다. 그는 의사 전달을 완료했다. 주교의 차례였다. 그는 킹을 움직였다.

"안 됩니다."

람베르티니는 블랙 퀸을 움직여 체크 상태를 만들었다.

"좋습니다. 그럼 이탈리아, 바티칸 법원으로 가 모든 절도와 위작 행위를 고발하겠습니다." 그리고 나이트와 룩을 대기시켰다. "기자들의 좋은 먹거리가 되겠군요, 신부."

주교 가우스는 떨리는 손으로 어두운 칸의 비숍을 잡아 킹 앞에 놓으며, 불안한 블랙 퀸의 공격을 막아섰다.

"나한테 이럴 수 있는가, 람베르티니."

룩과 블랙 나이트의 위치를 보지 못했다.

"마음대로 하시죠." 변호사는 자리에서 일어나, 먹음직스러운 듯 그림들을 바라보았다. "그럼 법원으로 가겠습니다." 집 안쪽을 가리키며 말했다. "당신이 허튼짓을 못 하도록 내 친구는 여기 남을 겁니다."

협상   249

"나한테 대체 왜 이러는 거요?"

"영혼에는 영혼, 눈에는 눈, 이에는 이." 람베르티니는 어두운 목소리로 외웠다.

"도무지 모르겠어."

람베르티니는 손가락을 입안에 넣어 볼을 당겨 이를 드러냈다. 그리고 어금니 사이의 빈 공간을 가리켰다. 주교가 보기에 예의라고는 발로 차 버린 람베르티니의 아주 부적절하고 흉측한 손짓은 뭔가 역겨운 일이 닥치리란 것을 예고했다.

"여전히 당신을 이해 못 하겠소."

"몬테스칼리오소에서 적에게 잇구멍을 보이는 것은 최고의 경멸을 뜻합니다."

"왜? 내가 당신에게 무슨 잘못을 했소?" 주교는 어떤 말을 움직여야 할지 몰랐다.

"당신이 변호사 움베르토 데 루카를 쫓아내지 않았습니까."

"그렇소. 부도덕한 자였소. 하지만 당신이 그 일과 무슨 상관이……."

"신문들은 마구 떠들어 댔고," 심각한 표정의 람베르티니는 멈추지 않았다. "그의 정부들에 대한 잔인한 억측들……. 움베르토 데 루카는 완전히 망가져 목숨을 끊을 생각만 하고 있어요." 변호사는 어금니의 구멍을 다시 보여 주었다. "내가 얼마나 당신을 혐오하는지 모를 거요, 주교."

가우스 주교는 자리에서 일어났다. 그는 룩을 내밀었다.

"서로 원하는 걸 협상해 볼 수 있소."

람베르티니는 대화로 복귀하기 위해 노력했고, 평소의 차가운 목소리로 되돌아왔다.

"내 협상 내용은 렘브란트를 가져가는 것입니다." 그가 명확히 했다.

"당신은 이 작품을 즐길 줄 모를 거요."

"그런 섣부른 가치 판단을 하지 마시오." 공손하게 웃음 지으며 말했다. "당신과 함께하며 많이 배웠습니다."

"당신은……."

"이보시오, 주교……. 내가 그림을 감상하는 데 크게 재주가 없는데도……, 암시장의 가격을 잘 안다는 사실이 더 놀랍지 않습니까. 움베르토와 내가 말입니다."

주교는 그림에 가까이 다가가, 퀸, 나이트, 룩, 그리고 이제는 다른 블랙 룩까지 가세한 총공세를 막아 낼 준비를 하고 있었다.

"체크메이트." 변호사 람베르티니는 부드럽게 말했다. 그는 주교에게 물러나라고 신호를 보냈다. "전 렘브란트면 됩니다, 주교." 그는 작은 경의를 표했다. "적의 목을 그렇게 조여서는 안 돼. 당신에게 해를 입히지 않고 도망가게 하려면 말이지."

"도망갈 생각은 없소."

"그런 옛말이 있다는 겁니다. 그럼 내일부터 다시 부지런히, 앙금 없이 같이 일할 수 있기를 기대하겠습니다."

* * *

안락의자는 람베르티니가 떠난 자리에 그대로 남아 있었

다. 비참한 마음으로 주교는 의자에 주저앉았다. 잠시 후 그는 고개를 들었다. 주먹질에 이가 부서지는 것보다 텅 빈 벽을 바라보는 것이 더 아팠다. 「철학자」에게는 벽에 흔적을 남길 만큼 시간이 충분히 주어지지 못했다. 하지만 주교는 그림 없음을 감상하는 것이 얼마나 슬픈 일인지 알았다. 그는 인생의 그 공허를 맞이할 준비가 되어 있지 않았다. 비통한 심정으로 고아가 된 벽을 만졌다. 그리고 부엌으로 가 향 좋은 커피를 내렸다. 여섯 잔째였다. 그는 커피를 마시며 가지고 있던 작은 수첩을 꺼내더니 전화번호를 눌렀다. 참을성 있게 상대의 응답을 기다렸다. 한참 후, 카랑카랑한 목소리가 대답했다.

"그로스만 씨와 통화하고 싶습니다." 주교가 말했다.

겨울 여행

맨발로 걸어간다, 눈 위를, 머리를 헐벗은 채.
— 아우지아스 마르크

졸탄 베셀레니는 얼른 우산을 펼쳐 썼다. 텅 빈 도로가 그의 발밑에서 질척였다. 우산에 떨어지는 빗물의 차분한 소리가 흐느낌처럼 들렸다. 습도가 높은 날이면 늘 그랬듯 허리 통증이 올라왔다. 아무도 없을 것이라 생각했지만 그래도 한눈팔지 않고 갈 길을 계속 갔다. 늦는 것은 질색이었다. 하지만 아무도 없을 것이라 생각했다면서, 그의 심장은 왜 그렇게 빨리 뛰었을까?

지난 이십오 년간 오늘과 같은 방문을 시도한 것만 벌써 열두 번째였다. 용기가 나지 않았다. 슈베르트의 무덤 근처에는 일본인 관광객들이 열 명씩 무리를 지어 모차르트 기념비 옆에 선 자신들의 사진을 돌아가며 찍어 주고 있을 터였다. 그 일대를 가득 메우고 주변 전체를 비디오카메라에 담고 나면,

7시에 슈크루트[1] 식사가 예약되어 있다는 가이드의 재촉에 따라 황급히 빠져나가는 식이었다. 그 누구도 이들에게 볼프가 베토벤 뒤에 있으며, 슈트라우스를 따라 올라가다 보면 쇤베르크가 나온다는 사실을 알려 주지 않았다.

알로이스 리히텐슈타인의 무덤까지 도달하자, 그의 심장은 터질 것 같았다. 달리기를 해서가 아니라, 절망의 터널을 지나 매우 길었던 여행의 도착점에 가까워질 가능성이 희미하게 보였기 때문이었다. 약속 장소를 쳐다보기 전, 그는 뛰는 심장을 가라앉히기 위해 숨을 잠시 참았다. 그 특별한 순간을 목격하고 싶은 듯, 빗줄기가 거세지기 시작했다. 그리고 졸탄 베셀레니는 슈베르트의 무덤을 바라보았다. 사진에서 보았던 세피아 톤이 두드러지지 않는 것이 좀 이상했다.

* * *

그는 인생 처음으로 미적 숭고함에 마주하여 눈물을 흘렸다. 그는 감각이 예민한 편이었지만, 이렇게 우는 것이 가능하리라고는 생각치 못했었다. 하지만 마르게리타가 그렇게 순수하고, 깨끗한 목소리로 부르는 「잘 자요」[2]를 듣자, 영혼 깊은 곳까지 울림이 전해졌다. 그는 그녀가 첫 소절들을 통해 곧 닥

---

1) 프랑스 알자스 지방에서 기원한 양배추를 발효한 음식. 독일 음식 자우어크라우트와 비슷하나, 슈크루트는 와인에 양배추를 졸여 발효시킨다.
2) 슈베르트의 연가곡 「겨울 여행」의 첫 번째 곡 「잘 자요(Gute Nacht)」를 말한다.

칠 일을 선언하는 것만 같아 혼란스러웠다.

　　이방인으로 여기에 왔다가,
　　이방인으로 여기를 떠난다.[3]

　하지만 이 노래를 들었을 때도, 심장 박동은 가라앉지 않았
다. 어쩌면 늘 바리톤으로 곡을 듣는 데 익숙했고, 마르게리
타의 목소리는 수정처럼 맑은 소프라노였기 때문일지도 모른
다. 아니면 그가 행복해서, 그들이 행복해서일지도. 눈부신 햇
살 아래, 졸탄은 돌로 된 벤치에, 마르게리타는 바닥에, 그리
고 그녀는 그의 무릎에 고개를 올리고 노래를 부른다, 그가
이런 마음을 알아줬으면 하고.

　　발걸음 소리도 들리지 않게
　　조용히 문을 닫고 갑니다.
　　그리고 문 위에 적어 놓을게요.
　　잘 자요라고.
　　그러면 당신이 알게 되겠지요, 잠에서 깨어났을 때.
　　내가 기쁨에 차 당신을 생각했음을.

-----

3) 이 장에 나오는 「잘 자요」의 발췌 부분은 카탈루냐 시인 미켈 데스클로
트의 (당시) 미출판 카탈루냐어 번역본에서 따온 것임을 작가는 에필로그
에서 밝히고 있다. 이에 따라 번역자도 뮐러의 독일어 원문 대신, 카브레가
인용한 데스클로트의 카탈루냐어 판을 기준으로 번역했다. 이 번역본은 현
재 Ficta 출판사를 통해 정식 출간된 상태이며, 그 번역은 매우 아름답다.

둘은 한참 동안 말이 없었다. 그는 조용히, 침착하게 울음을 멈추었다. 묘지기는 그들의 뒤를 방해하지 않으려고 조심스럽게 지나갔다. 자신의 갈 길을 가는 그의 눈빛에는 질투심 같은 것이 서려 있었을지도 모른다. 아직은 샌들을 신은 단체 관광객들이 찾아와 소리를 지르거나, 껌을 씹고, 국화를 밟고 지나가는 시즌이 아니었다.

"세상에서 가장 아름다운 목소리야. 내 인생에서 들어 본 중 가장 아름다운 목소리이기도 하고."

그녀는 노래를 멈추고, 마치 불가능한 뭔가를 뚫으려는 듯 회색 눈으로 먼 곳을 쳐다보았다. 그가 다시 말했다.

"내 말 들었어?"

"응."

"모두가 네 목소리를 듣고 싶어 할 테니, 나는 사람들의 줄 서기를 도와야겠어."

그녀는 고개를 돌려, 어쩌면 동정심에서 그를 바라보았다. 그러자 졸탄은 뭔가가 잘못됐다는 사실을 알아차렸다.

"무슨 일이야, 마르기트." 그가 말했다.

여전히 「잘 자요」의 멜로디가 귓가에 맴돌던 마르게리타는 오후 3시 기차로 빈을 떠나야 한다고 말했다. 그녀는 도저히 참을 수 없을 것 같다며, 기차역에서의 작별 인사는 원치 않는다고 했다. 그리고 미안, 미안, 미안, 정말 미안해, 미안, 미안, 미안해를 기관총처럼 연발했다. 그리고 심지어 여기서 마지막 인사를 하자, 졸탄이라고 덧붙였다. 그는 놀라 입을 다물지 못했다. 다른 일도 아니고 이별이라니. 이십팔 일 동안 환

상의 물방울 속에 사느라 너무나 바보가 된 탓에, 환상의 물
방울은 언제나 수많은 실망들로 터져 버린다는 사실을 까맣
게 잊고 있었다. 시청 뒤에서 일요일 저녁에 열렸던 연주회에
서 서로를 만난 이후, 날짜를 세어 보니 벌써 이십팔 일이었다.
불가능을 뚫는 듯한 회색 눈의 그녀는 혼자서 빈에 막 도착한
후였고, 달콤한 웃음소리가 매력적이었다. 졸탄은 벌써 한 학
기를 보낸 상태였고, 페스트4)를 그리워하다가, 혹시 이 자리
의 주인이 없는지 물어보는 그 목소리에 사랑에 빠지고 말았
다. 그날 연주 곡목이 무엇이었는지는 기억나지 않았지만, 그
는 마르게리타가 베네치아 출신이라는 사실을 알게 되었다.
아니, 베네치아의 습한 날씨에도 그녀에게는 눅눅한 기운이라
고는 하나도 없었다. 그리고 빈 국립 음대의 성악 과정에 지원
해 보려 하는데 매우 어렵다고 들어서, 도전에 실패하면 그냥
집에 돌아갈 거라고, 괜찮다고 했다. 그리고 스물두 살이라고
했고. 소금에 절인 대구는 날것으로도, 요리된 것도, 다져서
샐러드에 섞은 것도, 그림 속 정물이라도 싫다고 했다. 그리고
「리알토 다리 아래에서」는 물론 자신이 잘 아는 노래지만, 미
안하게도 관광객들로 몸서리가 쳐져 질색이라고 했다. 그리고

---

4) 현재 우리가 알고 있는 헝가리의 수도 부다페스트는 다뉴브강을 기준으
로 서쪽의 부다 지역과 동쪽의 페스트 지역이 1873년 합쳐진 것이다. 부다
는 언덕이 많고 고급 주택들이 위치한 다소 조용한 지역이며, 페스트는 평
평한 지형에 정치, 경제, 상업 시설들이 들어서 있다. 헝가리인들이 일상 대
화 속에서 '페스트'라고 하면, 다뉴브강 동쪽의 페스트 지역을 가리키거나,
부다페스트 전체를 줄여서 부르는 것이기도 하다.

빈에 혼자 왔고. 그리고 그러니까…… 그러니까 그래, 그녀도 그가 좋았다. 졸탄은 숨이 가빠졌다. 그는 아직도 여행의 힘찬 기운이 남아 있는 듯한 여인의 질문에 소심하게 답했다, 응 그래. 나도. 스물여섯 살이야. 피아노, 지휘, 그리고 독일어를 공부하는 중이지. 피아노는 레벨 10 과정의 수준 정도 돼, 맞아. 부다페스트를 출발하여 빈에서 한참 떨어진 곳으로 오는데 수많은 서류, 여권, 통행 허가증이 필요했지만, 사실은 다뉴브 강을 타고 네 시간만 가면 되는 거리고, 그래도 네 시간은 외로움을 느끼기에는 충분한 거리라고 얘기해 주었다. 민트하 시 벰뷜 포이트 볼너 토버,/ 저버로시, 뷜치 에시 너지 볼트 어 두너.[5] 응, 모든 외국인들이 헝가리어가 어렵다고들 하지만, 부다페스트, 포니오드, 에게르에서는 어린이도 문맹도 유창하게 구사하는 언어지. 그래 맞아, 다뉴브를 헝가리어로는 두너라고 해. 전 세계에서, 그리고 인생에서 다뉴브만큼 이름이 많은 강도 없을 거야. 응, 난 뭐라도 크거나 대단하면 '인생에서'라는 말을 붙이는 경향이 있어. 아이고, 아니, 아니야, 내 독일어는 아직 정말 형편없어. 아니, 이탈리아어는 한마디도 못해, 미안해. 연주회가 끝났을 때 그녀는 좋아, 만나서 반가웠어라고 말했고, 그는 아니, 좀 더 얘기를 나눴으면 좋겠는데 했다. 그러자 그녀는 그러지 않는 게 좋겠어, 그냥 각자가 갈 길을 가자라고 말했다. 졸탄은 참을 수 없다는 듯 힘차게 그럴 순 없어라고 말했고, 그녀는 슬

5) (원주) 마치 그 지류가 내 심장에서 시작된 듯/ 희뿌옇고, 지혜로우며 대담하구나, 다뉴브강이여.(요제프 어틸러)

픈 눈빛으로 그를 바라보는 대신 먼 곳을 응시하며 넌 내가 누구인지 잘 모르잖아라고 했고, 그는 널 태어날 때부터 알았거든이라고 대답했다. 그렇게 그들은 각자의 갈 길을 가지 않았다. 이십팔 일 중 그들이 떨어져 있던 때는, 졸탄이 그녀를 국립 음대 문 앞에 데려다주고, 빨리 시립 음대로 달려가 시립 음대에서 유일하게 허용하는 최상의 소리를 내기 위해 피아노만 매일 삼십 시간을 연습해야 했던 때뿐이었다. 졸탄은 더 이상 고향이 그립지도, 슬프지도 않았다. 슈베르트링 거리나 시립 공원을 산책할 때도 기쁨이 바로 옆에 있었고, 특별한 목적지 없이 그냥 어슬렁거리며 산책을 할 때도, 그의 인생에 어떻게 그런 보석이 존재할 수 있는지 신기하다고 생각했으며, 반대편으로 고개를 향하고 있던 조용한 마르게리타는, 슬픈 눈빛으로 불가능이라도 뚫어 버릴 듯 먼 곳을 바라보다가, 자신을 향한 눈길이 느껴지면 부드럽게 웃음 짓곤 했다. 그는 독일어 수업에 신경을 덜 쓸 수밖에 없었는데, 왜냐하면 피아노를 연습하고 남은 모든 에너지는 넘치는 행복에 숨 막혀 죽지 않도록 호흡을 고르는 데 써야 했기 때문이다. 그리고 이십팔 일째, 그들은 베토벤, 브람스, 그리고 그의 동료들이 묻혀 있다는 중앙 묘지에 가기로 했다. 묘지로 가는 길의 트램에서, 그녀는 말이 없었고, 멍한 상태로 창밖을 바라보며 그의 손을 꼭 잡기만 했다. 갑자기 어른이라도 된 듯, 그녀가 그렇게 말이 없기는 처음이었다. 그녀의 시선은 끝없는 허공으로 뻗어 나가는 중이었다.

이제 그는 돌로 된 벤치에 입을 벌리고 앉아, 세상에서 가장 아름다운 목소리가 들려주는 슬픈 사랑의 노래를 듣고 난 후, 환상의 물방울이 터져 버린 상황에 처했고, 왜, 마르기트, 왜 그러는 거야라고 물었다. 그러자 그녀는 아주 차분하게, 죽음을 앞둔 자의 체념과 같이, 음악 공부를 하러 빈에 온 것이 아니라 머리를 식히러, 결혼을 하고 싶은지에 대한 확신이 없어, 생각의 환기를 위해 온 것이라고 말했다.

"네가 결혼을 한다고? 네가?"

"그래, 보름 후에."

"누구랑?"

"내 남편이 될 사람하고."

"너한테……?" 졸탄의 입이 더 벌어졌다.

"응."

"하지만 네가 사랑하는 사람은 나잖아!"

"그래. 하지만 그도 사랑해. 난 그와 결혼해야 해." 망설이다가 말했다. "이제 알겠어." 아주 무거운 침묵 후 말을 이었다. "미안해."

이제는 졸탄의 캄캄한 시선이 허공을 뚫고 있었다. 그녀는 왜 혼자 망상에 빠져 있었냐고 그를 비난할 용기가 나지 않았다. 왜냐하면 그 누구도 헛된 꿈을 키우기 위해 이십팔 일이라는 시간을 낭비하고 싶지는 않았을 것이기 때문이다.

"너 실수하는 거야, 마르기트."

"아니야. 내가 무슨 짓을 하는지 잘 알아." 그를 향해 고개를 돌린 그녀는 그의 무릎에 손을 올렸다. "네게 상처를 줬다는 거 알아. 하지만 나는……."

졸탄은 손으로 그녀의 입을 막았다. 그들은 모차르트 기념비의 그림자가 조용히 자리를 바꿀 때까지 그렇게 있었다. 갑자기 피아노와 오케스트라 지휘에 대한 흥미가 싹 사라졌고, 페스트에 대한 그리움도 순식간에 사그라들었다. 갑자기 그에게는 빈이 그리운 곳이 되었다. 왜냐하면 오후 3시가 지나면, 이 도시에는 마르기트가 없을 것이고, 12월의 소심한 채광이 더 큰 슬픔에 잠길 뿐 아니라, 그가 사랑하는 사람의 흔적이 지워진 거리는 더 이상 의미가 없을 것이기 때문이었다. 기념비의 그림자가 반대 방향으로 돌아갔을 때, 졸탄은 갈라진 목소리로 말했다.

"우리가 앞으로 더 만날 일은 없겠지."

"그래."

"어디에 가서 살 거야?"

"잘 모르겠어. 베네치아겠지. 너는?"

"빈에서는 더 이상 견디기 힘들 것 같아."

"부다페스트로 돌아가." 곧장 말을 수정했다. "아니야……네가 하고 싶은 대로 해야지……."

졸탄은 두 손으로 얼굴을 감싼 채, 절망적으로 흐느꼈다. 그녀는 이미 기차 시간에 늦어지고 있었지만, 서두르지 않고, 잠시 시간이 그렇게 흐르도록 두었다. 졸탄의 흐느낌은 수증기로 변해 구름을 이루며 날아올랐다. 그는 고개를 들어, 다른 방법을 찾아보려 했다.

"좋아. 하지만 누구랑 결혼하는 것 자체로 네가 실수하고 있는지 아닌지 알 수는 없어."

"그렇지. 누구나 시간이 지나봐야 우리의 선택이 실수인지 아닌지 알 수 있으니까."

"그럼 한 가지만 약속해 줘."

"뭔데?" 마르게리타의 대답에 조심스러움이 묻어났다.

"결국 잘 풀리지 않는다면 말이야……, 주소를 하나 줄 테니……."

"안 돼." 그의 말을 끊었다. "남편을 속이고 싶지 않아."

"내가 네 남자라고!"

"아무도 속이고 싶지 않아."

"하지만 날 속였잖아!" 그녀를 보지 않은 채 그가 말했다. "그럼 그동안 학교에서는 뭘 했니?"

"앞문으로 들어갔다가 뒷문으로 나왔지." 망설임 없이, 하지만 약간의 부끄러움을 담아 그녀가 말했다.

"그러고는?"

"걸었어. 생각이 많아서. 네가 올 때까지."

졸탄은 믿을 수 없다는 듯 시선을 거두며, 내게 거짓말을 하지 말았어야지라고 말했고, 그녀는 아무 대답도 하지 않았다. 졸탄의 말에 수긍하는 방식의 하나였다. 새로운 소식들에 슬퍼진 해는 조용히 두꺼운 구름 뒤로 숨어 버렸고, 기념비의 그림자도 자취를 감추었다. 그들은 눈치채지 못했다.

"그럼 다른 걸 약속해 줘."

궁금하다는 듯 그를 바라보며, 그녀는 그의 말이 계속되기를 기다렸다.

"……약속해 줘……. 지금으로부터 이십오 년 후," 그는 시계를 보았다. "오늘과 같은 날짜 12월 13일, 정오 12시…… 슈베르트의 무덤 앞에서 만나자."

"왜?"

"이십오 년이면 모든 게 다 끝나 있을 거야. 하지만 우리가 그때까지 살아 있다면, 서로 실수를 한 건지 아닌지 얘기해 줄 수 있지 않을까."

그녀는 한참 생각하더니 숨을 내쉬었다.

"우리가 실수했는지 아닌지 서로 얘기해 주기 위해 만나자고……." 그녀의 얼굴에 희미한 미소가 떠올랐다. "좋아." 그녀가 말했다.

"약속하는 거지?"

"약속해."

"맹세해."

"맹세합니다."

둘 중 누구도 뭔가를 덧붙일 힘이 없었다. 그렇게 유언처럼 그들의 대화는 끝났다. 72번을 타고 빈으로 돌아오는 길은 그곳을 떠날 때보다 조용했다. 막 몰려든 구름으로 가득 채워진 하늘은 첫눈을 내려보내겠다고 도시를 위협하고 있었다. 이상하게도 아직 첫눈이 내리지 않고 있었다. 빈 사람들은 의심의 눈초리로 하늘을 흘긋 쳐다보며 길을 걸었다. 마르게리타는 뒤를 돌아보지도 않은 채, 조용히 트램에서 내렸고, 졸탄은 기차가 종점에 도착했음에도, 움직이지 않는 트램에 서서 그녀가 멀어지는 모습을 지켜보았다. 맨발의 그녀는 드렐라이어6)를

---

6) 슈베르트 연가곡집 「겨울 여행」의 마지막 스물네 번째 곡에서, 방랑을

흔들거리며, 빈 동전통을 들고, 혼자서, 그리고 슬프게 눈 사이를 걸어가고 있었다.

* * *

빈 중앙 묘지에 내리는 비는 후두둑 졸탄의 우산을 세차게 때렸다. 그는 꼼짝 않고 정면을 응시했다. 슈베르트의 무덤 앞에는 아무도 없었다. 대체 넌 이십오 년 전의 맹세를 지켜야 한다고 생각하는 멍청이가 이 세상에 있을 거라고 믿었단 말이니? 만약 그녀가 죽었다면? 캐나다에 산다면? 졸탄은 그녀가 그 약속을 기억하지 못해 그곳에 나타나지 않을 경우가 가장 두렵다는 사실을 인정하고 싶지 않았다. 망각이 가장 고통스러운 죽음이라는 사실을 그는 알고 있었다.

졸탄은 무덤에 가까이 다가갔다. 눈과 험한 날씨로 망가진 붉은색 장미 한 다발, 무명의 누군가가 바친 듯, 검정 때로 빛이 바랜 비석에는 밝은 색 노트 하나가 놓여 있었다. 쌓인 지한참 된 눈은 초겨울의 얌전한 추위를 어르는 비에 녹아내렸다. 매서운 추위는 평소와 다르게 아직 찾아오지 않았는데,

---

떠났던 주인공은 거리의 악기를 들고 노래하는 노인의 모습을 보며 현실인지 환영인지 헛갈려한다. 이 때 그 노인이 들고 있던 악기가 현악기의 일종인 드렐라이어다. 「겨울 여행」의 공연을 수없이 많이한 테너이자 진중한 음악학자이기도 한 이안 보스트리지에 따르면, 슈베르트의 시절의 여러 현악기 중에서도 드렐라이어는 음악적 완성도에 대한 기대가 높지 않은 거리의 악사들 혹은 부랑자들이 주로 사용하던 현악기이다. (『슈베르트의 겨울 나그네』(이안 보스트리지 지음, 장호연 옮김, 바다출판사, 2016)를 참조했다.)

기상학자들에 따르면 사반세기 전의 그 따뜻한 겨울과 비슷한 현상이었다.

안나가 죽은 지 오 년이라는 세월이 흘렀지만, 그는 한 번도 그녀의 무덤을 찾아가지 않았다. 가엾은 안나, 그녀가 몰랐던 것은 졸탄이 진심으로 그녀를 사랑했지만, 그의 집착하는 듯한 눈빛은 그녀의 어깨 위를 스쳐 지나, 마르기트에 대한 기억에만 정확히 꽂혔고, 그가 마르기트를 도무지 머릿속에서 지워 버릴 수 없었던 것은 이십팔 일간의 숨 막히는 사랑을 통해서만 그녀가 각인되었기 때문이었다.

졸탄 베셀레니는 마르기트가 사라졌음에도 빈을 떠날 수 없었다. 실컷 울기 위해, 그리고 두너강으로 변할 도나우강이 흐르는 것을 지켜보기 위해, 다뉴브강 기슭 도나우슈타트 옆의 아파트로 이사를 했고, 시립 음대에서 기억에 남을 독주회를 두 번 정도 했으며, 두 명의 친구들과 아주 굳건한 우정을 다져 나갔는데, 특히 같은 과정에서 공부하는 가장 어리면서도, 괴물 같은 놈, 연주 실력이 너무 뛰어나 실수라고는 모르는, 언제나 긴장을 유지하며, 좀 떨기는 하지만, 눈빛에는 늘 광채가 도는 그 친구가 있었고, 졸탄은 그에게, 이봐 페테르, 명심해, 음악은 우리의 행복을 위해 존재하는 거야라고 말하곤 했다. 음악이 네 행복을 집어삼키면 음악을 버려. 그러면 페테르는 그 말을 끔뻑끔뻑 눈으로 집어삼키며 그를 이해하지도 못하겠고, 그의 충고를 받아들이지도 못하겠다는 표정을 지었다. 그리고 로입케 선생이 이렇게 진도가 안 나가면 유급할 수밖에 없다고 말한 바로 그날, 졸탄이 피아노 공부를 관둔다고 하자, 다른 동료들과 마찬가지로 그를 겁쟁이라고 불렀다. 하지만 그의 양손은 고통으로 뻣뻣해졌고, 영혼은 말라 버렸으며, 수업에 힘을 쓰는 것은 그를 거의 초주검으로 몰아넣었으니 어쩌겠는가. 절망 속에 녹아 없어지지 않기 위해, 그는 지휘 수업을 포기하지 않았다. 아름답고 정확한 손동작을 하게 해 주고, 눈길 한 번으로 악보 전체를 이해하게 해 주던 그 눈의 반짝임은 잃어버렸지만. 수업에 가기는 했지만, 수업이 즐겁지는 않았다. 단 하나의 예외는 음악학에 관련된 과목들이었는데, 그 수업에서는 마르기트 이전 세기로 돌아갈 수 있는 고문서를 뒤적거릴 수 있었기 때문이었다. 그것은 양손을 주머니에 푹 쑤셔 넣고, 문드러진 희망과 함께 페스트로 돌아가지 않고도 현실로부터 도망칠 수 있는 하나의 자구책이었다. 그리고 약간의 돈벌이를 위해 슈토케라우에 있는 작은 오페라 극장의 반주자 자리를 구했을 때, 그는 그곳의 행정 일을 하는 안나를 만나 결혼했고, 삶이 이어지는 동안 단 한시도 마르기트에 대한 생각을 멈추지 않았다.

"당신 얼굴엔 언제나 슬픔이 가득해."

"두너강이 흐르는 모습을 보느라 그래. 강을 보면 울적해지거든."

"부다페스트에 갔다 오자. 당신 어머니도 좋아하실 거야."

"아니야. 크리스마스 때 이미 다녀왔잖아. 우리가 자꾸 가는 거에 어머니도 익숙해지면 좋을 게 없어."

"그럼 이사라도 갈까."

"싫어. 발코니에서 두너강을 보고 싶어."

"무슨 생각을 하는데?"

가엾은 안나. 그녀가 수없이 물었지만, 졸탄은 한 번도 환상적이지만 실재하는 어떤 여인을 생각한다고 말할 용기가 없었다. 차라리 입을 닫고, 할 수 있는 데까지 슬픔을 혼자 삭이는 것이 낫다고 생각했다. 안나는 도무지 이유를 짐작할 수 없는 남편의 그런 축 처진 모습에 늘 마음을 썼다. 몇 년 후, 졸탄은 리허설 반주자 일과 빈 음악학 연구소의 바우어 교수 밑에서 문서 보조 일을 동시에 하며, 쓸 줄도 모르는 쥐꼬리만 한 돈을 벌기도 했다.

그렇게 늘 생기 없는 그였지만, 예기치 못하게 죽음을 맞은 건 안나였다. 기운이 넘치고, 아픈 적도 없으며, 모든 것이 착착 맞아떨어지도록 지쳐 나가떨어질 때까지 일을 하는 사람이 바로 그녀였다. 어느 날 그녀는 머리가 아프다며, 아주 많이 아프다며 말했다. 졸탄, 앞이 안 보여. 병원에서는 그들의 눈을 맞추지도 않고 지체 없이 그들을 안심 또 안심시키며 그녀를 입원시켰다. 그길로 그녀는 병원을 나오지 못했고, 불쌍한 안나, 나는 그녀가 죽고 나서야 비로소 그녀를 위해 울었다. 슬픔 속에 살아가야 하는 남은 자들에게 짐이 되기 싫다는 듯, 안나는 너무나 빨리 가 버렸다. 그를 사랑했으며, 그의 알 수 없는 슬픔에 대한 복잡한 설명, 어쩌면 불가능한 설명들을 파헤치려 하지 않고 그저 존중한, 그런 여인의 소리 없는 퇴장이었다.

그런 죽음 후에도, 졸탄은 단 한 번도 그녀가 묻힌 곳을 찾아가지 않았다. 그는 여전히 발코니에 서서 파이프 담배를 손에 든 채, 다뉴브강만을 바라보았다. 마르기트에 관한 기억에는 깊은 죄책감이 덧씌워졌다. 왜냐하면 십오 년의 결혼 생활 동안, 그는 한 번도 웃은 적이 없었고, 웃으려 노력해 본 적도 없었기 때문이다. 어쩌면 집 안에 부재했던 웃음이 안나의 머릿속 울혈을 만들어 낸 건 아닐지. 그 긴 시간 동안 안나는 삶은 아름다운 거라고, 괜찮을 거라고 믿으며 살았다. 졸탄도 언젠가는 알 수 없는 그것으로부터 기운을 회복할 거고, 그러면 모든 것이 달라질 테지, 프라테르 주변을 함께 걷고, 하일리겐 슈타트에도 가서 예쁜 집들을 보고 우리 집이라 꿈도 꿔 보고, 그라벤 거리에서는 다른 사람들처럼 초콜릿 아이스크림도 먹을 거야.

안나의 죽음 후, 공교롭게도 바우어 교수도 은퇴를 했고, 졸탄 베셀레니는 마르기트에 관한 모든 것, 그리고 심지어 상처가 아무는 것을 방해하는, 그 오랜 시간 동안 머릿속에서 그를 불편하게 했던 약속마저 잊기 위해 필사적으로 연구에 매달렸다. 게다가 그는 인두염을 걱정하는 이류 가수들을 위해 피아노를 초견으로 쳐 주는 일에도 신물이 났다. 그 가수들은 그를 쳐다보지도, 그에게 고맙다는 소리도 할 줄 몰랐다. 왜냐하면 피아노 반주란 항상 정확해야 하고, 독자적인 슬픔도, 비밀스러운 희망도 가져서는 안 되며, 오줌이 마려워서도 안 되는, 그저 리허설을 위한 피아노의 한 부분에 불과하기 때문이다. 같은 작품을 수백 번 반복하는 것도 지겨웠다. 공연이 있는 토요일, 일요일을 빼고는 매일 여섯 시간씩 등을 구부리고 앉아 있어야 하는 연습실의 더럽고 시퍼런 벽을 쳐다보는 것도 진절머리가 났다. 음악이 자신의 상태처럼 슬픈 활동이 되어 가는 것도 몸서리가 나자, 그는 마르기트가 자신에게 한 것처럼 뒤도 돌아보지 않고 극장 일을 그만두었다. 완전히 연구에만 매진한 지 몇 년 후, 그는 그 기억을 아주 얇은 수술용 거즈에 싸서 봉합해 둘 수 있게 되었고, 그가 현재 음악학 분야에서 누리는 명성을 얻게 해 준 두 번의 행운을 만났다. 빈 시내의 음악학 연구소를 떠나지 않고도 성공한 두 가지 발견이 그것이었다. 비가 세차게 퍼붓던 어느 오후, 세기 초에 정식 간행된 신문을 뒤적이던 중, 그는 곰팡이가 약간 피기는 했지만 읽는 데 전혀 지장이 없는, 슈베르트의 알려지지 않은 가곡의 악보를 하나 발견했다. 작곡가 자신이 직접 기록한 것으로, 「유럽 칼새」라는 제목이 달려 있었고, 1820년에 작곡된 것이었다. 악보 옆에는 그린징에서 선술집을 운영하는 마티아스 홀바인이라는 자가, 순진해 빠진 슈베르트가 이름을 알 수 없는 어느 성격 급한 여자와 함께 그의 가게에 들러 소란을 피우고 간 밤의 값으로 받은 악보임을 확인한다는 메모가 남겨져 있었다. 그리고 그 곡은 소란이 있었던 다음 날, 작곡가의 주머니가 두둑하지 않다는 사실을 확인했을 때, 한 시간이 좀 안 되는 시간 안에 작성되었다고 덧붙여져 있었다. 마티아스 씨는 이십 년이 지난 후, 정확히 얼마인지 알 수 없는 값을 받고 빈시에 악보를 넘겼다. 시청의 형편없는 책임자들은 한 세기하고도 반세기가 더 지나, 비가 세차게 퍼붓던 어느 오후, 어느 슬픈 헝가리인 음악학자의 명성을 굳건히 하는 데 도움을 주기 위해 그 악보를 문서 다발들 사이에서 잃어버린 것이 틀림없었다. 또 다른 발견은 그보다 나중에 이루어진 것으로, 음악사의 수많은 통념들을 바꾸어 내며, 전 세계적인 반향을 불러일으켰다. 오르간 연주자 카스파어 피셔가 1828년 노쇠하여 죽음을 맞이하며 빈시에 기증한 악보 중에는, 그가 직접 그려 넣은 아주 독특한 시♭, 라, 레♭, 시, 도의 주제로 구성된 악마적인 대위법의 악보가 있었다. 이 주제로 이루어진 일곱 개의 변주곡은 캐논 형식이었고, 완벽하고 지적이며, 아이디어가 꽉 차 있었고, 꽤나 서정적인 데다, 거장들에게서만 찾아볼 수 있는 확신이 묻어났으며, 그걸 듣는 누구나가 범조성의 언어를 느낄 수 있었다. 쇤베르크보다 팔십 년이나 앞선 것이었다. 그 대작은 그의 다른 알려진 작품이 없는데도 불구하고, 라이프치히 출신이자 빈 프란치스코회 교회의 겸손한 오르간 연주자로 사십 년간 활동한 카스파어 피셔를 선지자, 예언자, 그리고 모든 예술 장르가 가끔씩 보유해야 할 천재의 반열에 올려놓았으며, 그를 망각 속에서 영원히 구제해 냄으로써 심각한 부정의를 피하게 되었다. 그렇게 졸탄 베셸레니는 자신의 분야에서 어느 정도의 명성을 얻었지만, 실제 그가 원하는 삶과는 거리가 있었다. 안나가 이걸 보지 못한 게 너무 슬펐다. 피셔의 주제 선율 시♭, 라, 레♭, 시, 도로 된, 아무런 의미가 없는 바데시를 이리저리 생각하던 어느 날, 또 다른 행운이 그가 기도하던 중에 찾아왔다. 계이름의 순서를 이리저리 뒤바꾸어 가며 애너그램 놀이를 하던 중 레♭, 시♭, 라, 도, 시의 순서 조합을 찾아낸 것이다. 새로운 계이름의 연결을 상상해 보기도 전에 전화벨이 울려 집중력이 흐트러졌다. 또 다른 행운의 전화였다. 크로이처 선생이 어디에서도 구하기 힘든 라포르그의 『겨울 여행』 초판본이 자신의 손에 들어왔다고 알려준 것이다. 그는 두말할 것도 없이 가격 흥정도 생략한 채 책을 사들였고, 궁금증을 참지 못하고 혹시나 가곡 「유럽 칼새」의 미출판본을 간접적으로라도 언급하지 않을까 책의 페이지를 대충 뒤적였을 때, 누런색을 띠고 너덜너덜해진, 동물 형상이 새겨진 책갈피 하나를 발견했다. 얼마나 오랜 시간 동안 거기에 꽂혀 있었는지 누가 알겠는가. 책갈피는 마침 슈베르트의 무덤이 나온 세피아색 사진이 들어 있는 페이지에 꽂혀 있었다. 그 즉시, 수술용 거즈가 풀어지며, 그의 모든 기억들이 허락도 없이 그의 위로 쏟아져 내렸다. 사진에는 몇몇 사람들이 함께 서 있었다. 가스통 라포르그는 한가운데 장대처럼 삐죽이 무덤을 반쯤 가리고 서서, 인생에서 가장 중요한 일인 양 최선을 다해 카메라를 바라보고 있었다. 옆에 선 편집인 샤프는 그의 팔을 잡고 있었고, 누군지 알 수 없는 두 남자는 촬영자의 작업을 유심히 바라보고 있었으며, 또 다른 한 여인은 떠나 버린 연인처럼 반대편을 바라보고 있었다. 무덤 부분을 유심히 살피던 졸탄의 눈에 마르기트의 얼굴이 비쳤다. 육 년 남았어, 마르기트, 네가 어디에 있든. 잠깐 동안, 몽상에 잠긴 듯한 그 여인이 라포르그의 지인이 아니라는 생각이 들었다. 그녀는 그를, 그와의 약속 장소를, 서로가 알기 육십 년 전부터 찾고 있던 마르기트였다.

시간은 그렇게 천천히 의욕 없이, 모든 의미를 상실한 채 녹아들어 갔고, 명망 높은 음악학자는 마음 깊은 곳에서 우러

나오는 무관심으로 그에 대한 찬사, 상, 존경, 동료들의 경외를 받아들였으며, 상황이 허락할 때마다, 출장, 찬사, 학회를 피해 다녔다. 망각이라는 것이 너무나 버거웠던 그에게는, 그저 비가 오는지 눈이 오는지 낙엽이 지는지 해가 뜨는지를 알려 주는 창가에 앉아, 시간이 가기만을 안절부절 기다리며, 타인의 기억 속에서 잊힌 것들을 구제하는 일이 더 맞았다. 페테르가 고문서와 악보 더미에 파묻혀 있는 그를 한 번 이상 방문해 주어 음악에 대해, 그의 발견에 대해 이야기를 나누었고, 그러면 졸탄은 그에게 무대 위에서 항상 완벽해야 한다는 그 강박과 어떻게 지내고 있는지 물었으며, 그에 대해 페레 브로스는 더 이상 생각하고 싶지 않다는 듯 뭐 그냥 그렇지라고 대충 대답했다. 그리고 그 둘은 더 이상의 자세한 내용을 묻지 않았다. 성격이 소심한 편인 그들은 왜 항상 그렇게 긴장 속에 살고, 또 왜 그렇게 슬픔에 잠겨 사는지 설명을 아끼는 편이었기 때문이다. 하지만 졸탄이 더 나이가 많았던지라, 하루는 페테르에게 질문을 결심하고서는, 페테르 너는 행복하니 물었고 그는 그럼, 당연하지라고 답했으며, 그러자 졸탄은 이 대답이 순전히 거짓말이라고 생각했다. 그래서 그는 졸탄에게 언제라도 음악이 너를 행복하게 하지 않는 날이 오면…… 부담 갖지 말고 털어놓으라고 말했다. 네가 원하면 말이지. 그 말을 하면서도 그는 마르기트의 감미로운 목소리를 생각했다.

장갑을 벗은 졸탄은 손을 펴 돌 벤치의 젖은 부분을 만져 보았다. 마치 이십오 년 전, 마르기트의 온기가 여전한지 느껴

보려는 듯. 베토벤의 무덤에는 꽃다발이 없었다. 브람스의 가장자리에는 당당한 시클라멘꽃이 고개를 들고 있는 화분 하나가 외롭게 놓여 있었다. 누가 타인의 무덤에 꽃을 가져다 둘 생각을 했을까? 안나의 무덤에도 최근에 꽃을 가져다준 사람이 있을까? 그는 주춧돌에 새겨진 글귀를 읽으려, 슈베르트의 비석에 다가갔다. 하지만 이내 눈물 때문에 시야가 뿌예져, 그러기 힘들다는 사실을 깨달았다. 그제야 그는, 그녀가 그곳에 없다는 사실을 확인했을 때부터, 울고 있었다는 것을 기억했다. "눈 속을 헤매이며 걸었네, 그녀가 내 팔을 잡고 저곳의 푸른 풀밭을 함께 거닐었을 때 남긴 발자국을 찾아." 그는 생각했다. 그가 노래를 알았다면, 마음속으로

여기에서 가져갈 수 있는
기억의 징표가 하나라도 없을까?
내 고통마저 침묵할 때면,
무엇이 나에게 그녀를 기억토록 해 줄까?

라고 바리톤의 목소리로 자신을 향해 노래를 불렀을 테지만, 마르기트만이 부여할 수 있는 생명력은 없었으리라 생각했다.

가곡이 그렇게 끝나자 그는 더 이상 비가 우산을 때리지 않는다는 사실을 알아챘다. 젖은 나무의 빗방울들이 떨어지기는 했지만, 구름으로부터 내려오는 것은 아니었다. 우산을 치워 보았다. 그의 눈에서만 눈물이 내리고 있었다. 우산을 접었다. 아직도 주춧돌에 새겨진 글을 읽기에는 역부족이었다. 손

수건을 꺼내 눈물을 훔치고 몸을 숙이자, 허리 통증이 다시 밀려왔다. 그제야 그는 무언가 부딪는 소리를 들을 수 있었다. 하지만 그는 무덤 아래 새겨진 글귀를 편하게 읽기 위해 안경을 쓰는 중이었다. 부딪는 소리는 점점 커졌다. 코에 반쯤 안경을 걸친 졸탄은 그렇게 내밀한 순간을 방해하는 사람이 누구인지 조금 짜증이 났다. 회색 머리의 여자가 정말 못난 노란색 비옷을 뒤집어쓴 채, 아주 조용한 모터를 장착한 전동 휠체어를 타고 그의 뒤에 도착했다. 마치 자신의 차례를 기다리는 것 같았다. 그녀는 치마 위에 흰색 카네이션을 올려 두고 있었다. 졸탄은 다시 글귀를 향해 고개를 돌려 얼굴을 좀 더 가까이 한 후, 턱을 내밀고, 그를 기억하며 빈 남성 합창단(독일어)이라고 쓰인 것을 읽고 나서는 놀라고 말았다. 굽은 허리를 일으켜, 몸을 반쯤 돌렸을 때는 더 놀라고 말았다.

"졸탄." 노란 비옷의 여자가 말했다.

회색 머리, 슬프고 깊은 그 눈빛, 깨끗한 피부, 마르기트, 사랑, 내 사랑, 네가 오지 않을 거라 생각했어, 이십오 년의 세월이 그렇게 빨리 지나갔구나, 마치 아무 일 없었던 것처럼 우리가 이렇게 다시 만났으니.

졸탄은 입이 더 크게 벌어진 채로 코에 걸쳐져 있던 안경을 벗었다.

"마르기트." 그는 그녀에게 다가가 고개를 그녀 쪽으로 기울여야 했다. "마르기트." 그는 기적을 다시 확인하기 위해 그녀의 이름을 다시 불렀다.

그들은 어떤 무덤에도 카네이션을 헌정하지 않았다. 그녀는 돌 벤치까지 휠체어를 끌었고, 그는 힘겹게 숨을 쉬며 뒤를 따랐다. 졸탄은 젖은 돌 위에 앉았고, 둘은 마치 기억의 배터리를 다시 충전이라도 하듯 한참을 고요히 있었다.

"내가 실수한 거 맞더라." 한참을 조용히 있던 그녀가 말했다.

"그럴 줄 알았지."

둘은 상대의 시선에 담긴 날카롭고 세밀한 상처가 두려워 서로를 쳐다보지 못했다.

"넌 어때? 어떻게 지냈어, 그 긴 시간 동안?"

"잠자리에 일찍 들었지." 그는 차분하게 안경을 안경집에 넣더니, 안경집을 외투 안에 집어넣었다.

"행복했어?"

"아니. 하지만 다른 방법이 없었어. 결혼을 했어. 아내는 죽었고, 그녀를 한순간도 기쁘게 해 준 적이 없어서 너무 슬플 뿐이야."

마르게리타는 마치 그의 슬픔에 위로가 되기를 바란다는 듯, 카네이션 한 송이를 건넸다.

"가엾은 여인." 그녀가 숨을 내쉬었다.

둘은 말이 없었다. 모차르트의 기념비는 시간의 흐름을 알려 줄 수 있는 어떤 그림자도 내주지 않았다.

"너는?"

"이 년 정도 지나고 이혼했어."

이제는 그의 시선이 아무도 모르게, 불안하고 놀란 듯 흔들렸다.

"왜 나를 찾아오지 않았어?" 그가 끼어들었다.

"찾으러 갔었어. 하지만 어디로 가야 하는지 모르겠더라. 네 말대로 강을 따라 내려가 부다페스트로 갔어." 마르게리타는 눈을 크게 뜨고, 무덤이 아닌 정면을 바라보며, 자신의 이야기에 집중하는 모습이었다. "성도 모르는 널 어떻게 찾으라는 거였니? 페스트의 리스트 음악 학교에 가 보니 이름이 전부 졸탄이던걸."

"정말 그랬단 말이야……." 절망에 빠진 졸탄이 낮은 목소리로 말했다.

"네 흔적 같은 건 아무것도 없었어. 아무 흔적도. 그래서 그냥 여기에 머물게 된 거야. 최소한…… 네 기억의 근처라도 맴돌려고. 넌 어디에 살아?"

"이곳에서 살았다고?" 상처 입은 그는 항의하듯 말했다.

그제야 졸탄은 그녀를 정면으로 바라보았다. 그녀의 슬픈 눈이 그의 상처를 파고들었다. 그리고 그녀의 시선에는 찢어질 듯한 아픔이 담겨 있었다.

"최근 이십 년간. 난 노래를 관뒀어. 음악, 아니 음악 세계 자체를 떠났지. 왜냐하면……."

"최근 이십 년간 빈에 살았단 말이야?" 그가 그녀의 말을 끊었다.

"하일리겐슈타트에서. 널 생각하며."

졸탄은 자리에서 일어나, 믿을 수 없다는 듯 한숨을 내쉬었다. 다시 자리에 앉았다.

"하일리겐슈타트." 그는 확인하려는 듯 다시 말했다.

"그래."

"예쁜 집에서." 그는 혼란스러움에 머리를 흔들었다. "안나가 말하기를……." 그는 아무것도 아니며, 조용하겠다고, 그냥 포기하겠다고, 네가 계속 말하라는 뜻으로 다시 고개를 흔들었다.

"응, 예쁜 집에서. 베토벤의 집 근처야. 하지만 사고가 난 후에는, 엘리베이터가 있는 시내 중심의 아파트로 집을 옮겼어."

졸탄은 처음으로 그녀의 휠체어를 바라보았다. 뭔가를 말하려 입을 열었지만, 같은 생각이 다시 강박적으로 돌아왔다.

"이십 년 동안이나 같은 신호등과 프라터 놀이공원의 대관람차를 함께 바라보았다니……."

"한 번도 타 본 적은 없어. 네가 여기 있는 줄 몰랐어."

"이십 년 동안 있었어. 결혼은 다시 했어?"

"아니. 하지만 새로운……." 그녀는 말을 멈추고, 대화의 주제를 바꾸었다. "널 계속 찾았어……."

"왜 날 떠난 거야." 졸탄은 마음속 깊이 상처를 입은 채 그녀의 말을 끊었다. "내가 그렇게 그리웠다면서?"

"난 항상 그랬어. 하지만 예전에는 그 이유를 나도 몰랐지."

"그럼 지금은?"

"이제는 알아."

"이유가 뭔데?"

그녀는 카네이션 다발을 들고 한참을 바라보더니, 마음이 불편해진 듯 꽃을 다시 치마에 내려놓았다.

"피아노는 어떻게 돼 가?"

"관뒀어. 리허설 반주자로 일을 좀 했어."

"피아노를 정말 잘 쳤잖아."

"그랬을지도. 하지만 내게 부족했던 건⋯⋯" 그는 말을 급히 멈췄다. "내가 그렇게 그리웠다면서 왜 나를 떠났는지, 이유를 말해 주지 않았잖아."

그녀는 말이 없었다. 졸탄에게 솔직해지기가 너무 힘들다는 듯. 그러더니 한참 후 입을 열었다.

"그게 말이야⋯⋯. 난 행복이 내 손안에 찾아오는 게 두려워. 손에 화상을 입거나, 폭발하기라도 할까 봐 어쩔 줄을 모르겠어."

그는 그녀의 양손 사이에, 마치 행복처럼 자신의 손을 놓았다.

"꽉 잡아 봐, 폭발하지 않으니까."

하지만 그녀는 본능적으로 양손을 열어 그의 손을 놓아주었다.

"여기에 수도 없이 왔었어." 마음의 동요를 감추기 위해 그녀가 말했다. "하지만 여기에 안 온 지 꽤⋯⋯ 왜냐하면 새로운⋯⋯."

"난 한 번도 와 본 적이 없어. 오늘이 처음이야." 그는 비에 젖은 풍경을 증인으로라도 세우려는 듯, 주위를 둘러보았다. "견디기 힘들었을 거야."

마르기트는 조용히 듣고만 있다가 대화의 주제를 바꾸었다. "애들은 있어?"

"아니. 난 기억들이 있지. 저녁 같이 먹을까?"

"음 그러니까⋯⋯. 그게 좀 복잡해⋯⋯. 내가⋯⋯. 문제가 있어……." 그녀는 휠체어에게 책임이 있다는 듯, 휠체어를 가리켰다. "……소변 참기가 힘들어. 그래서 집 밖에 오래 나와 있지 않는 편이야."

"네가 원하는 대로 하자."

그녀는 잠깐 동안 뭔가를 곰곰이 생각했다. 졸탄이 보기에 그녀의 회색 눈은, 그녀가 수수께끼 같은 상황에 맞서야 할 때마다 나오는 뭔가를 뚫어 버릴 것 같은 그 힘을 회복한 것 같았다.

"화장실에 좀 다녀올게. 그다음에……." 그녀는 미소를 지었다. "그다음은 그다음에 생각하자."

졸탄은 자리에서 일어났고, 그녀는 그의 옆에 있었다. 빗방울이 다시 떨어지기 시작했다. 그들은 아무 말 없이 빌딩의 입구로 들어가 화장실 쪽으로 이동했다. 화장실 앞에서, 그녀는 휠체어를 돌려 그의 눈을 바라보았다.

"여기서 기다려."

"언제나 네가 하라는 대로 해 온걸." 그는 진지한 표정으로 그녀를 바라보았다. "지금도 말을 잘 들어야 하지 않겠어?"

그녀는 회색 윙크를 보냈고, 장애인을 위한 출입문으로 사라졌다. 졸탄은 몸을 돌려 크게 숨을 내쉬었다. 만족스럽지 않았다. 화가 치밀어 올랐다. 마르게리타가 그에게 쥐여 준 흰색 카네이션의 향기를 맡아 보았다. 아주 강렬하고, 희망에 찬 냄새였다. 시간이 지나며 어느 정도 마음의 평정을 찾고 있던 그였으나, 갑자기 그 큰 규모의 재건 공사가 방향을 잃고 흔들리고 있었다. 빗방울 떨어지는 간격이 더 짧아졌다. 그는 그녀를 기쁘게 하기 위해 카네이션을 옷깃에 꽂고, 자유로워진 손으로 우산을 펼쳤다. 비가 우산을 때리는 거친 소리가 다시 들렸다. 주위에 희망이 피어오르기 시작한 지금, 그 소리는 감미롭기까지 했다.

얼마 후 비는 왔던 길을 되돌아갔고, 그는 우산을 다시 접었다. 그때 전화벨이 울리며, 지구가 여전히 돌고 있다는 사실을 알려 왔다. 아득히 들리는 페테르의 목소리가 그를 꿈에서 깨웠다.

"이봐, 페테르." 의욕 없이 말했다. "무슨 일이야?"

"아니, 아니, 별것 아니야……. 그냥 피셔에 관한 책을 보내 줘서 고맙다고. 아직 대충 훑기만 했는데도 대작인 걸 알겠더라."

"그래." 용서할 수 없을 정도로 견디기 어려웠다. "무슨 일 있어?"

"더 이상 연주를 못 하겠어. 정말 더는 못 하겠다고. 자네 생각을 자주 해. 슬프다고, 졸탄."

"이봐, 난 지금……."

"불안한 마음에 잠을 제대로 못 잔 게 벌써 육 개월이야. 쉬고 싶어. 자네가 나한테 말한 적 있지……."

"이봐, 나중에 통화하는게 어떨까?"

"나의 행복을 갉아먹는다면 음악을 관두라 했지, 자네가 말이야."

"이봐, 나중에 천천히 얘기하자고, 어때?"

"슈베르트가 나타났어." 페테르의 목소리에서 절망이 느껴졌다.

"슈베르트?" 졸탄은 본능적으로 무덤 쪽을 바라보았다. 그러나 곧 장애인용 화장실의 출입문을 살피기 위해 고개를 돌렸다. "페테르, 자네. 나는……."

"알았어, 알았다고."

"나중에 전화해 줘, 알았지?"

"자네를 사랑해. 진심으로. 기억해 줘."

페테르는 전화를 끊었다. 어쩌면 너무 급히 끊었다. 졸탄도 그렇게 해야 했지만, 생각에 잠겼다. 무슨 말을 하려고 했던 거지? 페테르 브로스에게 무슨 큰 문제가 생긴 것 같다고 결론을 내리려는 순간, 남자 화장실에서 나오는 근육질의 남자를 보며 정신이 흐트러졌다. 그가 들어가는 모습을 못 본 것 같았다. 하지만 곧 자신의 문에 집중하며, 먼 곳에서 전해진 친구의 한탄을 잊었다. 그의 되살아난 기대로 인한 심장 박동 소리가 다른 잡음을 모두 덮어 버렸다. 그렇게 심장이 터질 것 같은 상황에서 큰형의 역할을 하는 건 무리였다. 그는 참을성 있게, 때로는 참을성 없게 화장실 앞을 오가며 아주 중요한 문제들을 이리저리 생각해 보았다. 예를 들면, 다시 만난 지 꽤 시간이 흘렀는데도 그녀에게 다음과 같은 질문을 하지 않은 건 용서할 수 없는 문제였다. 무슨 일이 있었니, 왜 휠체어를 타게 된 거야, 사고가 있었던 거야, 마르기트, 무슨 사고였어?

졸탄은 자기 나이와 비슷해 보이는 남자와 매우 젊고 예쁜, 어쩌면 딸인 것 같은 소녀가 함께 지나가는 모습에 정신이 산만해졌다. 그들은 경비실을 통과했고, 지도를 살펴보며 얘기를 나누는 그들의 손짓으로 볼 때, 졸탄의 옆에 있는 무덤을 찾고 있는 것이라 생각했다. 그들에게 질투심이 느껴졌다. 그들의 움직임을 눈으로 따라갔다. 맞는 방향으로 가고 있군. 그리고 안절부절 더는 못 기다리겠다는 듯 화장실 문을 쳐다보았다. 거동이 불편하면 당연히, 불쌍한 마르기트⋯⋯. 비가 다시 퍼붓기 시작했다. 하늘과 시계를 살펴본 그는 초조하게 숨을 내쉬었다. 우산을 다시 여는 대신 화장실 문을 열고, 두 개의 닫힌 문이 보이는 통로로 들어갔다.

"마르기트?"

아무런 대답도 들리지 않았다.

"마르게리타?"

그는 힘껏 문을 밀었다. 그 칸은 비어 있었다.

"마르기트?" 목소리에 더 큰 긴장이 배어들었다.

남은 문 하나도 힘껏 밀었다. 역시 비어 있었다. 그는 크게 소리를 지르기 시작했다.

"마르기트!"

화장실 통로로 급히 나왔다. 그제야 통로 끝 벽에 문 하나가 더 있다는 사실을 알아차렸다. 그는 달려갔다. 문은 입구의 로비로 통했다. 건물 관리인에게 휠체어를 타고, 노란색 뭔가를 걸친 여자를 못 봤는지 물어보았고, 관리인은 평생 못 고칠 것 같은 깨진 이를 드러내 보이며, 네, 회색 머리에, 아주 우아하고 아름다운 여인 말이죠라고 말했다. 졸탄은 그의 손목을 잡으며, 맞아요! 관리인은, 음 그녀를 기다리던 택시를 타고 방금 여길 떠났는데요. 어디로요? 빈 쪽으로요. 택시 승강장이 있습니까? 여기에는 없어요. 좀 더 올라가면 버스가 서는 곳이 하나 있어요. 빈으로 돌아가려면 트램이 젤 나아요.

졸탄은 마지막 충고를 듣지 못했다. 왜냐하면 그는 자포자기하는 심정으로 빈을 향하는 방향으로 이미 달려가고 있었고, 지나가는 아무 택시나 잡아타리라 생각했기 때문이다.

승강장에 거의 도착했을 때, 72번의 종소리가 들렸다. 기차에 오른 그는, 급한 마음을 가라앉히려 차 칸의 가장 앞쪽으로 갔다.

그는 눈을 부릅뜨고, 숨을 헉헉대며 기차의 노선을 소화했다. 주변에 택시는 없었고, 창문에 생긴 수증기만 점점 두터워졌다. 그의 영혼은 새로운 상실에 대한 체념을 준비하고 있었다. 택시 두 대와 마주쳤지만, 어느 차에도 마르기트는 없었다. 링거리 부근의 종점에 도착했을 때, 모든 희망이 산산이 부서진 졸탄은, 그녀가 그를 영원히 떠나 버렸던 처음 그때처럼 트램에서 내리지 않았다. 고개를 푹 숙인 그가 울기 시작하자, 옷깃에 꽂아 두었던 흰색 카네이션의 싱그러운 향기가 잔인한 바람처럼 불어왔다. 마르기트는 또다시 녹아 없어져 버렸다. 마르기트, 이름이 마르게리타이며, 행복을 마주하면 항상 도망가 버리고, 지금 현재는 시내 중심, 엘리베이터가 있는 집에 살고 있다는 사실밖에 알고 있는 게 없는 그녀였다.

기관사는 백미러로 그를 흘깃 보았고, 소란을 일으키기 전 시간이 좀 지나도록 두는 게 낫겠다고 생각했다. 졸탄은 다시 정신을 차리고, 숨을 깊이 들이쉬며, 좌석 등받이에 몸을 기댔다. 그리고 지저분하고 수증기가 낀 창문으로 고개를 돌렸다.

마치 흥청망청 밤의 파티라도 즐기고 온 몽유병 환자처럼 넥타이는 느슨했고, 환희의 카네이션을 옷깃에 꽂은 채, 알코올 중독자처럼 눈빛은 초점을 잃고 흐리멍덩해져 있었다. 그는 머릿속에 맴돌던 노래, 발걸음 소리도 들리지 않게 조용히 문을 닫고 갑니다, 그리고 문 위에 적어 놓을게요, 「잘 자요」를 떠올리며, 떨리는 손가락으로 창문에 서린 안개에 잘 자, 마르기트라고 썼다. 그렇게라도 내가 너를 생각했음을 네가 알아주었으면 좋겠다. 졸탄은 글자들 사이로 어떤 맨발의 노인이 드렐라이어를 손에 든 채, 저 멀리 행복했던 시간들을 응시하며, 꽁꽁 언 길을 걸어가는 모습을 어렴풋이 보았고, 노래를 부르기 시작했다. 마침내 기관사는 화가 나, 그 술주정뱅이를 자신의 트램에서 쫓아내겠다는 듯 자리에서 일어났다. 졸탄은 자신 없는 바리톤의 목소리로, 아주 깊은 고통의 침연으로부터 흘러나오는 노래를 불렀다. 이야기 속 노인이여, 같이 길을 걸어도 되겠습니까? 내가 노래를 부르면, 같이 연주를 해 주시겠습니까? 그는 눈물이 흐르도록 두고, 창문에 적힌 글자들 사이로 도시의 파편들을 보려 했지만, 보이지 않았다. 그는 그곳을 영원히 떠나지 못하리라는 것을 알았지만, 이제는 더욱더 견디기 힘든 곳이 되리라는 것도 알았다. 기관사가 정신 차리고 기차에서 내리라며 위협적으로 말하는 동안, 지워진 기억 속 깊은 곳에서, 아주 오래전부터 간직해 두었던 시^b, 라, 레^b, 시, 도가 허밍으로 터져 나왔다. 카스파어 피셔의 주제는 그에게 앞을 보고, 용기를 내라고, 미래의 다시 서기를 믿으라고 비난하듯 외치고 있었다. 만일 '사랑하는 마르기트를 생각하지 않고 사는 힘에 대한 찬가'가 있다면 바로 그것이었다. 그리고 운전사의 압박에 항복하여 생각을 접고, 자리에서 일어났다. 카스파어 피셔와 같은 선지자를 흉내 내기에는 너무나 부족했다. 그는 그저 평범한 인간일 뿐이었다.

그제야 그는 다른 방법이 없다는 것을, 빈을 떠날 수 없다는 것을, 인생은 하나의 경로도 목적지도 아닌 여행이며, 우리가 사라질 때는 그 위치가 어디든 우리는 언제나 여행의 중간 지점에 있다는 것을 이해했다. 그의 불운은 하필이면 가혹하기 짝이 없는 겨울 여행에 당첨되어, 영혼이 완전히 파괴되어 버렸다는 데 있다.

에필로그

　여기에 실린 이야기는 모두 꽤 긴 시간에 걸쳐 쓰인 것들이다. 가장 오래된 이야기의 초고는 1982년에 나왔고, 전체가 완성된 것은 2000년이다. 신기하게도 처음 완성한 이야기가 딱 마음에 들었던 적은 거의 없었다. 한 작품을 제외하고, 처음의 이야기가 그대로 최종본이 된 경우는 없다. 대부분 주제, 분위기, 주요 갈등들은 괜찮았고, 유지할 만한 것들이었다. 하지만 이야기의 톤이 계속해서 뭔가 들어맞지 않았다. 최종적으로 이 책이 된 이야기들을 위해, 나는 수년 동안을 혼란 속에서 살았다. 이야기의 줄거리와 소재는 있었지만, 그것들을 구체적으로 구현하려니 나조차도 설득되지 않았다. 심지어 『환관의 그림자』를 끝냈을 때는 몇 년간, 이제는 이야기의 혼란스러움을 걷어 내고 내 것으로 만들 때가 되었다고 생각하며, 여기에 나온 이야기들을 열정적으로 써 나갔다. 하지만 나는 수많은 실패의 반복 끝에 이 이야기들이 존재할 필요가 없거나, 아니면 내가 이 이야기들을 위해 존재할 필요가 없다는 사실을 받아들여야 했다. 하지만 이야기에도 발이 달렸다는 사실을 알게 된 이후에는, 키킨이 믿는 노자가 추천하듯 전략을 바꾸어, 골방 문 앞에 자리 잡고 앉아, 꿈쩍도 않은 채, 이야기가 내 앞으로 지나가면 목덜미를 잡아채 설명해 보라고 다그쳤다. 그렇게 하나하나 엄청난 인내가 주춧돌이 되어, 나는 개별 이야기들의 비밀을 풀어 나갔고, 그렇게 이야기의 첫 문장 혹은 첫 단어, 혹은 나조차도 어떻게 될지 몰랐던 이야기의 시작과 연결되는 문학적 결말에 대한 명징한 혹은 희미한 발상들을 떠올리기 시작했다. 원고의 마지막 작성 과정, 대부분 새롭게 탄생한 열네 편의 이야기들은 나에게 많은 놀라움을 안겨 주었다. 아마도 가장 자랑할 만한 놀라움은 삶의 모든 것은 관계를 맺고 있다는 점을 확인한 것일 테다. 나는 전적으로 독립적인 이야기들의 묶음을 만들어 내고 있다고 생각했다. 각 이야기들의 분위기가 그런 독립됨을 아우성치며 요구했기 때문이었다. 하지만 막바지에 이르러, 바로 그 기간 동안, 글쓰기 작업을 해 나가는 자체가 나에게 어떤 숨겨진 혹은 좀 더 명시적인 연결 고리들을 발견하게 했고, 모든 것들이 서로 연결되어 있다는 사실을 깨닫게 해 주었다. 그리고 나는 소설 속 주인공들 대부분이 갖는 그런 장점들을 갖지는 못했지만 어쨌든 존재하는 그 인물들을 조금씩 알아 가는, 심지어 어느 정도 좋아하기까지 하는 정도에 이르렀다. 왜냐하면 한 이야기를 살아 낸다는 것은, 잠수부들이 들어가는 감압실과 비슷한 일본의 호텔에서 평생 지내는 것과 비슷하기 때문이다. 하지만 이것은 겉으로 보기에만 그렇다. 이야기 속 인물들은 각자가 속한 이야기가 그렇듯, 대부분 언어화된 적이 없어서 그렇지 반드시 존재하는 그 무언가에 기반한다.

작업 기간 동안 글쓰기가 안 풀린 적도 있었다. 몇몇 경우를 보자면, 이야기의 뭔가 모를 부분이 썩 맘에 들지 않아, 완전 휴지통에 던져 버린 것은 아니지만 안 보이는 곳에 밀쳐 둔 적은 꽤 있었다. 아마 어정쩡한 상태의 이야기들이라, 더 나은 때를 기다려야 했던 것 같다.

내 생각에 독자들은 소설을 읽을 때보다 단편을 읽을 때 품을 더 많이 들여야 하는 것 같다. 앞에서 말했듯이 이야기의 제한된 공간은 작가에게 많은 것을 생략하게 하고, 수많은 이전의 삶들을 당연시하거나, 모든 도덕적 혹은 신체적 묘사를 한 획에 축약해 버리도록 한다…… 작가는 독창성을 갈고닦아야 하지만, 독자도 마찬가지다. 작가는 배경, 이야기의 구조, 환경, 분위기를 제시하지만, 이것들을 채우는 것은 독자의 일이다. 물리적으로 모든 것을 한 이야기에 집어넣는 것은 불가능하기에, 개별 이야기의 도덕적 측면은, 만일 그런 것이 있다면, 독자의 마음속에서 그들이 갖는 독서 후의 반향, 독서에 대한 기억(음악에서 청음 즉시 발생하는 음향 기억에 해당하는)을 통해 완성되는 것이다.

이와는 별도로 이 책을 만들어 나가며 단편을 쓸 때의 호흡은 장편 소설을 쓸 때와 다르다는 것, 좀 더 당김음적인 성격이 있다는 것도 배웠다. 장편 소설은 계획을 세워야 하는 장기전과 같아서 고민하고, 쉬지 않고 노력해야 하며, 전술을 짜고, 아주 작은 차이로 승부가 결정된다. 반대로, 단편은 자신감을 가지고 첫 번째 공격에서 빨리 경기를 이겨야 할 것 같은 느낌을 준다. 여기서 다시 키킨의 인용을 소환해 본다. 성 바울(리스트라 출신이자 그의 충직한 제자였던 디모데에게 쓴 두 번째 편지)에 영감을 받은 쿠베르틴 백작은 예술에서 중요한 것은 승리이며, 나머지는 설화일 뿐이라고 천명했다.

빌헬름 뮐러의 『겨울 여행』 미출간본이라는 엄청난 선물을 준 미켈 데스클로트에게 진심으로 감사드린다. 그의 번역은 마지막 장 「겨울 여행」에 당당하게 혹은 숨어서 등장한다.

헝가리의 대시인 요제프 어틸러의 두 소절은 에두아르드 J. 베르게르와 칼만 펄루버의 『운문들』(그레갈 출판사, 발렌시아, 1987)에서 발췌한 것이다. 서지 정보는 아드리아 선생이 전해 준 카드를 통해 확인할 수 있었다.

「겨울 여행(Die Winterreise)」은 빌헬름 뮐러의 시집을 바탕으로 프란츠 슈베르트가 작곡하여 사후에 발표된 연가곡집이다. 아틸리오 베르톨루치는 우리에게 『겨울 여행(Viaggio d'inverno)』이라는 운문 선집을 남겼다. 안토니 마리는 몇 년 전, 열두 개의 노래로 이루어진 『겨울 여행(Un Viatge d'hivern)』이라는 제목의 시 선집을 썼다. 가스통 라포르그는 음악을 위해서라기보다 자신이 더 빛나 보이려 논쟁의 소지가 많은 프란츠 슈베르트의 전기를 집필했고, 제목을 『겨울 여행 (Voyage d'hiver)』으로 붙였다. 이 책의 이야기들이 흐릿하기는 하지만 뭔가 형태를 갖추어 갈 때쯤부터, 이 이야기 모음집의 제목을 『겨울 여행(Viatge d'hivern)』이라 해야 한다고 생각했 다. 우연의 일치란 때때로 의도한 것일 때도 있고, 그렇지 않 을 때도 있어서, 불편한 감정이 드는 것을 완전히 피하기는 어 렵다. 이 작품이 그렇지 않기를 바라며, 오히려 그 반대로 뮐 러, 슈베르트, 베르톨루치, 마리, 그리고 라포르그가 이 작품 을 하나의 경의로 생각해 주었으면 한다.

이에 더해, 나는 몇몇 이름과 헌정사를 이 자리에 남겨 두 고자 한다. 혹시 싫더라도 그들이 받아 주었으면 싶다.

「고트프리트 하인리히의 꿈」을 마르티 카브레 바르바에게 바친다. 맨 처음 썼던 버전부터 그가 이미 관련되어 있었다. 「손안의 희망」은 이야기의 탄생부터 클라라 카브레 바르바에 게 헌정된 것이다. 「나는 기억한다」는 샘 에이브럼스와의 굉장 히 강렬했던 대화로부터 탄생했고, 그를 위한 이야기이다. 「사 후 작품」은 무대 위에 오른다는 것이 어떤 의미인지를 잘 아 는 크리스토폴 A. 트레파트와 몬세라트 기셰르, 그리고 지칠 줄 모르는 조르디 미르를 위한 이야기이다. 꼬리에 꼬리를 무 는 「이 분」은 프라하의 얀 스헤이발, 그리고 바르셀로나의 라 몬 플라 이 아르셰에게 바친다. 「보석 같은 눈」은 언어의 기적 에 무한한 열정을 갖고 있는 조아킴 M. 푸알, 프랑크푸르트 의 틸 스테그만, 카스테요의 조안 F. 미라, 그리고 뮌스터의 공모자들에게 바친다. 마지막 순간 피아니스트의 일방적인 취소로 음악이 없어져 버린 「협상」은 나의 음악적 동지인 조제프 류이스 바달, 오리올 코스타, 그리고 자우메 살라를 위한 것이다. 「발라드」는 유일하게 맨 처음 떠오른 발상에서 크게 벗어나지 않은 오래된 이야기로 조제프 M. 페레르, 마그다 칼페, 그리고 자우메 아울레트를 염두에 둔 것이다. 「먼지」는 먼지가 아닌 책을 소재로 하였으니, 톤 알베스와 류이자 카르보넬이 받아 주었으면 좋겠다. 나의 형제들에게는 「흔적」을 바친다. 「결과가 모든 것을 좌우한다」는 샤비에르 파브레와 마르타 나달을 위한 것이다. 「유언장」은 부다페스트의 칼만 펄루버, 그리고 사바델의 아돌프 플라를 위한 것이다. 「빵!」은 이야기의 폭력성을 고려하여, 오리올 이스키에르도, 돌로르스 보라우, 그리고 세르지 보아델랴에게 바친다. 「겨울 여행」은 마르가리타 바르바를 위한 것이다.

2000년 가을

작품 해설

남은 자들의 쓸쓸한 이야기, 겨울 여행

장편 소설이 대부분을 차지하는 자우메 카브레의 책들 가운데 몇 안 되는 단편집이 있다. 그 중 하나가 바로 이 『겨울 여행』이다. 2000년 출간된 이 책의 제목은 슈베르트가 빌헬름 뮐러의 연작시 「겨울 여행」에 곡을 붙여 연가곡집으로 탄생시킨 「겨울 여행」의 제목에서 그대로 따 온 것이다.

이야기 짓는 카브레

이 작품이 처음 발표되었던 2000년 자우메 카브레는 이미 카탈루냐 문학계에서 크게 알려진 작가였다. 1984년 발표된 『주노이 수사 혹은 소리의 고통』으로 카탈루냐 비평상을 수상했고, 1999년에 나온 『환관의 그림자』는 출판과 동시에 이미 몇몇 해외 문학 에이전시들과의 계약이 맺어지기도 했다. 그러나 장편 소설가로 입지를 굳히고 있던 그가 『겨울 여행』이라는 단편집을 냈다는 소식에, 카탈루냐 문단은 이를 그의 도전 혹은 모험으로 해석했다.

이러한 호기심과 약간의 우려 가운데 『겨울 여행』은 그 형식적 독특함으로 카탈루냐 문학가들과 독자들로부터 곧 호평을 이끌어 냈다. 작품의 주인공들은 매우 다양하다. 무대공포증에 시달리는 피아니스트, 바람 피우는 남녀, 사기꾼, 쇼아 생존자, 유고슬라비아 전쟁에 자식을 뺏긴 어머니, 미소지니스트 등 도무지 일관성이 없어 보이는 주인공들이 18세기에서 20세기 사이의 유럽 곳곳에 퍼져 있다. 놀라운 것은 열네 개의 짧은 이야기들이 각각 독립적인 단편으로 우뚝 서 있으면서도, 세밀한 문학적 단서들을 통해 서로 연관을 맺어 가며 몇몇 개의 초월적 서사를 형성한다는 사실이다. 여러 장에 흩뿌려진 단서를 찾아, 독자 자신이 이야기를 직조해 내야 하는 새로운 미적 경험은 '겨울여행'을 단순한 단편집으로 보는 데에 대해 많은 평론가들과 독자들이 의문을 제기하도록 했다. 카탈루냐 문학자 글렌은 이야기의 꼬리가 또 다른 이야기의 꼬리를 무는 '짧은 이야기 사이클'이라고 했고, 영문판 번역자는 '희한한 단편집'이라 했다.

흩어진 단서들 중에서도 가장 주목해 볼 것은 피셔의 주제 선율과 렘브란트의 그림이다. 피셔의 주제 선율 '시♭, 라, 레♭, 시, 도' 는 여러 장에 걸쳐 반복적으로 등장하는데, 글을 읽어

나가는 독자에게 익숙한 느낌을 줄 뿐만 아니라 각 장의 연결을 간접적으로 암시한다. 이 멜로디를 따라가다 보면, 이 주제의 탄생과 기록, 연주, 그리고 감상에 이르는 연대기가 하나의 굵직한 서사로 윤곽을 드러낸다. 마찬가지로 렘브란트의 그림 「철학자」는 최초로 탄생한 곳을 떠나 유럽의 수많은 도시들을 거치며, 셀 수 없는 인간사를 연결시키고 이에 개입한다. 그림을 따라가다 보면 '위대한 예술품'이란 단순히 그림의 내적 미에서 기원하는 것이 아니라 인간의 순수와 욕망의 복합적 작용 속에서 탄생한다는 또 하나의 서사가 솟아오른다.

평론가들이 공통적으로 쏟아 낸 질문은 챕터 간의 연결을 작품의 집필 초기부터 염두에 두었는가 하는 것이었다. 이에 대한 대답을 카브레는 에필로그에서 간접적으로 제시하고 있다. 그는 "전적으로 독립적인 이야기들의 묶음을 만들어 내고 있다고 생각"했지만, 작품을 써 나가며 이야기들의 연결 가능성들을 서서히 발견했다고 이야기한다. 개리 마크스와의 인터뷰에서 그는 장편 소설가로서 자신의 '충동'에 대해 말했는데, 『겨울 여행』 집필의 진도가 점점 나가자 왜 이야기를 연결짓지 않는가라는 심장의 질문에 시달렸다고 한다. 『겨울 여행』은 이러한 질문에 답하는 과정에서 이야기의 중층적 얽힘이라는 형식적 실험과, "삶의 모든 것은 관계를 맺고 있다"라는 작가만의 통찰을 담아내는 두 가지 모두에 상당한 성과를 거둔 작품이라 볼 수 있다.

그 밖에도 『겨울 여행』은 카브레의 이야기 짓는 방식을 압축적으로 보여 준다. 같은 예술 작품을 반복적으로 등장시켜 상이한 시공간에서 발생한 사건의 연결성을 드러내거나, 동일 사건을 다양한 각도로 분산시켜 각기 다른 이야기에 배치하는 방법 등은 『파마노의 목소리』를 거쳐 『나는 고백한다』에서 절정을 이루는 작가만의 서사를 쪼개고 재구성해 가는 방식을 예고한다. 나아가 같은 문단 안에서 서술자의 시점을 3인칭에서 1인칭으로 슬쩍 전환시키는 것 (「먼지」), 서술자의 기억과 현재를 다른 글꼴로 분리하되 한 이야기 내에 버무려 쓰는 방식(「결과가 모든 것을 좌우한다」)도 이 단편집에서 이미 보여지고 있다. 이처럼 작가만의 독특한 서사 기법을 잘 보여 주면서도 작가의 작품 중 분량 및 난이도 측면에서 접근성이 매우 높은 이 작품은 카브레의 문학 세계를 본격적으로 탐구하고 싶은 독자라면 꼭 한 번 읽어 보아야 할 작품이다.

카브레의 음악과 문학, 그리고 슈베르트

"피할 수 없다. 내가 문학을 이야기하든, 아니면 내가 어떻게 문학을 시작했는지를 이야기하든, 나는 음악에 대해 이야기하고 있는 내 자신을 발견한다."

—『세 편의 에세이』[1] 중에서

자우메 카브레의 문학 세계에서 음악이 처음부터 큰 비중

---

[1] 자우메 카브레의 수필집. 자신의 문학적 세계관을 밝히는 글들로 구성되어 있다. (Tres assaigs, 2019, Proa 출판사)

을 차지했던 것은 아니다. 1980년대 초기 출판작들을 살펴보면 음악이 서사의 전면에 배치되는 것은 오히려 드물다. 하지만, 카브레는 1984년 발표된 『주노이 수사 혹은 소리의 고통』을 집필하면서 문학가로서의 자신과 음악의 관계를 본격적으로 모색한다. 미켈 푸자도와의 인터뷰(1998)에 따르면 "네 가슴이 타오르게 하는 것을 그에게도 줘. 네 열정을 인물에게 주란 말이지." 라는 생각에, 작품이 거의 완성된 마지막 무렵 주인공 주노이 사제를 오르간 연주자로 만들어 버린 작가는 해방감을 느꼈다고 한다. 보험 판매원인 아버지와 전업주부였던 어머니가 다섯 형제를 키워 내며 경제적으로 꽤 궁핍했던 유년 시절, 그럼에도 부모님의 피아노 반주에 가족 모두가 함께 바흐의 코랄을 불러 행복했던 기억, 그리고 그 이후 키워 왔던 음악에 대한 열정이 문학 속으로 들어오는 순간이었다. 그 이후 발표된 대부분의 작품에서, 음악은 소설의 분위기를 형성하는 요소일 뿐만 아니라, 핵심 플롯을 전개시키는 동력을 지닌 존재로 등장한다. 『겨울 여행』도 다르지 않다. 연주자들의 무대 공포증, 바흐가 죽던 날, 미소지니스트의 음악적 취향은 작가에게 좋은 글감이다. 한국에 소개된 『나는 고백한다』를 읽은 독자라면, 시공간을 가로지르는 악을 엮어 내는 데 바이올린이라는 악기 자체가 중심 역할을 했음을 기억할 것이다.

음악가 중에서도 작곡가 슈베르트는 카브레에게 특별한 존재다. 작가는 언제나 자신의 가슴 속에서 사방으로 빛을 뿜어내는 작가가 있다면 슈베르트라고 했고, 예술의 시대를 초월하는 무한한 힘에 대해 논하면서도, "슈베르트가 죽은 지 거의 800년이 지났지만, 그가 원하는 때 언제든 내 영혼을 휘어잡는다. 미를 논하는 경우가 아닌 상황에서, 인간이 그러한 복종의 힘을 참아낼 수 있지는 의문이다."라고 밝힌 바 있다. 그리고 왜 베토벤이 아닌지, 바흐가 아닌지에 대해서 작가는 슈베르트가 '고갈되지 않는 선율의 힘', '굉장한 표현의 힘'을 가졌기 때문이라고 했다.

슈베르트 「겨울 여행」만큼 혼자 된 인간의 쓸쓸함, 나아가 참담함을 잘 표현한 음악 작품이 또 어디 있을까. 이같은 선율적 인상을 자신만의 언어적 예술로 표현한 것이 자우메 카브레의 『겨울 여행』이다. 슈베르트 가곡의 주인공은 실연을 겪게 된 한 남자가 차디 찬 겨울 방랑객이 되어 거의 죽음에 이르는 과정을 그린다. 카브레의 『겨울 여행』은 실연당한 이뿐만 아니라, 열네 편의 이야기에 등장하는 모든 인물들이 바로 인생이라는 시공간에 남겨져 쓸쓸한 길을 걸어간다고 말한다. 잠시 찰리 채플린의 통찰을 비틀어 보자면, 『겨울 여행』 속 주인공들의 인생은 멀리서 보았을 때는 희극이지만, 가까이서 보았을 때 오히려 비극에 가깝다. 아내와 사별한 후 남겨진 아들들이 자신의 핏줄이 아니라는 걸 알게 된 남자, 겉으로는 성공한 음악학자지만 평생을 기다린 사랑이 결국 떠나버린 사람, 쇼아에서 살아남아 삶의 재건을 꿈꾸지만 그 여정의 결말이 자살일 수밖에 없었던 생존자, 연인에게 버림받고 남성성을 공격받자 극단적인 폭력의 사용을 택한 미소지니스트, 이 모든 주인공들은 "하나의 경로도 목적지도 아닌 여행"으로서의 인생을 걸어가며 각자의 방식으로 쓸쓸함, 참담함, 비통함을 감당해 나가야 한다.

카브레의 『겨울 여행』 속에서 권위와 명예는 환상이며, 대부분의 주인공이 크고 작은 걱정거리를 안고 사는데다, 심지어 매우 괴로워한다. 작가는 "이미 존재하는 평범한 삶들이지만, 너무 평범해서 잘 말해지지 않는 이야기들을 썼다"고 했다. 슈베르트 연가곡집 「겨울 여행」에 바쳐진 수많은 문학적 헌정의 계보 속에 카브레라는 작가의 새로운 기여가 있다면, 그것은 이러한 평범한 이야기를 언어의 그물로 끌어올려 예술로 저장한 데 있다.

번역

얼마만큼의 주석을 달 것인가는 모든 번역가의 고민일 것이다. 문학의 가독성을 훼손하지 않으면서, 문화적 맥락이 다른 독자들에게 주석이라는 장치로 얼마만큼의 정보를 전달해야 작품의 이해에 도움이 될지를 결정하는 것은 여간 어려운 일이 아니다. 카브레의 말을 빌려 응용하자면, 개개인의 독자는 각기 다른 우주이기 때문이다. 이 책의 경우, 「먼지」라는 장이 특히 어려웠다. 보르헤스 이후 많은 작가들이 그렇듯, 카브레 또한 허구의 작가와 작품을 실재하는 작가와 작품 속에 섞어 쓰거나, 서지 정보와 주석을 아주 그럴 듯 하게 꾸며 내어 텍스트의 경계를 계속 실험하기 때문이다. 「먼지」에서는 이러한 경향이 두드러질 뿐만 아니라, '아무도 읽지 않고 사장되어 버린 책들'을 주제로 하는지라, 어떤 책이 실재하지만 사장된 것인지, 아니면 애초에 존재하지 않았던 책 혹은 작가인지 알기가 매우 어려웠다. 고심끝에 카브레가 그동안 인터뷰 혹은 에세이를 통해 자신에게 문학적 영향을 끼쳤다고 언급해 온 작가들, 그 중에서도 한국의 독자에게 친숙하지 않을 법한 작가들 위주로 주석을 달았다. 카브레의 방대한 문학 세계에 좀 더 가까이 가고자 하는 한국 독자들에게 도움이 되었으면 한다.

이 책의 제목 'Viatge d'hivern'은 작가가 에필로그에도 밝히고 있듯, 뮐러의 「겨울 여행(Die Winterreise)」에서 영감을 받은 슈베르트 연가곡집 「겨울 여행(Die Winterreise)」을 그대로 가져온 것이다. 한국에서는 실연의 상실을 안고 방랑의 길을 떠나는 남성에 초점을 맞추면서, 뮐러의 시와 슈베르트 가곡집의 제목은 '겨울 나그네'로 의역되어 널리 알려져 있다. 카브레의 『겨울 여행』은 작가가 슈베르트 작품의 제목을 그대로 차용하고 있을 뿐만 아니라, 여행으로서의 인생에 방점이 찍혀 있기에, 한국어 번역본 또한 '겨울 여행'이라는 제목을 그대로 쓰기로 했다.

마지막으로 이 책의 번역 작업을 도와주신 분들께 감사의 인사를 전하고 싶다. 음악학적 지식이 부족한 역자에게, 카스파어 피셔의 주제 선율이 변주곡으로 확장되는 부분을 꼼꼼히 읽고 의견을 주어 정확한 번역을 할 수 있게 해 준 신예슬 음악평론가에게 고마움을 전하고 싶다. 오르간 장치와 연주에 대한 자연스러운 묘사는 배재희 음악가의 도움이 없었다면 불가능했다. 그리고 우리말 갈래사전을 권해 주어 쓸쓸함, 비통함, 참담함, 괴로움 사이 어느 지점에 있을 법한 주인공들의 감정을 잡아채 아름다운 한국어로 끌어 낼 수 있도록 도와주신 안상학 시인께 감사의 마음을 전하고 싶다. 끝으로 원고를 꼼꼼히 읽고 번역문에 빛을 더해 주신 민음사 편집부에도 진심으로 감사드린다.

2024년 겨울
권가람

작가 연보

1947년 스페인 카탈루냐주 바르셀로나에서 태어났다.

1971년 바르셀로나 대학교에서 카탈루냐 어문학을 전공했다. 이
후 이십여 년간 중등 학교 교사 생활을 하며 문학 작품
쓰기를 지속했다.

1974년 1970~1973년에 쓴 단편 모음집 『엉망진창 환상 소설
(Faules de mal desar)』을 발표하며 작가로서 본격적인 삶
을 시작했다.

1976년 네 명의 문학인과 함께 카탈루냐 문학 동인 오펠리아 드
락스(Ofèlia Dracs)를 창단했다. 『여왕의 비밀(Misteri de
Reina)』을 포함해 수년 동안 짧은 이야기 모음집들을 함
께 출판했다.

1984년 소설 『거미줄(La Teranyina)』을 발표했다. 소설 『주노이

수사 혹은 소리의 고통(Fra Junoy o l'a Gonia dels sons)』
을 발표했다.

1989년   바르셀로나의 한 동네 바에서 벌어지는 이웃들의 일상
생활을 그린 텔레비전 시리즈 「농장(La Ganja)」의 각본
을 쓰기 시작하여 1992년 완결지었다.

1990년   소설 『거미줄』을 바탕으로 한 안토니 베르다게(Antoni
Verdaguer) 감독의 동명 영화 「거미줄」의 시나리오를
썼다.

1994년   1990년대 특정되지 않은 바르셀로나의 환승역에서 벌어
지는 일상 사건을 소재로 삼은 텔레비전 시리즈 「환승역
(Estació d'enllaç)」의 각본을 쓰기 시작하여 1998년에 완
성했다.

1996년   소설 『환관의 그림자(L'ombra de l'eunuc)』를 발표했다.
열네 개 언어로 번역되었다.

1999년   청소년 소설 『작은 파랑새의 해(L'any del Blauet)』를 발표
했다.

2000년   단편 소설집 『겨울 여행(Viatge d'hivern)』을 발표했다.
다섯 개 언어로 번역되었다.

2004년   소설 『파마노의 목소리(Les veus del Pamano)』를 출간했
다. 카탈루냐어로 10만 부 이상, 독일어로 50만 부 이상
판매되었다. 전 세계 스물한 개 이상의 언어로 번역되었다.

2005년   소설 『파마노의 목소리』로 카탈루냐 비평상(Premi de la
Crítica)을 수상했다.

2010년   '카탈루냐 국가체' 문화 발전에 기여한 공로가 있는 카

탈루냐 작가에게 수여하는 카탈루냐 문학 명예상(Premi d'Honor de les Lletres Catalanes)을 수상했다.

2011년　『나는 고백한다(Jo confesso)』를 발표했다. 초판 1쇄 1만 8000부가 일주일 만에 판매되었다.

2013년　『나는 고백한다』가 쿠리에 앵테르나쇼날 최우수 외국문학상을 수상했다.

2014년　카탈루냐를 빛낸 인물에게 수여하는 산조르디 십자가상(Creu de Sant Jordi)을 수상했다.

2017년　카탈루냐 도서 주간에 소설가, 시나리오 작가 및 카탈루냐 문학 수호자로서 기여한 바를 인정받아 공로상을 수상했다. 『나는 고백한다』로 스톡홀름 국제 문학상(Kulturhuset Stadsteaterns International Literature Prize)을 수상했다. 『나는 고백한다』로 아테네 문학상(The Athens Prize for Literature)을 수상했다.

손녀 마리오나를 위해 쓴 어린이 그림동화책 『마리오나와 밤을 먹는 아가씨(La Mariona i La Menjanits)』를 발표했다. 카탈루냐 국회 의원 선거에서 '카탈루냐를 위해 함께(Junts per Catalunya)' 비례 연합의 후보 명단에 올랐다.

2018년　프란세스크 카수(Francesc Cassú)가 작곡하고 자우메 카브레가 리브레토를 쓴 오페라 「율(Llull)」이 초연되었다.

2021년　소설 『불에 타 사라지다(Consumits pel foc)』가 출간되었다.

2024년　자우메 카브레의 생애 및 작품 세계를 다룬 다큐멘터리

「자우메 카브레: 언어들의 선율(Jaume Cabré: la música de les paraules)」(안토니 베르다게 감독)이 개봉되었다.

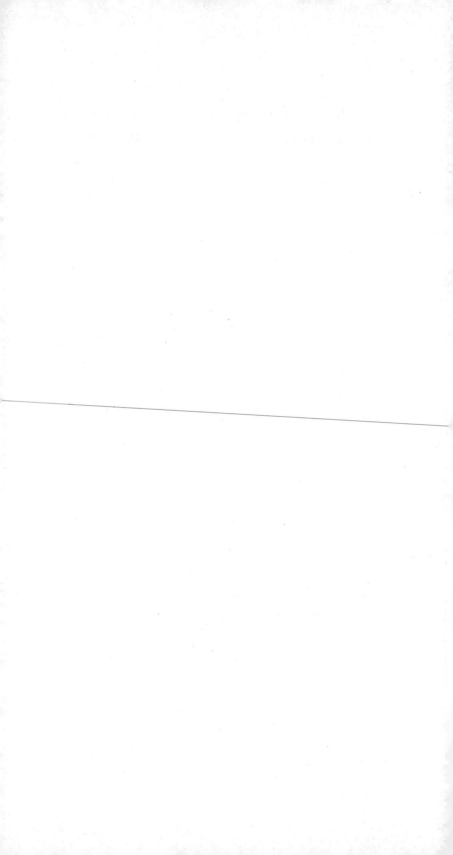

세계문학전집 **454**

겨울 여행

1판 1쇄 찍음 2025년 1월 24일
1판 1쇄 펴냄 2025년 1월 31일

지은이 자우메 카브레
옮긴이 권가람
발행인 박근섭, 박상준
펴낸곳 ㈜민음사

출판등록 1966. 5. 19. (제 16-490호)
서울특별시 강남구 도산대로1길 62(신사동) 강남출판문화센터 5층 (우편번호 06027)
대표전화 02-515-2000 팩시밀리 02-515-2007
www.minumsa.com

한국어 판 © ㈜민음사, 2025. Printed in Seoul, Korea

ISBN 978-89-374-6454-6 04800
ISBN 978-89-374-6000-5 (세트)